Carmilla DeWinter

Albenzauber

Roman

Bibliographische Information der Deutschen Nationalbibliothek:
Die Deutsche Nationalbibliothek verzeichnet diese Publikation in der deutschsprachigen Nationalbibliographie; detaillierte bibliographische Daten sind im Internet über http://www.dnb.de abrufbar.

© 2017 Carmilla DeWinter
carmilladewinter.com

Cover: Irene Repp
http://www.daylinart.webnode.de
Bildrechte: © Falcona - shutterstock.com

Herstellung und Verlag:
BoD - Books on Demand, Norderstedt

ISBN: 978-3-743162-61-7

Inhaltsverzeichnis

Albenzauber

Vorher 5
Kapitel 1 9
Kapitel 2 42
Kapitel 3 72
Kapitel 4 110
Kapitel 5 146
Kapitel 6 183
Kapitel 7 212
Kapitel 8 250
Kapitel 9 283
Kapitel 10 308
Später 332

Über die Aussprache des Südalbischen 334
Dank und Bemerkungen 335

Vorher

Wäre Nives die Königin gewesen, sie hätte sich heute Nacht gewiss nicht heimelig in ihr Bett gekuschelt. Der jüngere Prinz hatte nämlich schon kurz nach dem Festmahl angefangen zu schreien und wollte sich nicht beruhigen, egal, wie viel Windöl Nives auf dem Bauch des armen Würmchens verrieb.

Zu allem Überfluss ließ der Schalldämpfungszauber schon wieder nach. Wenn sie ihn nicht mit neuer Kraft versorgte, würde Cirs Gebrüll den ganzen Palast wecken.

Sie wuschelte dem Kleinen durch die dunklen Locken und ging zur Kammertür. Verflucht sollte König Ferox' Vorliebe für exotische Nahrungsmittel sein. Warum auch Feigen kochen oder trocknen, wo sie roh doch viel hübscher aussahen? Selbst, wenn sie dafür ein halbes Jahr unter einem Frischhaltesiegel herumlagen.

Und wie immer musste Nives die ganze Nacht am Kinderbett ausharren und mit ihren paar Heilkräften gegen eine Kolik kämpfen. Als Mutter hätte sie in einem solchen Fall gewiss nicht zur Ruhe gefunden.

Wenigstens war Leon, der Ältere, schon beinahe erwachsen und damit aus dem Gröbsten heraus.

Sie legte eine Hand auf den Bergkristall in der Nische neben der Tür. Auch nach so vielen Jahren musste sie sich überwinden, das Ding anzufassen.

Sobald sie Macht in das Zaubersiegel darin strömen ließ, fühlte es sich an, als müsste sie durch dichte Spinnweben greifen.

Ferox hatte den Stein nach den ersten durchwachten Nächten mit Leon für ein Messer aus Stahlsilber – Albensilber, ha – bei einem menschlichen Magus gekauft. Es war ein schlechtes Siegel, aber der König wollte nicht vor einem anderen Alb zugeben, dass das Geschrei seines Sohnes ihn störte.

Draußen splitterte Holz, Metall schepperte, dann zitterte der Boden, als hätte jemand eine schwere Tür zugeschlagen.

Nives' Nackenhaare stellten sich auf. Etwas zog ihr den Boden unter den Füßen weg, eine Vision von ungewohnter Klarheit ließ sie schwindeln, als stünde sie an der Kante über einem Steilhang. Ein Fläschchen mit Schlafmittel, das den Besitzer wechselte, Krieger in den Hallen, Solanus Gannes grinsend auf dem Thron, während seine Tochter Noctuola sich in seinem Schatten die Hände rieb.

Hatte er doch nach all den Drohungen und Unstimmigkeiten der letzten Tage Ernst gemacht. Als wäre es eine persönliche Beleidigung, dass Leon Noctuola nicht zu heiraten wünschte.

Wieso hatten die Magoi König Ferox nicht gewarnt? Im Palast gab es eine ganze Schule für zauberisch begabte Alben, da musste doch eines dieser eingebildeten Wesen eine Vorahnung erhalten haben.

Nives atmete tief ein und öffnete die Zimmertür. Spähte den Gang entlang. Bewaffnete in Gannes-

Farben, ein Dutzend mindestens; die Tür zu den Gemächern des Königs und der Königin stand offen, gerade versuchten einige von ihnen, in Leons Zimmer einzubrechen. Der arme Junge musste Todesängste leiden.

Eine einfache Kinderfrau wie sie hatte keine Aussichten, auch nur einen dieser Männer von Cirs Kammer fernzuhalten. Noch etwas sah sie: die Gewissheit ihres eigenen Todes, wenn sie blieb.

Ihr Herz klopfte laut wie die Schläge gegen die Tür weiter unten im Gang. Gleichzeitig schien die Zeit stillzustehen.

Dann wirbelte Nives herum, packte den Winzling samt Decke und stürmte in die andere Richtung, von den Kriegern weg.

Ein Ruf, „haltet sie"; schwere Schritte und klirrende Rüstungen folgten ihr den sanften Anstieg des Gangs nach oben. Endlich der Durchbruch zu der Terrasse, auf der die Frauen bei Hofe im Sommer so gern saßen und nähten. Eisige Nachtluft schlug Nives entgegen, nahm ihr den Atem.

Cir hörte auf zu brüllen.

Die kurze Treppe in den Garten, entlang der kahlen Rosenbüsche, von da aus durch die Hecke. Äste kratzten über Nives' Gesicht, rissen an ihrem Morgenmantel. Jetzt immer weiter den Berg hinunter, rutschend auf der dünnen Schneedecke. Elende Hauspantoffeln.

Einmal fiel sie, landete schmerzhaft auf ihrem Hinterteil.

Hundegebell. Aber wozu? Ihre Spur war ein dunkler Streifen auf den weißgepuderten Wiesen, und Nives rannte. Den nächsten Hang hinauf, über die gerodete Kuppe. Die kalte Luft brannte in ihren Lungen, ihre Beine wurden schwer. Beim nächsten Schritt würde sie gewiss tot zusammenbrechen, doch da kamen die zwei Felsnadeln in Sicht. Sie zwängte sich hindurch.

Hier draußen war es viel kälter, ein paar Flocken rieselten vom Himmel, und der Schnee lag schenkelhoch. Weiter unten, da, wo keine Wärme aus dem Bann hindrang, würde es doppelt so viel sein.

Cir wimmerte.

„Sch", machte Nives. Was nun? Im Tiefschnee wären ihre Spuren stundenlang gut zu verfolgen. Selbst wenn sie hier vorwärts käme, wäre zumindest der Kleine erfroren, bevor sie den Schutz des Waldes erreichte.

Es blieb Nives nichts anderes übrig, als sich in einer Kunst zu versuchen, die sie jahrelang nicht mehr geübt hatte. Seit Leon keine Aufsicht mehr brauchte.

Also verschnürte sie Cir, so gut es eben ging, und sammelte sich. Griff durch die schimmernde Grenze nach dem Adler.

Schließlich packte sie mit ihren Klauen den Prinzen in seinem Bündel und hob sich mit zwei kräftigen Flügelschlägen in die Luft.

Nach Süden, wo es nicht ganz so kalt war.

1

Weil Nives geahnt hatte, dass Besuch kommen würde, saß sie zum Spinnen neben der Tür der Hütte, obwohl es hier auf der Ostseite nachmittags noch unangenehm frisch war.

Blanda, die den Leinenfaden in Auftrag gegeben hatte, für die Aussteuer ihrer Tochter, würde es wohl kaum sein – Nives hatte ihr gesagt, dass sie nicht vor übermorgen mit so einer Menge Garn rechnen konnte.

Vielleicht brauchte jemand Heilkräuter, Nives' zweite Spezialität neben den feinsten Fäden im Umkreis von einer Tagesreise.

Doch unter den Bäumen hervor trat schließlich ein drahtiger Mann, der sich auf einen Stock stützte. Obwohl ein Filzhut sein Gesicht verbarg, hätte Nives dieses Humpeln überall wiedererkannt. Vincenzo? Seltsam, denn Cir war erst vor einer knappen Stunde von dessen Hof zurückgekehrt, wo er beim Dachdecken geholfen hatte.

In Rufweite, viel zu weit weg, blieb Vincenzo stehen. Nives legte die Spindel beiseite und winkte ihn näher heran.

Er machte drei Schritte, nahm den Hut ab, drehte ihn in den Händen. Seine Haare leuchteten weiß in der Sonne. Nives blinzelte. Irgendwann in den letzten siebzehn Jahren war ihr Wohltäter alt geworden, und sie hatte es nicht bemerkt.

„Setz dich her." Auf der Bank war genug Platz für drei.

Vincenzo schluckte und tat wie gebeten. Er nahm das äußerste Ende, wirkte zusammengesunken. Nives kam sich groß gegen ihn vor, und das war, trotz seines kurzen Wuchses, neu.

„Kann ich dir etwas anbieten? Wasser, Wein?"

Er schüttelte den Kopf. „Dein Enkel ist unterwegs?"

Nives nickte. Alle hier glaubten, dass Cir ihr Enkel war, wegen ihrer weißen Haare. Sie hatte es nie für nötig erachtet, die Einschätzung zu berichtigen. Dabei hatte sie schon immer weiße Haare gehabt, genau wie ihre Mutter. Und wenn sie ihrem letzten Blick in einen Spiegel trauen konnte, hatte sie kaum mehr Falten als vor ihrer Flucht.

„Er sieht nach den Fallen."

„Hm."

„Hat er etwas angestellt?"

„Nein." Vincenzo strich sich eine Strähne aus der Stirn. „Noch nicht."

„Ach?"

„Die Eltern sorgen sich um ihre Töchter, die jungen Männer um ihre Bräute."

Wie einseitig sie hier immer dachten. Um junge Männer sorgten sich nur Nives und Vincenzo.

„Blicke folgen ihm. Es ist besser, wenn Cirrus nicht mehr allein ins Dorf kommt."

Nives seufzte. Es war nur eine Frage der Zeit gewesen, bis irgendwem auffiel, dass der Lausbub mit den blauen Augen alt genug war, um jemanden mit dem Albenzauber zu verführen.

Nicht, dass Nives Cir so etwas zutraute, und außerdem hatte er es bei seinem Aussehen gewiss nicht nötig.

„Ich würde ihn zwar gerne behalten ..."

Aber sein jüngster Sohn hatte schon Narben, weil er den restlichen Halbwüchsigen nicht passte. Wenn sich die Familie noch weiter unbeliebt machte, waren die Folgen kaum abzuschätzen.

Vincenzo knetete seinen Hut. „Du verstehst das doch, Nives?"

Sie unterdrückte einen zweiten Seufzer. „Ja. Ja, ich verstehe, dass ihr besorgt seid." Aber, bei den Ahnen, wie sollten Nives und Cir ohne dieses Einkommen leben? Der Junge brauchte Stiefel für den Winter und sie einen neuen Mantel.

„Du wirst es ihm erklären?"

„Ich werde es versuchen." Sie legte den Kopf schräg. „Was ist mit den Hühnern?"

Vincenzo hatte Cir zusätzlich zwei Legehennen und einen Hahn versprochen, für zwei Monate Arbeit auf dem Hof.

Davon war erst einer um.

„Ich – ihr bekommt die Viecher, sobald er den Stall fertig hat. Es tut mir leid. Er ist ein netter Kerl, aber ..."

„Kein Mann, den Eltern sich für ihre Tochter wünschen", sagte Nives. „Ich weiß. Nicht einmal, wenn er ein Mensch wäre."

Es musste wohl noch verbitterter geklungen haben, als sie es gemeint hatte, denn Vincenzo langte über die Bank und drückte ihre Hand. Dann stand er auf und ging grußlos davon, wieder dem Wald zu.

Nives sah ihm nach. Damals hatte er sie ohne Fragen aufgenommen, als sie frühmorgens an die Tür seines Hofes geklopft hatte. Er hatte dafür gestritten, dass sie und Cir hier in der Hütte bleiben konnten, als alle im Dorf die *strige* fortjagen wollten.

Mit der Zeit hatten die Leute sich beruhigt, Cir hatte mit ihren Kindern gespielt, aber dennoch.

„Sie hätten uns am liebsten los", meinte Cir.

Da stand er, mit seiner Beute zu Füßen. Ein schwarzes Eichhorn. Der Balg würde einiges einbringen, und das Fleisch war gut für ein Abendessen.

Nives schalt sich für den Gedanken. Es gab Wichtigeres als das Einkommen, das man mit schönen Pelzen erzielen konnte. „Seit wann bist du zurück?"

„Lange genug", sagte Cir. „Nonna ..."

Zum zweiten Mal an diesem Nachmittag klopfte Nives neben sich auf die Bank. Cir war blitzschnell bei ihr und drückte sein Gesicht in ihre Schulter.

„Es tut mir leid." Sie schlang einen Arm um ihn, wuschelte durch seine Haare. Gerade lang genug, um seine Ohren zu verbergen, und damit immer noch länger, als es die Männer in Centerre bevorzugten. Daheim könnte er seine Locken wachsen lassen und mit Indigo die blauen Reflexe betonen. Vielleicht hätte er sogar einen Ring in den Ohren, wie Leon damals. Aber hier draußen war es keine gute Idee, auf seine Andersartigkeit hinzuweisen.

„Ich will heim", sagte Cir nach einer Weile.

Nives starrte die Bäume an. Am Anfang hatte sie einen Versuch mit Fliegenpilzen unternommen, aber in der Vision doch nur bestätigt gesehen, was sie schon längst geahnt hatte: In jener Nacht war die gesamte Königsfamilie gestorben – außer Cir.

Somit war Cir Thronerbe, aber Solanus Gannes würde seinen Anspruch kaum abtreten, denn seine Mutter war eine Salvan gewesen, eine von Ferox' Großtanten. Bei dem Staatsstreich hatte sie noch kein Jahr unter den Ahnen geweilt.

Obwohl Nives keine Vorstellung davon hatte, wie man vorgehen könnte, ohne Blut zu vergießen, sagte sie: „Irgendwann finden wir einen Weg."

„Das versprichst du mir, seit ich denken kann."

„Manche Dinge brauchen ihre Zeit."

Cir machte sich los und starrte sie an, die Augen voller Vorwürfe.

„Wir sind dort genauso wenig willkommen wie hier." Sie waren in der einen wie der anderen Welt fehl am Platz, und im Gegensatz zu den Fahrenden konnten sie nicht einmal die Straße ihre Heimat nennen. „Hab Geduld."

Cir schnaubte und packte das tote Eichhorn, bevor er sich um die Hausecke verzog.

XXX

Die langsam ersterbende Glut des Herdfeuers warf Schatten an die Wände. Aus den flackernden Schemen schienen Cir jene bösen Geister anzublicken, welche die Menschen so fürchteten.

Wie immer hatte seine Nonna vor dem Lichtlöschen noch eine Geschichte erzählt – passenderweise von einem vertriebenen Albenkönig längst vergangener Zeiten und dessen Geduld – und war dann ziemlich bald eingeschlafen. Sie konnte an den unmöglichsten Orten zu den unmöglichsten Zeiten schlafen. Eine Eigenschaft, die Krieger und Kinderfrauen gemeinsam hatten, behauptete sie.

Wieso blieb sie so ruhig? Sie musste die Drohung hinter Vincenzos höflicher Bitte genauso gehört haben wie Cir. Vermutlich würden die Bauern ihn fortjagen oder zu Brei prügeln, wenn er einem Mädchen auch nur Komplimente machte.

War es zu viel verlangt, irgendwo leben zu können, wo man nicht nur geduldet wurde?

Cir wollte jedenfalls nicht warten, bis irgendwer ihm die Schuld an einem Unglück zuschob.

Er stand auf und ging nach draußen. Sein Atem malte kleine Wolken in die Nachtluft.

Selbst wenn er eine Garantie bekäme, dass er in Pascanova bleiben könnte, würde er nicht hier bleiben wollen, nur mit Nives als Gesellschaft. Über die Jahre hatte seine Nonna den einen oder anderen Antrag bekommen und jeden ausgeschlagen. Sie ließ sich nie darüber aus, ob sie es wegen des Verbots tat, sich mit Menschen zu vereinigen, oder aus dem gleichen Grund, aus dem Cir hier niemanden fand, um herumzuprobieren: Menschen rochen falsch.

Irgendetwas musste passieren, aber Nives schien nicht geneigt, die trügerische Sicherheit ihrer Hütte zu verlassen. Lieber hieß sie Cir einen Hühnerstall bauen. An manchen Tagen schwärmte sie von eigenen Ziegen. Vor Jahren schon hatte sie sich in der Armut eingerichtet und mit ihrer Verbannung abgefunden. Trotzdem machte sie ihm den Mund wässrig mit Beschreibungen ihrer verlorenen Heimat und hatte ihm seinen Stammbaum oft genug aufgesagt, dass er ihn auswendig konnte. Er war der jüngste Spross einer langen Linie von Königen.

Dabei hätte Cir nicht viel dagegen gehabt, Bauer zu sein statt Prinz, aber das doch lieber irgendwo, wo er ohne Angst leben konnte. Wo er nicht als wunderlicher Einsiedler sterben würde.

Er schüttelte sich, tastete nach der schimmernden Grenze, die direkt unter seiner Haut lag und hinter der alle seine möglichen Formen schliefen. Langte hinein, hielt die Luft an, als die Verwandlung ihn durch das Schlupfloch zwängte. Schließlich blinzelte er mit Eulenaugen in die nunmehr schwarz-weiße Nacht und schwang sich in die Luft.

Als in einer größeren Stadt im Tal die Glocke an einem Tempel Mitternacht verkündete, setzte er sich in eine Kiefer, um zu schlafen.

xxx

Ein Sonnenstrahl, der durch einen Spalt in der Bretterwand fiel, kitzelte Nives' Nase so sehr, dass sie niesen musste.

Es war erstaunlich kalt in der Hütte für einen Frühlingsmorgen. Sie setzte sich auf und – Cir lag nicht in seinem Bett.

Vielleicht war er austreten. Oder sich anderweitig erleichtern. Nives zuckte mit der Nase. Es wäre ein ungewöhnlicher Zeitpunkt, aber wer wusste, was das gestrige Gerede vom Heiraten mit dem Jungen angestellt hatte.

Nun. Die Aussicht auf ein warmes Frühstück würde ihn beizeiten wieder ins Haus locken.

Nives zog sich ihr Kleid über und stand auf, um das Feuer im Herd zu schüren.

xxx

Cir erwachte mit dem Sonnenaufgang. Das grelle Licht störte seine Eulenaugen, also konzentrierte er sich: Ein Milan. Groß genug, um die meisten Jäger abzuschrecken, und für lange Strecken ausgelegt.

Etwa eine Stunde später überflog er die Grenze nach Friedlant. Selbst hier oben in der Luft spürte er die Siegel, mit der diese Menschen sich vor Eindringlingen schützten. Wie das kehlige Knurren eines gefährlichen, aber eingesperrten Hundes.

Vor ihm überschatteten die schneebedeckten Zwillingsgipfel aus Thurs- und Wetterhorn alle Berge in Sichtweite. Die Friedländer unterhielten am südlichen Hang eine Festung, Wolkenburg. Östlich davon erstreckte sich unwegsames Gelände, beschützt von einer baumhohen Steilwand, dem Wall. Auf das Gebiet innerhalb dieser Verwerfung erhoben weder Friedlant noch ein centerrischer Fürst noch die Kitai Anspruch. Ein weites Netz von Tälern, in welche die Menschen niemals auch nur einen Fuß setzten. Im höchstgelegenen davon, weit über der Baumgrenze, befanden sich, laut Nives, zwei Felsnadeln. Das Tor.

Cir drehte nach rechts ab, eine Gruppe von Reitern kam in Sicht, zwei davon in gelben Mänteln. Welche vom Sonnenorden, wenn man den Erzählungen trauen durfte: Die gefürchteten Kampfzauberer des friedländischen Königs. Es gab Witze, dass sie nur deswegen so gut im Kämpfen waren, weil ihr Eid ihnen verbat, es mit anderen zu treiben, und sich dadurch unglaublich viel Frust aufstaute.

Aber wie die zwei so auf ihren Pferden saßen, sahen sie weder besonders frustriert noch gefährlich aus. In Centerre hätte man den Dunkelhaarigen wegen seines Zopfs für unterwürfig gehalten und als Perversen verspottet.

Weit unter Cir kreiste außerdem ein schwarzer Vogel, der eine gewisse Ähnlichkeit mit den Krähen in Pascanova aufwies.

Er ging in den Sinkflug, um den seltenen Gast genauer zu betrachten. Das Tier – es musste ein Rabe sein – ließ sich ein paar Mal umrunden, ohne zu erschrecken. Cir fand sich aus beunruhigend verständigen Augen gemustert.

Am Ende war das hier noch ein anderer Alb?

Doch dann pfiff einer der Reiter. Der Rabe krächzte, legte die Flügel an und fiel wie ein Stein.

Ein Rabe als Haustier? Manche Menschen waren seltsamer, als Cir angenommen hatte.

Mit ein paar Flügelschlägen ließ er die Reiter hinter sich und fand sehr bald die verschwiegenen Täler.

xxx

Als der Rabe auf Heilikas ausgestrecktem Arm landete, plusterte er sich auf. Damit schien er mitteilen zu wollen, dass er keine Angst vor einem Rotmilan hatte.

„Ich weiß, dass du genauso groß bist, Rabe", sagte Heilika.

Hinter ihr schnaufte jemand seinen Spott.

„Trotzdem ist er besser bewaffnet als du", fuhr sie fort.

Der Rabe schüttelte sich und schwang sich wieder in die Luft. Sie folgte ihm mit ihren Blicken. Manchmal beneidete sie ihn um diese Freiheit.

Ein Pferd wurde schneller und schob sich neben Heilikas Wallach. Es war wohl zu viel verlangt, einfach in Ruhe ihre erste Patrouille hier in Wolkenburg reiten zu können.

Berengar, den die Befehlshaberin ihr als zweiten Ritter in diesem Trupp zugeteilt hatte, grinste sie breit an. „Ich dachte, die anderen wollen mich veralbern. Aber das Vieh heißt tatsächlich Rabe."

Heilika zuckte mit den Achseln. „Er hört auf nichts Anderes." Die Götter wussten, dass sie es mit einem guten Dutzend Namen versucht hatte.

„Hunde und Pferde kann man umerziehen", sagte Ritter Berengar. „Da kann es doch mit einem blöden Vogel nicht so schwierig sein."

Blöd? Dieser aufgeblasene Wicht würde noch staunen. „Wenn Ihr meint."

„Es braucht einfach ein bisschen Willensstärke."

„Tatsächlich." Noch so einer, der seine Verachtung für das vermeintlich schwächere Geschlecht nicht allzu gut verbarg. Vor hilfloser Wut begannen Heilikas Wangen zu glühen. „Ihr wart letzten Sommer nicht dabei, nehme ich an."

Berengar warf sich in die Brust. „Leider nicht. Die Leute hier nehmen es übel, wenn wir den Wall nicht bewachen. Aber Eure Vorgeschichte mit den zwei Tucken ist bis hierher in den Süden gedrungen."

Heilikas Hände ballten sich zu Fäusten, bis das Leder ihrer Handschuhe knarrte. Sie sollte, nach allem, Tankred und Alea nicht mehr beschützen wollen, aber wie konnte man nur von irgendeinem Menschen so abwertend sprechen? „Habt Ihr Angst vor den Eiern, die diese Tucken bewiesen haben?"

Berengar öffnete seinen Mund und schloss ihn wieder.

„Wie dem auch sei", fuhr sie fort, denn sie wollte seine Verteidigung gewiss nicht hören, „der da ist ein Rest des Kampfs mit dem Schwarzkünstler." Sie nickte in Richtung des Schattens am Himmel. „Und wie Ihr wisst, erfordert Zauberei das Gegenteil eines schwachen Willens."

Berengar starrte sie eine Weile an, und sie starrte zurück.

Schließlich verriet er sein Unwohlsein, indem er seinen Zopf richtete. „Ihr habt mehr Haare auf den Zähnen als auf dem Kopf."

Wenigstens war es eine halbwegs einfallsreiche Bemerkung über Heilikas jungenhafte Frisur. „Im Gegensatz zu anderen behaarten Zähnen haben meine Rückendeckung." Sie wandte den Blick nicht ab. Ritter Berengar musste genau wie sie spüren, dass sie mehr Zauberkraft zur Verfügung hatte als er.

Mit einer Grimasse ließ er sich zurückfallen.

Aus reiner Gewohnheit vergewisserte Heilika sich, dass der Rabe ihnen folgte, und unterdrückte ein Seufzen. Wenn es so weiterging, würde sie auch hier in Wolkenburg keinen Anschluss finden.

Sie versuchte, das Grimmen in ihrem Bauch nicht zu beachten. Letzten Sommer hatte sie geglaubt, ihre Verbannung an die Grenze würde leicht zu ertragen sein, und sie war voller Zuversicht zu ihrem ersten Posten in der Heidmark geritten. Aber ihr Ruf war ihr vorausgeeilt. Eigenwillig. Zweifache Verräterin. Und dazu kam die Tatsache, dass sie einfach ihren Mund nicht mehr halten konnte. Es war ihr mittlerweile körperlich unmöglich, ruhig zuzuhören, wenn irgendwer abfällige Bemerkungen über Frauen und ... Männerfreunde machte.

In seinem letzten Brief hatte Tankred sich als einen Perversen bezeichnet und schien es lustig zu finden, aber das gab weder Heilika noch irgendwem sonst das Recht, ihn zu beleidigen.

Bei den Göttern. Sie vermisste diesen eigensüchtigen Kerl mehr, als es ratsam war.

xxx

Das Frühstück stand schon längst auf dem Tisch, und Cir war immer noch nicht zurück.

Nives hatte zweimal nach ihm gerufen, aber offenbar befand er sich außer Hörweite. Das sah ihm gar nicht ähnlich. Zudem hatte er das Werkzeug dagelassen, das er immer mitnahm, wenn er nach den Fallen sah.

Schließlich stellte Nives das Frühstück warm und ging wieder nach draußen. Sie sammelte sich, bis die Welt ihre Farbe verlor. Dann kräuselte sie ihre feuchte Hundenase und nahm die Witterung auf.

Die Spur führte bis zur Mitte der Lichtung. Dort endete sie in einer Wolke aus Raubvogeldüften.

Also war Cir davongeflogen? Aber wohin?

Ihr fröstelte, sie verwandelte sich zurück und verschränkte die Arme vor dem Bauch. Nicht auszudenken, was einem einsamen Jungen alles zustoßen konnte.

Vor ihrem inneren Auge sirrte ein Pfeil vorbei.

Nives schüttelte den Kopf. Nein, nein, das wollte sie nicht glauben. Die Ahnen hatten bis jetzt ihre schützende Hand über ihn gehalten, da musste dieser unüberlegte Ausflug – ha – auch noch gut gehen.

Nives würde im Dorf fragen. Im besten Fall hatte Cir ein Liebchen dort und war mit diesem angesichts der schlechten Nachrichten durchgebrannt. Besser, er hatte etwas Verbotenes getan, als dass sein Leben in Gefahr war.

xxx

Cir erreichte das Tor kurz vor Mittag. Es lag oberhalb der Baumgrenze in einem Geröllfeld. Auf der Südseite der einen Felsnadel trotzte ein einsamer Heidelbeerstrauch dem Wetter.

Die Luft zwischen den beiden Steinen flirrte und gab nur undeutlich den Blick auf den Hang dahinter frei.

Cir starrte den Übergang eine Weile lang an. Jetzt, wo er hier war, schien es ihm gar nicht mehr so verlockend, die verschwiegenen Täler zu sehen. Was, wenn er sich verlief oder entdeckt wurde? Nives hatte ihm eingeschärft, dass innerhalb des Banns Verwandlungen unmöglich waren.

Dann schüttelte er den Kopf. Feiglinge erreichten nie etwas. Wenn er jetzt nicht ging, würde er bis zum Ende seines Lebens in einer ärmlichen Hütte leben, mit Nives als einziger Gesellschaft.

Der Zauber kribbelte auf Cirs Haut, als er sich dem Tor näherte, rieselte tiefer, wie Wasser durch Kies, und versperrte die Grenze zwischen Cirs jetziger und all seinen möglichen Formen.

Unangenehm und hinderlich wie ein Stein im Stiefel. Er schloss die Augen, um den letzten Schritt zu machen.

Doch ein Hauch von Sommer schlug ihm entgegen, das Kribbeln legte sich, also sah er sich um und fand sich auf einer Wiese stehen. Es war warm wie in einem geschützten Tal. Hahnenfuß und Ehrenpreis blühten. In einiger Entfernung grasten Bergschafe und schenkten Cir keine Beachtung.

Gegen einen Findling lehnte ein Junge mit langen, blonden Haaren und schlief. Ein Hirte, aber keiner wie in Pascanova. Die Hirtenjungen dort liefen im Sommer barfuß, mit wadenlangen Unterhosen und einfachen Tuniken herum. So wie Cir auch.

Dieser Hirtenjunge besaß Stiefel, die er neben sich abgestellt hatte, und trug über einem Hemd, das passte und keine Risse hatte, eine blau-gelb gesteifte Weste.

Cir war in seinem ganzen Leben noch nie so gut angezogen gewesen.

Er schüttelte den Kopf und folgte einem dünnen Pfad, der sich den Berg hoch schlängelte, weg von dem Jungen und der Herde Schafe.

xxx

Nives' Hoffnung auf einfache Antworten schien vergeblich. Im Dorf war kein bisschen Aufregung zu spüren. Vincenzo und seine zwei älteren Söhne deckten das Dach der Scheune neu, als Nives seinen Hof erreichte. Er winkte ihr zu, sie winkte zurück, verbiss sich einen Tadel. In seinem Alter und mit seinem Fuß sollte Vincenzo nicht mehr dort oben herumklettern und hatte bis gestern wohl auch darauf verzichtet.

Bis er Cir entlassen hatte.

Nives verbat sich solche Gedanken und umrundete den Hof. Im Garten auf der geschützten Südseite summten die Bienen, und Rosalia, Vincenzos Frau, jätete Unkraut.

„Entschuldige."

Rosalia sah auf und zuckte mit der Nase, als verbreite Nives einen schlechten Geruch.

„Habt ihr Cir gesehen?"

„Nicht, seit er gestern Nachmittag heimgegangen ist", sagte Rosalia.

„Bist du sicher?"

Rosalia runzelte die Stirn. „Ich bin alt, aber noch nicht blind." Damit wandte sie sich wieder ihrem Unkraut zu.

Nives starrte sie eine Weile an. Den gebeugten Rücken, die Falten in ihrem Gesicht, die lockere Haut an ihrem Hals, die drahtigen grauen Haare, die unter ihrem Kopftuch hervorblitzten.

Die Frauen im Dorf mussten grauenvoll neidisch auf Nives sein. Es war keine Frage, dass sie auch einmal so aussehen würde, aber bis dahin war es noch lang. Dreißig, mit etwas Unterstützung von den Ahnen auch vierzig Jahre. Nicht, dass ihr Aussehen ihr mehr einbrachte als unerwünschte Komplimente.

Nives schüttelte den Kopf und trottete weiter den Hang hinunter. Vielleicht wusste Alberto etwas. Der Wirt hatte ein gutes Ohr für Gerüchte.

Doch Alberto war nicht da, nur sein erwachsener Sohn, Ignazio, wischte in der düsteren Schankstube die Tische ab. In einer Ecke lagen die Trümmer zweier Stühle neben einem Haufen zusammengekehrter Scherben. Es roch durchdringend nach altem Wein.

Vor Nives' innerem Auge flackerten Schatten, die mit Krügen aufeinander eindroschen, einer ging zu Boden.

Als Ignazio sie bemerkte, hielt er inne und starrte sie an. Seit ihrem letzten Besuch hier hatte er sich eine weitere Delle in seiner Nase zugelegt.

„Du bekommst hier nichts zu trinken."

Wie zu erwarten. Nives strich sich einige lose Haare aus der Stirn, bemühte sich um ein besänftigendes Lächeln. Vielleicht war Alberto schon wieder auf den Beinen. „Ich möchte nicht stören. Ist dein Vater zu sprechen?"

„Der pflegt seine Beule." Ignazio wandte sich wieder dem Tisch zu und zog ein Messer, um einen herausstehenden Splitter wegzuschaben.

„Ich könnte nach ihm sehen."

„Ich will keine *striga* in meinem Haus."

Nives zuckte zusammen, wider besseres Wissen. Ignazio grinste. Jetzt sah er noch eher aus wie jemand, der für Geld Leute zusammenschlug.

„Ignazio ..." Nives versuchte ein weiteres gewinnendes Lächeln. Bei den Ahnen, dieser Kerl musste ihr einfach zuhören. Sie lehnte sich gegen seinen geistigen Widerstand, bis sie fühlte, dass etwas nachgab. „Ich bin nicht hergekommen, um dich zu belästigen."

Er runzelte die Stirn.

„Cir ist verschwunden, und ich dachte, dass du oder dein Vater mir vielleicht helfen könnt." Noch ein Lächeln. „Ihr wisst immer alles, was im Dorf vorgeht."

Der junge Mann blinzelte, als müsste er plötzliche Müdigkeit vertreiben. „Ich hab nichts über Cir gehört. Ein paar Mädchen himmeln ihn an. Aber soweit ich weiß, hat es noch keine geschafft, ihm mehr als einen Kuss zu stehlen." Dabei wackelte Ignazio mit den Brauen.

Aber es war nicht die Auskunft, die Nives zu hören gehofft hatte. „Dann ist also niemand anderes heute Nacht verschwunden?"

„Nein."

Sie seufzte. „Und es gibt kein einziges Gerücht, dass Cir nicht vielleicht doch ..."

Ein Kopfschütteln. „Es tut mir leid. Die Mädchen haben sich an ihm immer die Zähne ausgebissen. Wie die Männer an dir."

Hm. So höflich auf einmal. Nives lächelte ihn zum Dank an, und er hob einen Mundwinkel. „Du hast mir sehr geholfen." Auch wenn Nives mit den Auskünften

wenig anfangen konnte. Cir war weggelaufen, und sie hatte nicht einmal eine Vorstellung davon, wo sie zu suchen anfangen sollte. Vermutlich blieb ihr nichts übrig, als auf ihn zu warten, die Ahnen um Hilfe zu bitten und sich solange von den Sorgen abzulenken.
„Soll ich wirklich nicht nach deinem Vater sehen?"

Ignazio wurde rot und sah zu Boden. „Das würdest du tun, Nives?"

Alberto hatte einige blaue Flecken, ein dickes Knie und eine Platzwunde am Kopf, die jemand sehr ordentlich verbunden hatte.

Eine Magd hielt in der Kammer Wache. Albertos Geliebte, die er nicht heiratete, weil sie ihm wegen ihrer größeren Zauberkräfte die Rolle des Familienoberhaupts abspenstig machen könnte.

„Viel kann ich nicht ausrichten. Er sollte sein Bein schonen", sagte Nives. „Einen Tag mindestens noch. Macht ihm Wickel aus Beinwell oder Arnika. Beides wächst bei Rosalia im Garten, wenn ihr selbst keinen habt."

Ignazio und die Magd nickten dazu.

„Wenn ihr die Wunde sauber haltet, besteht kein Grund zur Sorge."

„Das werden wir tun", sagte Ignazio.

Sie lächelte ihn an, und wieder sah er weg. Man könnte meinen, er wäre von seiner eigenen Höflichkeit eingeschüchtert. „Ich hege keinen Zweifel, dass er bei euch in den besten Händen ist. Aber falls es Schwierigkeiten gibt, dürft ihr mich jederzeit rufen."

Beide murmelten ein Dankeschön, doch Ignazio streckte die Finger nach ihr aus, als wollte er ihre Hand küssen – ein wenig übertrieben für ihren geringen Beitrag.

Nives verabschiedete sich und machte sich auf den Weg zu ihrer Hütte.

xxx

Cir hatte mit dem Pfad den Bergrücken überquert und sich erst einmal setzen müssen. Etwa eine halbe Meile nördlich ragte nackter Fels aus grünen Weiden, als hätte jemand einen riesenhaften Bauklotz halb eingegraben. Zahlreiche Fenster und Galerien ließen ahnen, wie durchlöchert er war. Altanida, der Palast, von dem Nives Cir immer vorgeschwärmt hatte. Groß genug, um Pascanova fünfmal darin unterzubringen.

Nach Südosten hin öffnete sich ein Tal, ein See wie ein Auge glänzte unter dem wolkenlosen Himmel. An seinem Ufer wuchsen Obstbäume und Weinreben in ordentlichen Reihen. Weiter oben gab es Felder, Korn und Gemüse. Auf halber Höhe schmiegten sich weitläufige Bergdörfer aus Steinhäusern an die Hänge. Cir entdeckte fünf davon, aber wahrscheinlich lagen in den Seitentälern noch mehr. Er hatte sich wenige Namen gemerkt, aber Nives hatte von mehr als fünf Ortschaften berichtet.

Wo es zu steil für Äcker war, grasten Schafe, Ziegen und eine Handvoll Esel, aber keine Pferde und Rinder. Wie seine Nonna gesagt hatte.

Am besten schaute er sich erst einmal vorsichtig um. Cir bog nach Süden ab, ging über die Wiese zum Waldrand.

Unter den Bäumen fand Cir frühe Walderdbeeren, an denen er sich satt aß, bevor er sich der Siedlung weiter unten näherte. Er blieb im Schatten, sodass seine farblose Kleidung hoffentlich vor dem Hintergrund verschwand, und suchte sich einen guten Platz, um das Dorf zu beobachten. Tatsächlich kamen Leute aus den Häusern, sobald die Sonne ihren höchsten Punkt überschritten hatte. Frauen in den Gewändern von wohlhabenden Leuten – bodenlang, gefärbt und mit kunstvollen Schnürungen – arbeiteten in den Gärten. Ein paar mehr, einfacher gekleidet, Dienstmägde wohl, breiteten weiße Laken auf einer Wiese zum Bleichen aus. Aus einer Schmiede hallten Hammerschläge, Zimmermänner mit langen Zöpfen werkelten an dem Fachwerk für eine Scheune. Kinder spielten auf der Straße – hier trugen sogar die kleinen Jungs Hosen und Schuhe.

Unter diesen Leuten würde Cir auffallen wie eine blaue Kuh in Pascanova und vermutlich noch mehr Misstrauen erregen.

So viel zu heimlichen Erkundungen.

Er setzte sich und lehnte sich gegen eine Kiefer. Hätte er doch Nives überredet mitzukommen. Aber jetzt schon zurückkriechen? Lieber ließ er sie noch ein wenig schmoren.

Cir schreckte hoch, weil etwas knackte. Er blinzelte und fand sich entlang eines Schwertes in kühle blaue Augen starren.

Der Mann, dem sowohl das Schwert als auch die Augen gehörten, grinste.

„Keine Bewegung, Bürschchen."

Das musste ihm nicht eigens mitgeteilt werden, obwohl er liebend gern davonrennen wollte. „Gewiss nicht. Herr."

Wie hatte er nur einschlafen können und sich erwischen lassen? Noch dazu von einem Trupp breitschultriger Männer, die schwarz lackierte Rüstungen ohne Helme, aber mit zu vielen sichtbaren Messern trugen. An den wollenen Schals, die ihre Hälse schützten, prangten drei blaue, gestickte Wellen: die Gannes-Farben. Nives hatte viel Zeit darauf verwendet ihm einzuschärfen, wie die aussahen.

„Wie heißt du?", fragte der Mann mit dem Schwert.

„Cir."

„Und woher kommst du?"

Auf die Schnelle fiel Cir kein einziger Name der Dörfer hier ein. Hätte er da bloß so gut aufgepasst wie bei seinem Stammbaum. „Von draußen", sagte er also wahrheitsgemäß. „Aus Centerre."

„Draußen." Der Krieger legte den Kopf schräg. „Wie bist du den Menschen entkommen?"

Cir hob die Brauen. „Wieso sollte ich den Menschen entkommen sein?"

„Du siehst aus wie ein *servus*."

Ein Sklave? Dabei gab es im Fürstentum Laudico seit Jahrzehnten keine Sklaven mehr. „Ich bin kein Sklave", sagte Cir. „Ich bin ein Findelkind." Halb erwartete er, dass die Lüge enttarnt wurde. Jeder musste hören, dass er das Sprechen von einem anderen Alben und nicht von einem Centerrer gelernt hatte. Außerdem hätte er ohne einen entsprechenden Hinweis gar nicht hergefunden.

„Und du willst mir ernsthaft erzählen, dass Menschen dich aufgezogen haben, nur um dich gehen zu lassen?"

Also gut. Offensichtlich hatte der Mann ein paar Schwierigkeiten mit der Logik. Cir versuchte ein verlegenes Lächeln. „Sie haben mich davongejagt. Sie hatten Angst um den Verstand ihrer jungen Leute."

Der Krieger lachte und nahm endlich das Schwert weg. „Hast du ihnen nicht verraten, dass sie stinken? Steh auf. Wir müssen dich durchsuchen und dann der Königin vorführen. Es gibt keine Vorschriften für Zuwanderer."

Cir nickte und kam auf die Füße. Einer der anderen Soldaten tastete ihn ab, nahm Cirs Messer an sich. Kurz betrachtete er die Bronzeklinge, als verstünde er etwas vom Schmieden.

Nonna würde ihm ordentlich den Kopf waschen, wenn er ohne dieses teure Stück heimkam.

„Los jetzt."

Sie folgten dem Waldrand nach Norden, wo Altanida nun weniger einem Bauklotz ähnelte als einem

Turm, aus dessen dunklen Fenstern sich jederzeit Ungeheuer auf ihn stürzen könnten.

Cir beobachtete die anderen. Er war gar nicht so klein, im Vergleich zu ihnen, vielleicht eine Handbreit weniger. Nives hatte ihm bestätigt, dass er noch wachsen würde, im Gegensatz zu Menschen im gleichen Alter.

Allerdings schienen die Wächter alle doppelt so schwer wie Cir und hatten Schultern wie Holzfäller. Ihre dunkle Uniform tat das ihrige, sie unheimlich wirken zu lassen. Bis auf zwei, die mit einem doppelt geschwungenen Bogen bewaffnet waren, trugen alle Schwerter. Und Cir besaß nicht einmal mehr sein Messer.

Trotzdem musste er zuschauen, dass er ihnen entkam. Die Königin, damit hatten die Soldaten gewiss Noctuola Gannes gemeint. Diese Tochter eines Thronräubers konnte sicherlich eine Verbindung zwischen einem Findelkind namens Cir und dem verschwundenen Prinzen Cirrus Salvan ziehen. Noch dazu, wenn Cir laut Nives das Ebenbild seines Vaters war.

Sie erreichten den Pfad, der zum Tor führte.

Cir sah sich um, tat so, als würde er straucheln, rollte sich unter dem Griff des Mannes weg, der links neben ihm ging, kam auf die Füße und rannte. Wenn er nur erst hinter der Kuppe wäre.

„Stehenbleiben", rief einer. „Stehenbleiben oder ich schieße!"

Cir sah sich nicht um, lief, lief, schlug Haken.

Ein Pfeil sirrte an ihm vorbei, gleich darauf ein zweiter.

Hinter dem Bergrücken, wo die Schafe weideten, war er genauso wenig sicher. Ein dritter Pfeil streifte seinen rechten Arm, hinterließ eine Spur wie Feuer. Er stolperte beinahe, ließ sich fallen, kullerte den Hang hinunter.

Nach der nächsten Biegung traf Cir wieder auf den Pfad, rappelte sich hoch und rannte weiter.

Ein letzter Pfeil zischte an seinem linken Ohr vorbei, dann klirrten nur noch die Rüstungen der Krieger.

Der Hirtenjunge, der jetzt auf dem Findling saß, sah mit großen Augen zu, wie Cir vor den Soldaten floh, aber er tat nichts, um ihn aufzuhalten, als er sich zwischen die Felsnadeln zwängte.

Auf der anderen Seite lag das Tal im Schatten, die kühle Luft war wie Balsam für das Brennen, das der Pfeil hinterlassen hatte. Cir sammelte sich, schob den Schmerz in seinem Arm beiseite, holte den Milan hervor und warf sich in die Lüfte.

xxx

Mitten in der Nacht polterte etwas gegen die Tür von Nives' Hütte. Sie schreckte hoch, schüttelte den Kopf gegen den Schmerz in ihrem Nacken – sie war im Sitzen auf der Bank eingeschlafen. Die Lampe brannte noch, dabei konnte sie es sich nicht leisten, Öl zu verschwenden.

Als sei dem Besuch die Kraft ausgegangen, kratzte etwas wie eine Katze, die auf Einlass hoffte.

Nives stand auf, schielte nach dem Schürhaken – eine Sonderanfertigung aus Bronze – und ließ ihn dann doch an seiner gewohnten Stelle.

Der Pfeil aus ihrer Vision hatte getroffen.

Cir lag auf dem Boden, als hätte ihn jemand gegen die Hütte geworfen, die Haare klebten ihm nass am Kopf, obwohl es nicht geregnet hatte. Er blinzelte und starrte aus glasigen Augen zu Nives hoch, schien sie aber nicht zu erkennen.

Sie ging in die Knie und griff ihn unter den Achseln, zerrte ihn ins Licht vor dem Herd. Er half nicht mit, also hatte sie keine Hoffnung, ihn ins Bett zu befördern.

Das Kind glühte. Die Tunika hatte am rechten Oberarm einen blutigen Fleck um einen kurzen Riss.

Nives biss sich auf die Unterlippe und ging ans Werk. Erst ein Tuch mit kühlem Wasser auf die Stirn, Feuer im Herd schüren, Branntwein und Verbände suchen.

Als sie sich wieder neben Cir kniete, war er eingeschlafen.

Nicht zum ersten Mal wusste sie den losen Schnitt von Tuniken zu schätzen. Sie konnte den Ärmel hochschieben und sich die Wunde besehen, ohne den Stoff zerschneiden zu müssen.

Der dünne, blutige Streifen verschwand fast zwischen dicken Wasserblasen.

Eisenbrand. Hoffentlich handelte es sich wirklich nur um einen Kratzer, hoffentlich hatte der Pfeil den Muskel nicht verletzt, denn sonst würde Cir den Arm verlieren.

Kein Wunder, dass das Kind fieberte.

Wenn Nives den erwischte, der ihren Cir mit einer Eisenwaffe angegriffen hatte.

Sie rief sich zur Ordnung. Auf die Brandblasen kam ein weiteres mit kaltem Wasser getränktes Tuch. Sie machte Wadenwickel und deckte Cir zu.

Eisenbrand überforderte selbst starke albische Heiler, und ein Mensch wäre dagegen sowieso hilflos. Also setzte Nives in einem Topf eine Handvoll getrocknete Berberitzen und Holunderblüten auf und in einem zweiten Petersilie.

So wie früher, wenn er krank geworden war, weckte Nives Cir ein paar Mal, um ihm den Holunderaufguss einzuflößen. Er schien über die Störungen ungehalten und hätte vermutlich durchgeschlafen, was sie als gutes Zeichen wertete.

Als es draußen hell wurde, sank das Fieber etwas. Sie tränkte die Binde um die Brandblasen mit dem nunmehr kühlen Petersilienwasser gegen Juckreiz und kroch dann in ihr Bett.

„Nonna?"

Nives blinzelte Cir an. Er kauerte neben ihrem Bett, sah immer noch zum Fürchten aus, aber sein Blick war wieder klar.

Sie setzte sich und strich ihm mit einer Hand die Haare aus dem Gesicht. Immer noch zu warm. „Ich sollte dir Schläge mit einem Gürtel verpassen. Für den Schrecken, den du mir eingejagt hast."

Cir lächelte. „Es tut mir leid."

„Gut." Vergeben hatte sie ihm noch nicht. „Und jetzt ins Bett mit dir, du hast Fieber."

Es musste ihm schlechter gehen, als sein Aussehen vermuten ließ, denn er kroch ohne Murren unter seine Decke.

Dafür stand Nives auf, zwang ihn, mehr von dem Holundersud zu trinken, und erneuerte den Verband auf seinem Arm.

„Wo warst du?", fragte sie schließlich und setzte sich zu ihm.

„Daheim."

Nives blinzelte.

„In den verschwiegenen Tälern." Er starrte zum Dachgebälk hoch und sah in diesem Moment so verloren aus, dass Nives ihn unmöglich dafür schelten konnte. „Es ... sie bauen Wein an. Und sogar die kleinen Jungs haben Schuhe."

Beinahe hätte Nives geseufzt. „Ich weiß", sagte sie. „Es ist schön da." Aber das erklärte nicht die Wunde. „Du hast dich also dort umgesehen. Und dann?"

„Ein paar Wachen haben mich erwischt."

Nives vergrub ihre Finger in der Decke. Wie gut, dass sie sich geschworen hatte, niemals Kinder zu schlagen. „Und weiter?"

Schweigend hörte sie sich den Rest der Geschichte an, obwohl sie es nicht glauben wollte.

Eisenwaffen in Albenhänden.

Unmöglich. Mit geeigneten Vorsichtsmaßnahmen konnte ein Alb durchaus mit Eisen umgehen, doch selbst mit dicken Handschuhen und langärmliger Kleidung wäre ihr unwohl. Aber Eisen gegen einen anderen Alb zu verwenden? Bei den Ahnen, das brauchte schon eine besondere Art Grausamkeit. Wenn kein Krieg war, gab es keinen Grund, andere Alben mit Eisen zu bekämpfen.

„Nonna?"

„Hm?"

„Du bist so still."

„Ja. Ich – sie sollten nicht einfach so ... Eisen, Kind. Du hattest nicht mal ein Messer, und sie haben dich mit Eisenwaffen angegriffen."

Cir zog die Nase hoch. „Ist ein bisschen, als würde man mit einer Bärenfalle Kaninchen fangen, hm?"

„Es ist nicht richtig."

Er runzelte die Stirn. „Ich weiß. Ich will trotzdem dorthin zurück."

Jetzt entrang sich ihr der Seufzer doch. „Ich denke nicht, dass wir dorthin zurückkönnen. Die Gannes würden uns niemals in Frieden lassen. Irgendwo anders hin, vielleicht. Die verschwiegenen Täler sind nicht der einzige Ort, an dem Alben leben."

„Hmm."

Natürlich wusste er das. Sie hatte ihm die Geschichte ihres Volkes wieder und wieder berichtet. Hier in

Centerre glaubten die Menschen, die Alben seien Mischwesen, die der fledermausförmige Geist einer Höhle aus Rache mit den ersten Bergleuten gezeugt hatte. Eine wirklich geschmacklose Erklärung für die spitzen Ohren und den Eisenbrand. Deswegen hatte sie immer viel Wert darauf gelegt, dass Cir wusste, woher er kam. Aber offenbar hatte all das nicht ausgereicht, um ihn Solanus Gannes' unberechenbaren Ehrgeiz fürchten zu lassen.

„Erzähl mir davon."

Als wäre er zwölf Jahre jünger. Damals hatte er immer und immer wieder die gleichen Geschichten hören wollen. Trotzdem hatte sie nie mehr als einige Bruchstücke der alten Sprache in seinen Kopf bekommen.

„Erst Frühstück", sagte sie.

Den Rest des Tages spann Nives, wusch und flickte Cirs Tunika. Wenn er nicht gerade schlief, unterhielt sie ihn mit Geschichten.

Am Nachmittag machte sie eine kurze Pause, um die nächstgelegenen Fallen zu überprüfen. Kein Eichhorn diesmal, aber eine verirrte wilde Taube.

Als sie damit heimkam, schlief Cir immer noch, also rupfte sie das Tier, nahm es aus und setzte eine Suppe auf.

Bald darauf wurde Cir munter. Das Fieber war weiter gesunken und er wach genug, um sich zu beklagen, wie sehr die Brandblasen juckten.

Um ihn abzulenken, setzte Nives ihn hinter die Hütte und servierte die Suppe dort.

Es war ein milder Abend, der den Sommer ahnen ließ. Nives holte ihre Sachen, um weiterzuarbeiten, und hieß Cir die Taubenfedern sortieren. Mit ein bisschen Glück ließ sich daraus ein Fächer machen.

Kurz vor Sonnenuntergang kam jemand den Pfad durch den Wald herauf. Unter schweren Schritten knackte der Reisig.

Cir sah Nives fragend an, aber sie musste mit den Schultern zucken. Sie hatte nichts gespürt, keine einzige Ahnung hatte sie erreicht.

Sie standen auf und gingen, um den Gast zu empfangen.

Es war Ignazio, mit einem roten Gesicht, als wäre er gerannt. „Fata Nives." Er verbeugte sich. Dazu die höfliche Anrede für eine Albin. War sie am Ende eingeschlafen und träumte das hier genauso wie Cirs Bericht von den Eisenwaffen?

Doch Cir schnaubte. Wahrscheinlich war es kein Traum.

„Ich sehe, Cirrus ist wohlbehalten zurückgekehrt." Ignazio kam einen Schritt näher.

„Ja, ist er", log Nives. „Was führt dich her? Ist etwas mit deinem Vater?"

Ein Stirnrunzeln huschte über Ignazios Gesicht. „Nein. Nein, meinem Vater geht es gut." Seine Hand schnellte vor und griff sich Nives' Rechte, drückte zu, als wollte er ihr die Finger zerquetschen. „Heirate mich, Fata Nives."

Was? Aber ...

„Hast du ihn bezaubert, Nonna?"

„Nicht, dass ich wüsste." Sie hatte es nie gelernt. „Ignazio, lass mich bitte los."

Dieser blinzelte und lockerte seinen Griff ein wenig. „Fata Nives. Heirate mich."

Ein Kichern von Cir.

„Du bist verlobt." Was war nur in diesen Kerl gefahren? „Hast du eine Wette verloren?"

Wieder ein Stirnrunzeln. „Ich weiß nicht, was du meinst, Fata Nives."

„Warum sonst solltest du mir einen Antrag machen?"

„Aber, Nives." Er fiel vor ihr auf die Knie und rieb sein Gesicht gegen ihre Hand. Sein Bartschatten kratzte über ihre Haut, sein heißer, feuchter Atem störte die feinen Haare auf ihrem Arm. Selten hatte sie sich dringender waschen wollen als jetzt; sie versuchte, sich zu entziehen, aber er hatte zu viel Kraft.

„Nives. Schönste aller Frauen. Nichts kommt dir gleich. Nicht einmal der Vollmond kann es mit deiner Schönheit aufnehmen."

Was? Nives sah sich nach Cir um. Nachher hatte er doch richtig geraten, und sie hatte Ignazio unter einen Zauber gezwungen.

Aber Cir grinste nur. Schadenfroh, der Bengel.

„Bitte, Ignazio, sei doch vernünftig. Ich bin dreimal so alt wie du. Ich kann dich nicht heiraten." Sie war einmal verheiratet gewesen, das reichte ihr.

„Aber." Er riss die Augen auf. „Dann sei meine Geliebte. Ich muss vergehen, wenn du nicht die Meine sein willst."

Bei den Ahnen, was sollte Nives jetzt tun? „Ignazio, lass mich bitte los."

Er knurrte und schlang seine Arme um ihre Beine. Drückte seine Nase in ihren Schoß. „Nie mehr lasse ich dich gehen, Fata Nives."

Kräftige Finger kneteten ihren Hintern, und Nives konnte nur dastehen und sich ekeln. Wusste nicht, wohin mit ihren Händen. Das war doch nicht – das konnte doch unmöglich sein, dass er sie betatschte. Ein Schrei stak in ihrer Kehle fest und kam nicht heraus.

Plötzlich ein Schlag. Ignazio löste seinen Griff und sank zu Boden. Nives bekam endlich wieder Luft. Sie blinzelte, floh einen Schritt rückwärts.

Cir stand hinter Ignazio, mit einem Prügel in der Hand. Er betrachtete einen dunkel glänzenden Fleck an dem Holz. Blut?

2

„Nonna? Alles in Ordnung mit dir?"

War Nives in Ordnung? Ihre Hände zitterten. Sie schüttelte den Kopf.

Cir ließ den Ast fallen, kam zu ihr. Hob ganz langsam die Hand, als sei sie ein scheues Tier, und drückte ihr schließlich die Schulter.

Die Berührung weckte sie aus ihrer Starre. „Ist er tot?"

„Ich weiß nicht."

„Lass mich nach ihm sehen." Ignazio hatte einen Puls, langsam und regelmäßig. Leider. Glücklicherweise. Nives ließ sein Handgelenk los und wischte die Finger am Gras ab. Was mit einem liebestollen Menschen anfangen, der hinter ihr her war?

„Nonna? Was machen wir jetzt?" Cir klang klein, ängstlich, wie ein Kind.

„Ich sollte ihn freigeben." Nives stand auf. „Aber die Magoi hüten ihre Geheimnisse gut."

„Also musst du einen fragen."

Sie schluckte. Einen Magus zurate ziehen? Es blieb ihr nichts anderes übrig, wenn sie Ignazio nicht sterben lassen wollte, obwohl sie die ganze Zunft nicht ausstehen konnte.

„Wir werden uns ins Valtacité einschleichen müssen."

Cir runzelte die Stirn. „Was meinst du, wenn ich auf den Thron verzichte, zugunsten von Noctuola? Würden sie uns dann dort leben lassen?"

Diesen Vorschlag mochte Nives genauso wenig wie die Vorstellung, Hilfe bei den Magoi zu suchen. Auch wenn sie beide nach dem heutigen Abend nie wieder in Pascanova würden leben können, hatte sie doch das Gefühl, dass dies alles zum falschen Zeitpunkt stattfand. Sie seufzte. „Darüber können wir sprechen, wenn wir die Lage besser kennen. Zuerst werden wir deinen Großonkel suchen." So Audax Pol-Salvan Solanus Gannes' Wut überlebt hatte.

Sie packten. Es dauerte nicht lange, denn sie besaßen wenig.

Cir verbreitete ungeduldige Aufbruchsstimmung. „Wenn wir uns in Eulen verwandeln und die Nacht durchfliegen, können wir morgen früh schon am Tor sein."

Nives schnalzte mit der Zunge. Mochte es auch wenig Gepäck sein, war es doch anstrengend, so viele Sachen zusammen mit der zweibeinigen Form einzusperren. „Eine halbe Stunde höchstens. Wenn dein Arm es erlaubt."

Das brachte ihr verdrehte Augen ein. Aber als sie für die Nacht an einem aufgelassenen Berghof halt machten, murrte er nicht, sondern rollte sich in seine Decke und schlief, ausnahmsweise, sofort ein.

Die Reise verlangte Cir einiges ab, und am nächsten Tag drängte er nicht mehr zur Eile, als Nives bestimmte, dass sie ab jetzt zu Fuß gehen sollten. Die Wunde heilte, jedoch zu langsam für ihrer beider Geschmack. Alle halbe Stunde musste sie ihn daran erinnern, dass er nicht kratzen sollte.

Am dritten Tag trafen sie auf die friedländische Grenze. Da Nives nicht wusste, ob die Siegel bei zweibeinigen Alben Alarm schlugen, erlaubte sie, den Rest der Strecke zu fliegen, deshalb erreichten sie das Tor zum Valtacité noch am selben Nachmittag.

„Warum gibt es hier keine Wache?", fragte Cir, als sie schließlich davorstanden. „Oder meinst du, sie lauern auf der anderen Seite?"

Nives wackelte mit dem Kopf. „Ich glaube nicht. Dieser Hang unterliegt einem Zauber. Das Land um den Bann gehört niemandem, darf niemandem gehören. Dinge geschehen, wenn Bewaffnete das Tor bewachen." Sie kannte die Geschichten darüber. Das Tor gehörte weder hierhin noch dorthin, und wer sich anmaßte, es besitzen zu wollen, starb eines unangenehmen Todes. Genauso wie diejenigen, die vergaßen, dass es zum Schutz vor den Menschen diente und nicht dazu, jemanden einzusperren.

„Also gehen wir durch und ...?"

„In den Wald. Wir müssen nach Süden, nach Pergulu. Mit ein bisschen Glück lebt der Onkel deines Vaters noch dort."

Als es dämmerte, durchschritten sie das Tor. Wie erwartet lauerte ihnen auf der anderen Seite niemand auf. Nur für den Fall, dass der Pfad weiter oben bewacht war, schlugen sie sich über Wildwechsel nach Süden durch.

„Das hier wäre als Eule wesentlich einfacher", maulte Cir irgendwann.

„Die Ahnen wussten, was sie taten, als sie den Bann woben." Der Zauber hielt nicht nur die Menschen draußen, sondern unterband auch Verwandlungen innerhalb der Grenze.

Cir seufzte. „Die sind nie bei Nacht barfuß durch einen Wald gegangen."

Nives schüttelte den Kopf. „Du solltest vielleicht einfach die Füße heben."

„Nennst du mich faul?"

Sie lächelte in die Dunkelheit. „Vielleicht."

Darauf antwortete er nicht, doch sie ahnte, dass er die Schultern hängen ließ.

„Als die Wälder noch jung waren und es im Winter nicht schneite", fing Nives an.

„Willst du mich mit einer Geschichte ruhigstellen? Ich bin achtzehn."

Nives hob die Brauen und ließ sich nicht beeindrucken. „Als die Wälder noch jung waren und es im Winter nicht schneite, da wohnten sowohl Menschen als auch Alben in Höhlen. Die Menschen in den Tälern, und die Alben auf den Bergen. Doch die Alben kannten Geheimnisse, die den Menschen verborgen blieben."

Es brauchte die Geschichte vom Ersten Bann, um Pergulu von oben zu erreichen.

Der runde Turm aus Stein stand noch und wirkte gut erhalten. Über dem Zugang prangte der schwarze Widder der Familie Pol-Salvan, dennoch konnte Nives keine Wache oben entdecken.

Wiegte sich Audax in Sicherheit oder durfte er sich nicht verteidigen?

Sie schlich ein wenig herum, fand einen Gemüsegarten voller Bohnenstangen, Erbsen und Rüben statt Ursinas vielbewunderter Rosen, aber keine Hinweise darauf, was geschehen war.

„Wir übernachten im Wald", befahl sie. „Morgen früh schaue ich mich noch einmal um."

Cir schmollte, blieb aber ohne allzu viel Widerspruch zurück, als Nives sich am Morgen auf ihren Erkundungsgang machte.

Im ehemaligen Rosengarten arbeiteten zwei Frauen, eine ältere, eine jüngere. Die ältere, mit grauen Strähnen im fuchsfarbenen Haar, schnitt Rhabarber, die jüngere, noch jugendlich schmal, mit flammenroten Locken, zupfte Unkraut.

Nives beobachtete sie eine Weile. Beide trugen gute Kleidung, die Angestellte sich kaum leisten konnten. Nichts ergab mehr einen Sinn.

Irgendwann unterbrachen die beiden ihre gemurmelte Unterhaltung, und die ältere Frau fing an zu singen.

Eine süße, allzu bekannte Stimme. Ursina. Die Edle Pol-Salvan selbst hockte in ihrem Garten und erntete Gemüse. Offenbar waren es harte Zeiten für die Familie.

Nives ging näher heran. Dann handelte es sich bei dem Mädchen um Fiammetta, die Enkelin? Die war ein paar Monate älter als Cir. Ursinas einzige Tochter hatte kurz nach ihrer Volljährigkeit geheiratet, noch früher als Nives. Von ihrem Mann, einem nur wenig älteren Gannes-Nachkömmling, hatte sie sich gleich die Verantwortungslosigkeit abgeschaut. Trotz des kleinen Kindes daheim war sie ihm zu einer Jagd nach draußen gefolgt und wie er unter einer Lawine geblieben.

Die Gannes jener Generation besaßen ein unseliges Händchen für Abenteuer.

Ursina hatte das Mädchen aufgezogen, und offenbar war es noch keinem Gannes einfallen, sie zurückzufordern.

Falls Audax noch lebte, wäre er sicher darauf aus, der Familie bessere Lebensverhältnisse zu bescheren.

Also wagte Nives sich unter den Bäumen hervor und fügte die zweite, tiefere Stimme zu Ursinas Gesang hinzu.

Ursina verstummte, beide drehten sich nach ihr um.

„Nives?" Ursina stand auf und beschattete ihre Augen mit einer Hand. „Nives!"

Nives näherte sich so weit, wie es die Höflichkeit erlaubte, und knickste. „Edle Ursina."

„Lass die Förmlichkeiten."

Nives warf einen Seitenblick auf das Mädchen, das sich nun ebenfalls erhob. „Gerne, Ursina."

„Ach. Kind, das ist Nives. Sie war vor langer Zeit Kinderfrau bei Hofe."

Das Mädchen zog eine Braue hoch und nickte. Abgesehen von den Gannes'schen Augen kam sie vor allem nach ihrer Großmutter, die Schlaksigkeit eingeschlossen. Sie war etwa so groß wie Cir, ungewöhnlich für ein Mädchen, und ziemlich dünn.

„Und Nives, dies ist meine Enkelin. Du erinnerst dich noch?"

„Selbstverständlich." Wieder knickste Nives. „Edle Fiammetta."

„Morgen, Nives. Und wie meine Großmutter sagte: Zur Zeit geht es hier nicht besonders edel zu."

Ursina spitzte die Lippen, denn das war wirklich keine Ausdrucksweise für eine Adlige, ganz gleich wie verarmt. Doch sie tadelte das Kind nicht, sondern deutete nach einer Bank.

„Setz dich her. Wo hast du die ganzen Jahre gesteckt?" Sie beäugte Nives' zerschlissene Kleidung. „Es hieß, du hättest den jüngeren Prinzen entführt und wärst nach draußen geflohen."

Nives warf einen weiteren Blick in Fiammettas Richtung. Wie ehrlich konnte sie sein?

Die junge Frau lächelte schief. „In diesem Haushalt lernt man sehr schnell, nicht zu viel zu erzählen."

Gut. „Ich bin damals mit Cir entkommen, ja." Nives sah sich um. „Wie sicher ist es hier?"

Bezeichnenderweise schien sich Ursina nicht über die Frage zu wundern. Sie biss sich auf die Unterlippe. „Wir haben nur noch drei Angestellte und die seit Jahren. Wenn sie uns hätten verraten wollen, hätten sie das schon längst getan. Gelegentlich kommen Wachen vorbei, um im Turm nach dem Rechten zu sehen, aber es war erst vor zwei Tagen jemand da. Bis zum nächsten Vollmond sollten wir unsere Ruhe haben."

„Ich habe Cir mitgebracht. Wir mussten überstürzt aufbrechen."

Ursina riss die Augen auf. „Er lebt noch?"

Nives rümpfte die Nase. Was hielt Ursina denn von ihr? „Natürlich lebt er noch. Wenn ich darf, gehe ich ihn holen."

Fiammetta räusperte sich. „Vielleicht sollte ich Großvater rufen? Ihr wollt eure Geschichte sicher nur einmal erzählen."

xxx

Die Edle Ursina hatte die Hände über dem Kopf zusammengeschlagen, als sie Cirs Aufzug gesehen hatte, und war erst einmal in einen Wirbelwind von Maßnahmen ausgebrochen. Cir und Nives bekamen jeweils ein heißes Bad. Cir hatte seit Jahren nicht mehr warm gebadet, und Nives sicher noch länger nicht. Früher hatte ihn Vincenzo manchmal bei sich baden lassen. Nicht vor den Markttagen, wie die anderen auf seinem Hof, aber einmal im Monat.

Hier, in diesem Schloss, hatten die Vorfahren nicht nur Zimmer aus dem Fels gehauen, sondern in jedem Gästezimmer gleich noch einen eigenen Badezuber aus Stein stehen lassen. Das Wasser kam aus dem Berg, klar und kalt, aber magische Siegel an der Wanne sorgten dafür, dass es sich aufheizte, sobald es hineinfloss.

Drei Fenster ohne Glas oder Haut davor boten eine Aussicht ins Tal. Als er sich nach draußen lehnte, wischte ihm etwas über das Gesicht wie dünner Stoff. Noch ein Zauber, diesmal, um die Kälte auszusperren. Die Kunst der Alben, Siegel zu schaffen, war unübertroffen. Wie Nives behauptet hatte. Warum hatte er ihr nicht geglaubt?

Und das Himmelbett aus geöltem Kiefernholz war fast so groß wie die Hütte in Pascanova.

Während er im heißen Wasser lag und gegen den Schlaf kämpfte, kam Nives herein und legte ihm einen Stapel Kleider hin. „Audax hatte noch ein paar Sachen im Schrank, die ihm nicht mehr passen", sagte sie.

Cir starrte erst sie an – sie trug ein Kleid in Rostrot und Grün, in dem sie wie eine Königin aussah – und dann den bunten Stapel. Eigentlich sollte er reagieren, aber die Wärme machte ihn dumm.

Nives musterte ihn. „Du liegst seit einer halben Stunde in der Wanne. Das ist viel zu lange. Soll ich dir die Haare waschen?"

Wie bitte? Auf einmal war er wieder wach, schüttelte den Kopf. Es war eines, über einer Schüssel zu knien und sich Wasser über den Kopf gießen zu lassen. Aber er saß hier drin vollkommen nackt.

Halb lächelnd, halb beleidigt verzog Nives den Mund. „Nimm die Tonerde dafür, sonst werden sie spröde."

Aha.

Weil er sie ratsuchend genug ansah, griff sie nach einer Flasche und hielt ihm einen Vortrag, wie der Inhalt zu verwenden sei.

Also wusch Cir seine Haare, wickelte sich in ein Handtuch und untersuchte den Stapel Kleidung. Nicht mal, wenn ein Krämer nach Pascanova kam, gab es teure Stoffe in so vielen verschiedenen Farben zu sehen.

Die Hemden hatten Schnürungen an den Seiten, damit sie anlagen, die Hosen waren ebenfalls eng geschnitten. Cir nahm die weiteste, aus dunkelgrauer Wolle, und kam sich darin trotzdem ein bisschen unanständig vor. Dazu suchte er ein möglichst loses, langes Obergewand. Er fand eines in Blau, das, wie teure Frauenkleider, Ösen an den Armlöchern hatte, um Ärmel daran zu befestigen. Rosalia besaß eines und zwei Paar Ärmel dazu, für Hochzeiten oder wenn sie sich in einem Tempel zeigen musste.

Die hiesige Auswahl an Ärmeln ließ allerdings zu wünschen übrig: Es gab enge mit angegilbtem Spitzenbesatz oder Stickereien, weite mit oder ohne Borten, die im Essen hängen würden, wenn er nicht vorsichtig war. Und natürlich hatte keines der zur

Auswahl stehenden Ärmelpaare die Farbe des Gewandes. Cir schüttelte den Kopf. Er war doch kein Mädchen. Also musste es ohne Ärmel gehen.

Schlimm genug, dass von ihm erwartet wurde, zu allem noch bunte Lederpantoffeln zu tragen.

Lange musste er sich nicht gedulden, bis Nives ihn abholte. Für sein Aussehen hatte sie ein anerkennendes Lächeln übrig. Sie winkte ihm, die faustgroße Leuchtkugel zu nehmen, die in einer Nische neben seiner Tür lag und anfing zu glühen, als er sie aufhob. Auch Nives hatte eine solche Kugel dabei.

Durch ein Gewirr an Gängen und Treppen stiegen sie im Berg nach oben. Sie passierten zahlreiche farbig angestrichene Türen, bis echter Sonnenschein den Weg zu einem Zimmer wies, wo die anderen auf sie warteten. Es musste ein Speisesaal sein, dem langen Tisch aus rötlichem Holz nach zu urteilen, und er lag unterirdisch, wie alles hier. Die großen Rundbogenfenster erlaubten einen schwindelig machenden Blick ins Tal und auf die zerrissenen Wolken am Himmel. Wahrscheinlich würde es demnächst regnen. Die grauen Kalksteinwände waren größtenteils von gestickten Wandbehängen verborgen, auf dem Boden lag ein Teppich aus dickem, weichem Stoff. Er strich mit dem Fuß über das verschlungene Muster, was einen hellen Streifen hinterließ.

„Der ist geknüpft", sagte Nives.

Cir nickte. Zwar hatte sie versucht ihm zu beschreiben, dass es im Valtacité Teppiche gab, die Rosalias gewebten Flickenteppichen kaum ähnelten, aber trotz zahlreicher Erklärungen hatte er sich nie etwas darunter vorstellen können.

„Ich sehe, dass meine Sachen dir passen, Cir." Audax schien darüber äußerst zufrieden. „Setzt euch."

Also ließ Cir sich von Nives auf einen der Stühle drücken. Sie sammelte seine Leuchtkugel ein und brachte beide auf einer riesigen Truhe mit Türen unter, die an der Hinterwand kauerte. Deren schnörkelige Bemalung erinnerte Cir an sich windende Schlangen.

In der Hoffnung, dass es keiner bemerkte, befingerte er den Polsterbezug aus glattem, kühlen Stoff. Nicht mal der Fürst des Laudico wohnte so reich wie diese Leute hier, oder?

Fiammetta stand auf, verteilte grün glasierte Tonbecher von einem Tablett und schenkte Wein aus. Währenddessen musterte Cir die Gastgeber. Audax hatte graues, aber immer noch volles, langes Haar, einen kurzen Bart – ungewöhnlich für Alben – und schob einen kleinen Schmerbauch vor sich her. Tante Ursina dagegen schien nur aus Knochen und Kanten zu bestehen. Die senkrechten Falten auf ihrer Stirn und um den Mund ließen vermuten, dass sie diese eher von Sorgen statt vom Lächeln hatte.

Fiammetta sah ihr ähnlich, wobei Cir nicht entscheiden konnte, ob sie ihren Namen wegen der roten Haare oder ihrer Augen hatte, die gelb waren wie die eines Raubtiers. Er mochte außerdem nicht glauben, dass sie ein paar Monate älter war als er, obwohl Nives auch von diesem Teil seiner weitverzweigten Familie wieder und wieder erzählt hatte. Tatsächlich kannte er kein weibliches Menschenwesen, das im Alter von achtzehn noch die Beschreibung Mädchen verdient hätte, denn wenn die Frauen in Pascanova in dem Alter noch kein Kind hatten, waren sie entweder schwanger oder von einem Leben als Magd gezeichnet.

Schließlich setzte sich Fiammetta dazu. Audax hob den Becher und brachte einen Trinkspruch aus. „Auf eure wohlbehaltene Rückkehr."

„Auf die Gastgeber", sagte Nives.

Cir schielte zu ihr, aber von ihm wurde wohl nicht erwartet, dass er noch etwas hinzufügte.

Sie alle nahmen einen Schluck, dann lehnte sich Audax zurück. „Also. Wo habt ihr all die Jahre gesteckt?"

Nives gab eine Zusammenfassung der Ereignisse, deren ersten Teil Cir schon so oft gehört hatte, dass er hätte mitsprechen können.

Wegen seines verwundeten Arms bekam er mitleidige Blicke und ein nettes Lächeln von Fiammetta. Aber es überraschte sie nicht, dass Noctuolas Männer Eisenwaffen hatten.

„Unglücklicherweise scheine ich einen Fehler gemacht zu haben, und nun brauche ich einen Rat, wie man den Zauber lösen kann", schloss Nives ihren Bericht. „Es sollte möglich sein, aber wie man den Zauber richtig einsetzt, das lernen nur die Magoi."

Audax brummte. „Und du brauchst jemanden, der nicht im Sold der Gannes steht. Das sind nicht mehr viele."

Ursina klopfte gegen ihren Tonbecher, schien zu überlegen. „Maga Vigilea vielleicht. Sie war immer schon unabhängig."

Aus dem Augenwinkel sah Cir, wie Nives die Stirn runzelte.

„Sie lebt noch?"

„Silvana war letztens bei ihr", sagte Ursina. „Wir können sie um eine Wegbeschreibung bitten."

„Seid ihr sicher, dass ihr zu trauen ist?", fragte Nives.

„Ich habe noch nie Klagen über sie gehört."

„Gut." Nives strich sich eine lose Strähne aus dem Gesicht, offenbar hatte sie immer noch ihre Zweifel. „Und nun erzählt. Was ist euch wiederfahren?"

Audax ließ die Schultern hängen. „Noctuola ist Königin."

Cir hob die Brauen. Das sollte eine Erklärung sein?

„Kannst du das bitte näher ausführen?", sagte Nives.

Ursina seufzte. „Du wirst es nicht glauben, aber außerhalb des Palastes hat man nach Solanus' Staatsstreich nicht viele Veränderungen bemerkt. Die anderen Familien waren mit uns und den Tarandones vorsichtig, wir hatten Schwierigkeiten, einen guten Preis für unsere Seide zu bekommen, aber es hielt sich in Grenzen." Sie hob einen Mundwinkel. „Auch wenn ich damals sicher etwas Anderes behauptet hätte. Solanus starb im Winter vor elf Jahren. Eine unschöne Sache, man munkelt, Gift."

Nives nickte. „Der Thron ging an Noctuola."

„Sie hatte im Sommer darauf Menschen zu Besuch", sagte Audax. „Einen Magus – Orso, hieß er – und seinen Lehrling."

„Alea", warf Fiammetta ein. Ihr Blick ging in die Ferne, und sie schien sich an Audax' Stirnrunzeln nicht zu stören. „Orso hat ihn regelmäßig grün und blau geschlagen."

„Noctuola hätte sich nicht mit diesem Menschen abgegeben, wenn er einen guten Charakter gehabt hätte", fuhr Audax fort. „Als die beiden abgereist waren, fing es an."

„Die Eisenwaffen?", fragte Nives.

„Wir hatten keine Gelegenheit, uns zur Wehr zu setzen", sagte Audax wie zur Bestätigung. „Sie kamen, beschlagnahmten unser Bergwerk, und dann brachten sie *servi*, um darin zu arbeiten."

„Der Soldat hat mich mit einem verglichen." Cir runzelte die Stirn. „Aber wer sind diese Sklaven?"

„Menschen", antwortete Ursina. „Ich weiß nicht, wo Noctuola sie auftreibt, aber es werden immer mehr."

Cir blinzelte. Deswegen hatte der Krieger so ungläubig geklungen: Er hatte keinen Grund zur Annahme gehabt, dass es Alben draußen besser ergehen würde als Menschen hier drin.

Doch Nives schien sich vergewissern zu müssen. „Sie hat wirklich Menschen als Sklaven?"

Audax nickte. „Und nicht wenige. Sicher an die tausend, die in den gestohlenen Minen arbeiten und auf neuen Feldern, die sie aus unserem Wald gemacht hat."

Tausend Leute, die nichts verbrochen hatten und trotzdem wie Vieh behandelt wurden. Cir mochte sich nicht vorstellen, in welchem Geisteszustand man sein musste, um so etwas zu billigen. „Das ist nicht richtig."

„Genau", sagte Audax. „Es ist unser Land."

Bei aller Dankbarkeit. Cir musste seinen Becher abstellen, bevor irgendwer bemerkte, wie seine Finger vor Wut zitterten. Solange sie sich nur nicht in seine Stimme schlich. „Ich meine, dass Noctuola irgendwen versklavt hält."

Ursina legte den Kopf schräg. „Du hast Mitleid mit Menschen? Und das nach allem, was geschehen ist?"

Cir zuckte die Achseln. Bis jetzt hatte noch kein Mensch ihn wie ein Tier gejagt. „Nicht alle Menschen sind schlecht. Du würdest sicher auch nicht behaupten, dass alle Alben gut sind, oder?"

Audax brummte etwas, das vielleicht eine Zustimmung war.

„Wie dem auch sei", unterbrach Nives und bewahrte Cir davor, es sich mit seinem Gastgeber zu verscherzen. „Aber tausend? So viele Wächter kann Noctuola gar nicht haben, dass die nicht einmal einen Aufstand gewagt hätten."

Audax zuckte die Schultern. „Frag mich was Leichteres."

„Es gibt Gerüchte, dass eine Art Bezauberung im Spiel ist", sagte Ursina.

Fiammetta räusperte sich. „Ich habe mal versucht, mit welchen zu reden."

Mutig. Cir nickte ihr anerkennend zu.

Neben ihr presste Ursina die Lippen zusammen, was Fiammetta überging.

„Weißt du noch, wie du mir von König Ferox' sprechendem Vogel erzählt hast?"

Ursina bedeutete ihr, das zu erläutern.

„So einen Eindruck hatte ich von ihnen. Sie konnten mir einfache Fragen beantworten, als hätten sie es auswendig gelernt, und auf schwierige Fragen sind sie nicht eingegangen. Und sie schauen immer ins Leere."

Wie unheimlich. Von Einzelheit zu Einzelheit wurde Noctuola Cir mehr zuwider. Er rieb an seinem Arm, wo die Brandblase noch heilte. War es nicht sein Königreich, dem die Thronräuberin alles Gute stahl, das Nives ihm in so leuchtenden Farben beschrieben hatte? „Normale Menschen sind nicht so."

Fiammetta nickte. „Alea war nicht so. Vielleicht weiß Maga Vigilea etwas darüber."

„Wollen wir es hoffen." Nives zupfte wieder an ihren Haaren herum. „Aber wichtiger ist, was Noctuola mit dem ganzen Reichtum vorhat."

„Im Rat gab es schon länger Gespräche, den Bann bis zum Wall auszudehnen", sagte Audax. „Hier drin wird es langsam eng. Selbst mit den neuen Feldern weiß ich nicht, wie Noctuola ihre Sklaven ernährt."

Cir blinzelte. Davon hörte er zum ersten Mal. Auch Nives stand der Mund offen, also hatte man diese saftige Neuigkeit an ihr vorbeigeschmuggelt. Und wäre es nicht vernünftiger, sich Sklaven zu holen, damit die den Wald in den neuen Gebieten rodeten und Felder anlegten? „Es ist die falsche Reihenfolge."

„Hm", machte Fiammetta. „Nicht alle sind davon begeistert, den Bann so weit auszudehnen."

„Wir würden im Westen und Süden an die friedländischen Grenzsiegel stoßen. Die Menschen würden uns auf jeden Fall bemerken." Audax strich sich den Bart glatt. „Wir könnten uns kaum vor ihnen retten, wenn sie uns übel wollten."

Hm. „Zwischen Wall und Tor ist noch viel Platz", merkte Cir das Offensichtliche an. „Warum nicht nur ein weiteres Tal dazunehmen?"

„Nach Nordosten hin sind die Berge zu steil. Wir können nur nach Westen und Süden ausweichen. Dazu bräuchten wir ein neues Tor", sagte Audax. „Und die einzigen Felsen, die außer dem gegenwärtigen Tor dazu geeignet sind, einen solchen Zauber zu tragen, sind die Wände der Cicatrix-Schlucht."

„Die Albenklamm", ergänzte Nives. Sie hatte ihre Finger in ihre Röcke gekrallt, verbarg ihre Überraschung aber sonst gut. „So heißt sie bei den Menschen in Friedlant."

Cir pfiff. „Diese enge Felsspalte, über die wir geflogen sind?" Die Grenze querte deren Ausgang.

„Genau die." Audax nahm einen Schluck, als bräuchte er eine Stärkung. „Dein Vater wollte mit den

Menschen verhandeln, aber der Vorschlag fand wenig Anklang. Die Gannes waren dafür, es einfach zu tun und sich, wenn nötig, mit den Menschen zu messen. Der für diese Familie übliche Größenwahn." Wie zur Bekräftigung knallte er seinen Becher auf den Tisch. „Nichts für ungut, Kind. Wollen wir hoffen, dass du nach deiner Mutter kommst."

Fiammetta nahm die Entschuldigung mit einer huldvollen Geste an.

„Man muss sich nur anschauen, was die Friedländer mit ihrer Grenze angestellt haben. Ihre Magoi sind vielleicht schlechter als unsere, aber es gibt Hunderte davon, und sie haben Eisenwaffen. Deswegen waren die Gannes mit ihrer Meinung bisher allein."

Cir nickte. „Aber jetzt haben die Gannes Eisenwaffen." Und einen Weg, damit umzugehen.

„Außerdem wird es eng", ergänzte Fiammetta. „Noch hat die Königin unter dem Adel wenig Unterstützung -"

Audax schnaufte. „Wie auch, nach den Diebstählen."

Fiammetta hob die Brauen.

„Du meinst, dass sie einfach wartet, bis die anderen Edlen so unzufrieden sind, dass sie nachgeben?", fragte Cir.

Sie gestikulierte, wie um zu beweisen, dass das auf der Hand lag.

„Da kann sie lange warten", sagte Audax.

Fiammetta wackelte mit dem Kopf. „Sie hat Lucian Orco als Magus, ist eine halbe Eguane, und angeblich verhandelt ihr Cousin Rivus mit Brida Tarandone über eine Heirat."

Dafür erntete sie einen tadelnden Blick von Ursina.

Auch von diesem Scharmützel unbeeindruckt, brummte Audax. „Du glaubst ehrlich, dass sie Spinosa und Rixor vergessen haben? Das will ich sehen." Er stemmte sich vom Tisch hoch. „Kind, treib Silvana auf, sie soll Cir und Nives den Weg zu Maga Vigilea erklären. Du weißt, wo die Landkarten sind. Ich sehe solange zu, dass ihr zwei ordentlich für so eine Wanderung ausgestattet seid."

Cir zockelte Fiammetta hinterher, ohne um Erlaubnis zu fragen. Eine Frau in der Küche, die Gemüse schnitt, schickte sie weiter ins Dorf. Silvana sei zum Schäfer gegangen, nach einem Lamm. Offensichtlich mussten sie zuerst die Landkarten suchen.

„Wir kochen nicht mehr jeden Tag mit Fleisch", sagte Fiammetta, als sie Cir einen sich windenden Gang im Berg hinunterführte. „Auch nicht mit Speck oder Würsten."

„Nives versucht es, weil wir sonst fast alles dazukaufen müssen." Eichhörnchen und mit Glück mal ein Auerhuhn. Alles, was ihnen in die Fallen ging. Gegangen war.

Sie nahmen die beiden nächsten Biegungen schweigend. Die Leuchtkugeln ließen Einschlüsse im Fels schimmern.

„Wer ist Rixor?", fragte er, als Fiammetta vor einer gelbgestrichenen Tür hielt. Cirs Mutter war Spinosa

Tarandone gewesen, aber der andere Name hatte ihm nichts gesagt, denn Nives hatte keine Geschichten über ihn erzählt.

„Ein Magus." Fiammetta seufzte. „Ein Cousin von dir. Wenn ich damals nicht so versessen darauf gewesen wäre, eine Heldin zu sein, hätte ihn niemand dabei erwischt, wie er Hexenpilzpulver in Noctuolas Bett verteilte."

„Wieso das?"

Sie öffnete die Tür. Ein Raum voller Bücher und Schriftrollen. Durch ein Fenster fiel Licht, aber es roch trocken und nach dem Leder der Einbände.

„Ich habe ihn verfolgt, weil ich ihn nicht mochte. Das Pulver sollte sie wohl dazu zwingen, die Wahrheit zu sprechen." Ein Kopfschütteln. „Wenn ich nur nicht so dumm gewesen wäre. Noctuola hat ihn verschwinden lassen. Niemand weiß, was mit ihm geschehen ist."

Cir hob eine Hand, um ihr auf den Rücken zu klopfen, besann sich und ließ sie wieder sinken. „Du warst ein Kind. Kinder machen Unfug."

Ein Schnauben. „Dieser hier hat jemandem den Kopf gekostet. Ich hätte auf Alea hören sollen."

Nun, Rixor war bei den Ahnen, und Fiammetta würde sich gedulden müssen, bis sie um Verzeihung bitten konnte.

Aber diese Geschichte bestätigte ebenfalls, dass Noctuola keine Königin war, die den Namen verdiente. Beinahe jeder könnte besser regieren. Auch er?

Um sich und Fiammetta abzulenken, ging Cir auf ihr liebstes Thema ein. „Erzähl mir von diesem Alea."

Sie lächelte Cir an, als hätte er ihr eine schwere Last abgenommen. „Es fing damit an, dass Noctuola alle Edlen eingeladen hatte, um mit ihrem menschlichen Gast anzugeben ..." Die Geschichte sprudelte nur so aus Fiammetta heraus, während sie eine Landkarte um die andere ausrollte und zu überlegen schien, welche am nützlichsten wäre. Offensichtlich hatte sich noch niemand wirklich die Mühe gemacht, dem allen zu lauschen. Ob sie jemals irgendwem außer diesem Menschenjungen gestanden hatte, dass sie als Kind eine Heldin werden wollte? Cir meinte, er müsste platzen vor Stolz, dass sie ausgerechnet ihm das alles anvertraute.

xxx

Es hatte angefangen zu regnen, kurz nachdem Heilika mit der Patrouille nachts aufgebrochen war, und jetzt, wo es dämmerte, hatte es noch nicht aufgehört. Es war ein kalter Regen, jeder Tropfen wie ein winziger Nadelstich, als wollte sich der Winter aus seinem Versteck in den hohen Tälern in Erinnerung bringen. Obwohl es mittlerweile hell genug war, saß der Rabe immer noch auf dem Sattelknauf und sah sie vorwurfsvoll an. Sogar der Spürhund, sonst ein wuseliges schwarzes Fellknäuel, trottete mit schlappen Ohren und hängender Rute neben den Pferden her.

Heilika hoffte auf ein warmes Bad später.

Wenigstens sorgte der Regen dafür, dass allen die Lust auf Unterhaltungen verging. Eine Woche war Heilika jetzt hier, und die anderen, Ritter wie einfache Soldaten, behandelten sie höflich, aber mit einer Vorsicht, als könnte sie jederzeit hochgehen wie ein Fass Mehl bei einem Funken.

Auf einmal schüttelte sich der Rabe, spritzte Heilika damit Wasser ins Gesicht. Er krächzte und schwang sich in die Luft, flog zielstrebig nach Westen, Richtung Wolkenburg.

Sie runzelte die Stirn. Selbst nach einem solchen Streich blieb das Tier sonst lieber in ihrer Nähe.

Kaum war der Rabe außer Sichtweite, schlug der Hund an. Berengar, der heute führte, brachte ihn mit einem Befehl zum Schweigen und hieß ihn den Eindringling finden. Weil das Tier auf dem Pfad blieb, tauschten die anderen Blicke, bemühten sich aber nicht, Heilika ihren Verdacht zu erläutern.

Zwei Biegungen später hörte sie Schreie. „Iiiii-eeeehhh!" Langgezogene Rufe, vielleicht um Hilfe.

„Albenklamm", meinte einer der Bewaffneten, Eilhard, von hinten.

Berengar nickte. „Da würde ich meinen Hintern drauf verwetten. Immerhin laufen diese armen Irren nicht weg. Also kein Grund, sich oder dem Pferd ein Bein zu brechen."

Um eine Erklärung heischend drehte sich Heilika zu Eilhard um und hob die Brauen, doch der sah geflissentlich darüber hinweg. Wenn sie jetzt ihren Rang geltend machte, würden das die beiden Soldaten nicht zu schätzen wissen, also ließ sie es bleiben.

Ein paar Windungen des Pfades mehr, und es stellte sich heraus, dass da ein Mann brüllte. „Nives!" Und er rief, so wie es klang, nach Schnee auf Divitanisch.

Sie fanden den Mann, in der Kleidung eines centerrischen Bauern, aber ohne Hut oder Mantel, bis zur Hüfte in jenem Teich stehen, den die Strigach vor der Albenklamm in den Waldboden gefressen hatte.

Der Wildbach rauschte mit atemberaubender Geschwindigkeit aus diesem schmalen Riss in einer etwa fünf Mann hohen Felswand. Soweit Heilika die Karten richtig las, erstreckte sich die Verwerfung in einem groben Oval über Meilen und verteidigte das Gebiet darin erfolgreich gegen Besiedelung. Die Einheimischen nannten es passenderweise den Wall.

Der Fremde klammerte sich an einem Stein fest und versuchte offenbar, gegen die Strömung in die Schlucht zu klettern. An seinem Hinterkopf befand sich eine verkrustete Wunde, und der Kragen seines Hemdes hatte Blutflecken. Weil er kaum begabt war, scherten sich die Grenzsiegel nicht um ihn, was erklärte, weshalb er unbemerkt vom Laudico her eingedrungen war.

Der Rabe hockte oben auf dem Felsen und schaute herunter, als machte er sich über den Mann lustig.

Der Fremde jedoch beachtete weder diesen stillen Spott noch die Reiter hinter ihm. Selbst, als Berengar absaß und näher heranging, grub der Fremde weiterhin seine Finger in den Granit, als wollte er sich einen Durchgang brechen, und brüllte.

Berengar redete auf den Mann ein, versuchte es schließlich auf Centerrisch, was einen Redeschwall hervorbrachte.

Aus dem breiten Dialekt wurde Heilika fast nicht schlau. So viel: Nives war hinter der Klamm, und der Mann musste sie erreichen, unbedingt, denn ohne sie konnte er nicht leben.

„Scheißalben", sagte Berengar.

Heilika schnalzte mit der Zunge. Bitte was? Und dann noch so eine Ausdrucksweise.

Berengar starrte zu ihr hoch. „In dem Niemandsland dahinter muss es irgendwo ein Nest von ihnen geben. Jedenfalls haben wir einmal im Jahr das Vergnügen."

„Aber noch keinen, der aus Centerre deswegen gekommen ist", sagte Eilhard.

Albenzauber. Heilika rutschte im Sattel hin und her. Natürlich wusste sie, dass beinahe jeder in Friedlant daran glaubte. Aber bislang hatte sie immer Zweifel daran gehegt, dass es so etwas, und die Alben dazu, wirklich gab. Viel wahrscheinlicher schien ihr, dass die Heiler eben gegen manche Krankheiten keine Hilfe wussten und sie deswegen den Alben oder Drudenbissen zuschoben. „Was machen wir nun?"

Berengar zuckte die Achseln. „Was schon. Schlafen legen, zu Heilerin Wiltrud bringen, damit die das Urteil bestätigt. Und anschließend einsperren, bis er verhungert."

Heilika blinzelte. „Aber ..."

„Nichts aber. Es sei denn, Ihr wollt da hochklettern und diese Nives suchen?"

Heilika begutachtete die Felsen. Selbst für Leute, die im Klettern geübt waren, stellte der senkrecht aufragende Hang eine Herausforderung dar. Jedoch wuchsen oben Bäume, und somit konnte zumindest ein Zauberer ein Seil als Steighilfe befestigen.

„Bevor Ihr uns abhandenkommt – bisher ist noch keiner von drüben zurückgekehrt, ehrwürdiger Ritter", sagte Eilhard. „In der Burg gibt's Aufzeichnungen von den verschiedenen Versuchen."

Heilika schüttelte den Kopf. Eine Weile lang betrachtete sie noch die Felswand, aber wenn es tatsächlich Aufzeichnungen gab, wollte sie sich die erst ansehen.

In Wolkenburg half sie Berengar, den bewusstlosen Centerrer zum Krankenzimmer zu tragen. Obwohl der Fremde höchstens in Heilikas Alter sein konnte, wirkte er wenig vertrauenerweckend. Seine Nase musste mindestens zweimal gebrochen gewesen sein, und durch seine kurzen Haare zeigten sich einige wulstige Narben.

Heilerin Wiltrud war eine runde Frau, deren graugesträhnter Zopf sich grundsätzlich im Zustand der Auflösung befand. Während sie Berengars Bericht zuhörte, befreite sie den schlafenden Unbekannten aus seinen nassen Sachen und wickelte ihn in eine Decke. Dann holte sie einen Holzbecher, in den sie einen Schluck Branntwein kippte und eine bitter riechende Flüssigkeit tropfte.

„Ritter Heilika, Ihr greift Euch die Füße. Berengar, die Schultern, bitte. Ich wecke ihn jetzt auf. Gut festhalten, das Beruhigungsmittel ist teuer. Und nein, Zauber wirken in diesem Fall nicht."

Also schluckte Heilika ihren Einwand, tat wie geheißen und beobachtete, wie Wiltrud Berengars Schlafzauber löste.

Noch nicht ganz wach, bäumte der Fremde sich auf und begann, wieder nach Nives zu schreien.

Weil selbst Heilikas Kraft nicht gegen Wahnvorstellungen reichte, setzte sie sich auf seine Beine. Der Fremde bemerkte sie, beruhigte sich, als hätte das Mittel schon gewirkt, und fing an zu reden, sie anzuflehen, dass sie – „fato nobile", edler Alb – ihn doch zu Nives führen sollte.

Trotz allem fand Berengar noch die Zeit zu schmunzeln.

Heilika räusperte sich. Centerrisch zu verstehen war eines, aber gesprochen hatte sie es seit drei Jahren nicht mehr. „Si", sagte sie. "Id faciam. Sed ... cras."

Auf die Lüge hin, dass sie ihn morgen zu Nives führen würde, strahlte der Fremde Heilika an und schien sich nicht daran zu stören, dass ihre Stimme zu hell für einen Mann klang.

Wiltrud nahm den Becher und wackelte mit den Brauen.

"Hoc bibe, signor." Heilika suchte nach einer glaubhaften Behauptung, warum er die Flüssigkeit trinken sollte. „Est medicina contra frigore." Oder war das mit m hinten?

Der schlechten Grammtik ungeachtet blinzelte der Fremde und stürzte das vermeintliche Erkältungsmittel ohne Widerstand hinunter.

Weil Wiltrud weiter gestikulierte, brachte Heilika den nunmehr schläfrigen Centerrer dazu, ihr in eins der verschließbaren Einzelzimmer zu folgen, wo sie ihn mit dünnem Bier und Suppe versorgten, bevor er selig lächelnd einschlummerte.

Danach sperrte Wiltrud die Tür zu, lehnte sich gegen die Wand im Gang und seufzte. „Bei der Güte der Erdmutter, ich weiß nicht, ob ich für diese Verwechslung dankbar sein soll, Ritter Heilika."

Hm? Heilika legte den Kopf schräg.

„Es ist offensichtlich ein Albenzauber", sagte Wiltrud. „Wenn man weiß, wonach man sucht, kann man den Riss in seinem Verstand spüren. Unter den üblichen Umständen würde er uns innerhalb der nächsten Wochen verhungern – falls er das Trinken nicht vergisst."

Heilika schüttelte sich. Wie konnte Wiltrud als Heilerin so etwas sagen? „Ich werde ihn zum Essen überreden."

„Wenn wir ihn so sehr mit Mohnsaft betäuben, dass er nicht merkt, wie viel Zeit vergangen ist."

„Fragt sich, was gnädiger ist", sagte Berengar, der ihnen gefolgt war.

Aber ihn verhungern zu lassen ...

Wiltrud musste Heilika die Zweifel anmerken. „Man gewöhnt sich an Mohnsaft. Irgendwann werden zehn Tropfen am Tag nicht mehr reichen. Und sobald es mehr als fünfzig sind, gibt es keine Versicherung, dass er uns nicht einfach so zu atmen aufhört."

Das konnte doch nicht sein. „Es ist ein Zauber, Zauber kann man lösen."

Berengar schnaubte.

„Nicht diesen", sagte Wiltrud. „Und es gibt kein Heilmittel, nur Vorbeugung. Wobei ich feststellen muss, dass Ihr kein Amulett tragt. Äußerst leichtsinnig, in dieser Gegend."

„Ich habe eins gegen den Bösen Blick." Unter ihrem Hemd zog Heilika eins der zwei Amulette hervor, die sie trug. Das Fischauge aus blauem und weißem Glas hatte Tankred ihr geschickt, und sie trug es nur, weil es ein Geschenk war. Von dem anderen glaubte Wiltrud, dass es gegen Regelschmerzen half.

Die Heilerin studierte das Fischauge und schniefte. „Wie Ihr sicher bemerkt habt, besitzt unsere verlorene Seele da drin eins aus Ton mit dem gleichen Zeichen, und es hat ihm nicht viel genützt, obwohl er es offen trägt."

Dass Amulette ohne Siegel daran etwas nutzten, wagte Heilika allerdings zu bezweifeln, also zuckte sie mit den Schultern. „Es muss einen Weg geben, ihm zu helfen."

„Bringt mir diese Nives, und vielleicht, ja."

Heilika nickte. In den nächsten Tagen würde sie ihre freie Zeit in der Bücherei der Festung verbringen, um Hinweise auf die Welt hinter der Albenklamm zu sammeln. Außerdem würde es sich lohnen, nach Königstein zu schreiben, einen Brief an die Schule der Heiler, und einen an Jarl Gervas, dem die Bücherei des Sonnenordens unterstand.

Aber trotzdem. Erst ein Bad und Frühstück und schlafen.

„Ihr seht aus, als wolltet Ihr ernst machen mit dem Abenteuer hinter der Klamm, Meister Alb", sagte Berengar.

Auf eine äußerst verquere Art war der Spott ein Kompliment für Heilika, auch wenn Berengar es sicher nicht so meinte. Aber es bewies, dass die Binden, mit denen sie ihre Brüste flachdrückte, und die hundert Liegestütze jeden Morgen und die kurzen Haare wirkten.

Berengar und Wiltrud starrten sie an, als hätten beide erwartet, dass Heilika zurückgiftete.

„Kein Abenteuer ohne ordentliche Vorbereitung", sagte sie. „Wir sehen uns beim Essen."

3

Maga Vigileas Höhle lag drei Wegstunden von Pergulu entfernt im Wald kurz unterhalb der Baumgrenze. Der Pfad führte in engen Windungen den steilen Hang hinauf. Weil es gestern Nachmittag stark geregnet hatte und heute immer noch nieselte, waren die wenigen Trittsteine und Baumwurzeln glitschig. Der Matsch zog an Nives' und Cirs neuen Stiefeln.

Nach etwa einer halben Stunde hatte Cir angefangen, sich zu beschweren. Wenn er König war, würde er Verwandlungen innerhalb des Banns erlauben. Und so weiter, als sei alles Gerede von einem Thronverzicht vergessen. Nicht einmal wenn Nives versuchte, ihn mit einer Geschichte abzulenken, hatte er den Anstand, damit aufzuhören. Dabei trug er noch nicht einmal den Korb mit den Geschenken.

Insofern verlief der Aufstieg schweigend, untermalt von den Tropfen, die von den Kiefern fielen, und Cirs Grummeln.

Eine dürre Gestalt mit wirrem grauem Haar erwartete sie unter der Felsplatte, wo sich der Eingang zur Höhle befand. Sie war barfuß und trug einen einfachen, ungefärbten Wollkittel, dennoch umgab sie eine Aura von Macht, die mehr Gehorsam einforderte als reiche Kleider und königliche Insignien.

„Einen guten Tag, Maga." Nives verbeugte sich, Cir tat es ihr nach.

Maga Vigilea zuckte mit der Nase. „Nives. Cir. Ich hatte euch einen Tag früher erwartet. Kommt herein."

Bei der Behausung handelte es sich um eine natürliche Höhle im Felsen, gerade so hoch, dass Cir sich nicht ducken musste. Ein Feuer brannte und ließ den Granit schimmern. Im Topf köchelte ein Sud von Melisse; der Geruch erfüllte den Raum. Ein Haufen Pelze an der entfernten Wand diente als Bett. Von einem Stock, der auf zwei gegenüberliegenden Felsvorsprüngen ruhte, baumelten getrocknete Kräuter. Kurz hinter dem Eingang gruppierten sich ein paar kniehohe Schemel um einen niedrigen, runden Tisch.

Vigilea winkte Nives und Cir zu, sich zu setzen, während sie Holzbecher aus einem Regal holte und von dem Aufguss schöpfte. Schließlich hatten sie alle etwas zu trinken, deshalb ergriff Nives die Gelegenheit für den nächsten wichtigen Teil des Besuchs. Sie schob den Korb zu Maga Vigilea.

Die hob die Ölhaut herunter und packte aus. Ein Topf frisch eingekochter Rhabarber, mehrere Sträuße getrocknete Schafgarbe, Brot und Wildschweinwurst.

„Die Edle Ursina war großzügig", befand Vigilea schließlich und stand auf, um die Sachen zu verräumen. Den leeren Korb gab sie zurück. „Ihr kommt nicht im Auftrag der Pol-Salvans."

„Ich brauche einen Rat, Maga", sagte Nives.

Vigilea zuckte wieder mit der Nase. „Aber ungern, wie, Kinderfrau? Warum magst du mich nicht?"

Nives warf einen Blick zu Cir, der sie interessiert ansah. Offenbar hatte er ihren Widerwillen gegen die

Magoi bemerkt und wünschte ebenfalls eine Erklärung.

„Ich habe keinen Ärger mit dir persönlich, Maga." Nives strich sich eine feuchte Strähne aus der Stirn. „Aber damals ... du musst doch gewusst haben, was Solanus vorhatte."

„Ich war nicht die Einzige, die etwas wusste."

Cir straffte die Schultern und kniff die Augen zusammen. Gut. Ein gesundes Misstrauen gegenüber den Magoi.

„Aber, Nives, hast du dem Jungen nicht beigebracht, dass man um seine Vorhersagen bitten muss?"

„Sie haben seine ganze Familie getötet und hätten sicherlich auch ihn und mich erschlagen, wäre ich nicht zufällig wach gewesen. Ein einjähriges Kind, Maga."

Wieder einmal zuckte Vigilea mit der Nase. „Dafür, dass du so viele Geschichten kennst, hätte ich mehr von dir erwartet. Du weißt so gut wie ich, dass ich nur denen weissagen darf, die darum bitten."

„Ein Albenleben ist mehr wert als eine Sehergabe."

„Soll ich dir dein Talent zum Spinnen nehmen und dein Wissen über Heilkräuter, Nives? Und dann wollen wir sehen, wo du da draußen bleibst."

Stirnrunzelnd sah Nives Vigilea in die Augen. Die Magoi waren alle eigensüchtig. Sie selbst hätte gern auch ihr Augenlicht gegeben, um Ferox, Leon und Spinosa zu retten.

Cir räusperte sich. „Ich bin sicher, dass du einen guten Grund hattest, nichts zu sagen, Maga."

„Lass dir bei Gelegenheit die Geschichte von dem Jungen erzählen, der seine eigene Mutter heiratete." Als wäre das nicht genug Tadel, bedachte Vigilea Nives noch mit einem passenden Blick. „Ich durfte nichts sagen. Andere hätten die Erlaubnis gehabt oder haben wichtige Einzelheiten unterschlagen."

Lucian vor allem. Ja, Nives hätte zu gern gewusst, warum ausgerechnet der Hofmagus seiner Pflicht nicht nachgekommen war.

Cir rutschte auf seinem Sitz herum. „Dürfen wir nun unsere Frage stellen?"

Ohne ihren Blick von Nives zu nehmen, nickte Vigilea. „Sie muss fragen."

Natürlich. Nives unterbrach diesen Wettkampf im Starren und wischte sich ein Haar aus dem Gesicht. „Ich habe versehentlich einen jungen Menschen bezaubert. Wie kann ich ihn befreien?"

Vigilea lachte, ein heiseres, unheilvolles Gackern. „Du bist die Erste außerhalb einer Unterrichtsstunde, die mich so etwas fragt. Die wenigsten kümmern sich darum, was langfristig aus ihren Opfern wird – außer, sie heißen Noctuola."

Also hatte die Königin ihre Sklaven tatsächlich einem Zauber unterworfen. Nives nickte zum Zeichen, dass sie es an die Pol-Salvans weitertragen würde.

„Wie dem auch sei. Du musst den Menschen finden, seine Hände nehmen und ihm tief in die Augen sehen. Du wirst das Band spüren. Mit deinen

Gedanken formst du eine Schere, zerschneidest das Band", Vigilea gestikulierte entsprechend, „und sagst ihm: Ich gebe dich frei. Eigentlich ganz einfach."

„Es klingt schlüssig. Vielen Dank, Maga." Nives stand auf und verneigte sich. Dann sah sie zu Cir, sie waren fertig hier.

Doch der Junge runzelte die Stirn und blieb sitzen. „Wenn ich so unverschämt sein darf, Maga, hätte ich ebenfalls gern einen Rat von dir."

Mit einer Handbewegung gab Vigilea der Bitte statt. Ihre linke Augenbraue zuckte, als sei sie äußerst amüsiert.

Nives presste die Lippen zusammen. Anscheinend hatte das Gespräch vorhin nicht ausgereicht, um Cir Vorsicht gegenüber den Magoi walten zu lassen.

„Ich weiß, dass Noctuola hofft, den Bann auszudehnen", sagte er. „Entweder droht ein Krieg unter den Edlen hier oder wir werden uns mit den Menschen messen müssen. Beides möchte ich verhindern. Zu diesem Zweck muss ich König werden."

Vigilea nickte mit dem gebührenden Ernst, während Nives ihre Finger in ihr neues Kleid grub, damit sie den Jungen nicht schüttelte. Konnte er mit derlei Heldentaten nicht warten, bis er volljährig war?

Ihrer Aufregung ungeachtet lehnte Cir sich nach vorn. „Wirst du mir einen Rat geben, wie ich Noctuola am besten besiege?"

Die Maga zuckte mit der Nase und schaute an Nives vorbei zum Eingang hin. Einen Moment lang hörte man nur den Regen rauschen und das Feuer prasseln.

„Es ist", sagte Vigilea schließlich, „ein Menschenwesen. Eines, das gegen jeden Albenzauber gefeit ist."

Was für ein Unfug. Auch Cir schnaubte.

„Ein Menschenwesen? Weißt du nicht, ob es ein Mann oder eine Frau ist?"

„Tss. Kind. Ein Menschenwesen. Weder ein Mensch noch eine Menschin, hm? Dieses kann dir helfen."

Nives schüttelte den Kopf. Nach all der Zeit draußen wusste sie, dass diese Behauptung eine Lüge war.

Aber Cir nickte nur und stand ebenfalls auf, um sich zu verneigen. „Vielen Dank, Maga."

„Bitteschön." Vigilea sah Nives an, und der Blick aus ihren wässrig hellen Augen schien in Nives zu lesen wie in einem Buch. „Hast du keine Frage, deine Zukunft betreffend?"

Ha! Nives schnappte sich den Korb, stellte sich vor, dass der Henkel Vigileas altersfleckiger Hals war. „Du weißt, was ich will, und du weißt, dass keiner es mir geben kann." Die Ahnen selbst hatten sie vorzeitig zu der Geringsten unter ihnen gemacht. Was halfen da Weissagungen? Die brachten ihre Fruchtbarkeit auch nicht zurück.

Vigileas Mundwinkel zuckten von einem falschen Lächeln. „Ich weiß, was du glaubst, dass du willst. Dabei bist du in den Geschichten gefangen, Nives. Erinnere dich an das, was Geschichten sind. Dann wirst du nicht so viel auf die Stimmen anderer Leute hören und lieber die Augen und die Ohren und das Herz offen halten." Sie wedelte mit der Hand und scheuchte sie hinaus.

Nives musste an sich halten, um langsam zu gehen und nicht zu rennen wie ein beleidigtes Kind. Als Erzieherin zweier Prinzen kannte sie die Überlieferung sicherlich besser als dieses Weib, und doch hatte sie sich zurechtweisen lassen.

Keine einzige Geschichte erwähnte ein Wesen, das weder ein Mann noch eine Frau war. Andererseits kamen in den Geschichten auch keine Leute vor, die ausschließlich solche ihres eigenen Geschlechts begehrten. Während Alben diesen Inversi deshalb mit Gleichmut begegneten, hatte Vincenzos dritter Sohn als Mensch weniger Glück. Den Sommer über war er mit Kühen und Ziegen auf die Alm verbannt, und den Rest der Zeit blieb er im Haus, nachdem drei andere junge Männer aus dem Dorf seinen Hüftschwung zum Anlass genommen hatten, ihn zu demütigen.

Zugegeben, wenn etwas nicht in den Geschichten vorkam, bedeutete es nicht, dass es nicht existierte. Aber wie viele Lieder betrauerten, dass jemand ohne Erben gestorben war?

Nives wusste, dass ihr Leben keine Bedeutung hatte. Was bildete sich diese Vettel ein, sich über die Geschichten zu erheben?

xxx

Eine Weile stiegen Cir und Nives schweigend den Berg hinunter.

Seine Nonna hatte es ziemlich eilig. Ein paar Mal rutschte sie auf den nassen Steinen aus, fing sich aber immer rechtzeitig. Irgendwann sah sie sich um, als könnte Maga Vigilea immer noch zuhören.

„Ich hoffe, dass sie sich keinen Scherz erlaubt hat."

Cir runzelte die Stirn. „Wie meinst du das?"

„Was diesen Menschen angeht", sagte Nives. „Solche Leute kommen in keiner Geschichte vor. Sie müssen sehr, sehr selten sein, wenn es sie überhaupt gibt."

Wirklich so selten? Cesario, Vincenzos jüngster Sohn, hatte ihm vor der bösen Sache einmal angeboten, ihm einen zu blasen. Cir hatte abgelehnt, weil Cesario genauso falsch roch wie die Mädchen. Aber er wusste genau, wer dem anderen ebenfalls auf seinen hübschen Hintern linste, auch jetzt noch, mit der Narbe und allem.

Außerdem hatte Cir gesehen, was die Mägde Bea und Dina miteinander und einem ... Gerät trieben, wenn sie dachten, dass keiner sie beobachtete.

Jedenfalls waren manche Seltenheiten nicht so selten, wie Nives zu glauben schien. „Die Maga hätte mir einen Hinweis gegeben, wenn es sehr schwierig wäre. Warum suchen wir nicht erst Ignazio und schauen uns dann nach diesem Menschen um?"

Entgegen ihrer Gewohnheit riss Nives einen Trieb von einer Tanne und ballte die Faust darum. „Dein Vertrauen in die Magoi will ich haben."

Cir verdrehte die Augen. „Was sie dir gesagt hat, klang auch vernünftig."

„Hrrm." Den Rest des Weges sprach sie kein Wort mehr. Vielleicht war sie zu beschäftigt damit, über

Geschichten nachzudenken, um welche zu erzählen. Das geschah ihr irgendwie recht.

Zurück in Pergulu überließ sie es Cir, den anderen die Ergebnisse mitzuteilen.

Ursina und sein Großonkel schienen von der Vorhersage über das Menschenwesen ebenfalls wenig zu halten, Fiammetta nahm es aber mit Gelassenheit.

„Mag sein, dass es die sprichwörtliche Nadel im Heuhaufen ist, die ihr sucht. Aber es gibt ja auch Inversi bei uns", sagte sie, als ihre Großeltern gegangen waren, um Nives beim Packen zu helfen. Fiammetta setzte sich auf die Fensterbank und starrte ins wolkenverhangene Tal. „Oder solche, die sich nicht entschließen können, was sie lieber mögen."

Cir dachte an Cesarios Hintern und Fiammettas Lächeln. „Muss man sich entschließen?"

Sie drehte den Kopf und hob die Brauen. Auf einmal brannten seine Wangen.

„Ich meine, wenn ich verheiratet wäre, sollte ich treu sein, aber ansonsten gibt es keinen Grund, nicht zu schauen." Er redete sich gerade um Kopf und Kragen, oder? „Findest du nicht?"

Fiammetta lachte. „Wenigstens wolltest du nie Noctuola heiraten. Als Kind war ich völlig verschossen in sie."

Ehrlich? Sollte er – aber er hatte es so gut wie zugegeben. „Also gehören wir beide zu denen, die sich nicht entscheiden können?"

Ein Grinsen sollte wohl Fiammettas Unsicherheit überspielen. „Lass das Nonna nicht hören."

Cir zwinkerte zurück. „Dasselbe könnte ich dir sagen."

„Du nennst sie Nonna?" Fiammetta riss die Augen auf.

So fand Cir sich genötigt, das zu berichten, was Nives bei ihrem Bericht ausgelassen hatte. Von Pascanova kamen sie auf Cesario, von da auf Alea, auf Zauberer und wilde Gerüchte aus Friedlant. Irgendwann rief eine Glocke zum Abendessen. Cir sah auf und musste blinzeln, weil es draußen schon dunkel war.

xxx

Heilikas zusätzliche Aufgaben als vermeintlicher Alb konnten Ritter Lutwine, die den Befehl in Wolkenburg hatte, nicht davon überzeugen, sie seltener für Patrouillen einzuteilen. Allerdings wurden ihr die gelegentlichen Botenritte zu den nächsten Burgen erlassen.

Aus nicht nachvollziehbaren Gründen hatte Lutwine beschlossen, dass Berengar und Heilika ein gutes Gespann abgaben, und ließ sie seit fast einer Woche die gleichen Schichten reiten.

Ihr Weg führte sie heute Mittag zum ersten Mal, seitdem sie vorgestern den Fremden aufgesammelt hatten, an der Albenklamm vorbei. Heilika zügelte das Pferd, um sich die Felswand um die Schlucht herum anzusehen.

„Ihr denkt ernsthaft darüber nach", sagte Berengar. „Dabei müsst Ihr doch mittlerweile alle Schauergeschichten in der Bücherei aufgestöbert haben."

Heilika nickte. Hatte sie. Ungezählte Unbegabte waren in den Tälern hinter der Albenklamm verschollen, und der Orden hatte acht Ritter verloren, bis ein Befehl ergangen war, diesen Teil der Berge zu meiden. Dabei waren alle Trupps vorsichtig vorgegangen, der letzte hatte sogar Seile und Farbe verwendet, um eine Spur zu legen. Am nächsten Morgen hatte das abgerissene Seil auf dem Pfad gelegen, der Farbeimer dazu, und man hatte von den Rittern nie mehr etwas gehört.

Das war vor dreißig Jahren gewesen.

Es widerstrebte Heilika zutiefst, die Angelegenheit ihren üblichen Lauf nehmen zu lassen, doch Lutwine ließ nicht mit sich reden. Dabei war der Befehl, der Klamm fernzubleiben, nicht vom damaligen König unterschrieben worden. Insofern würde wenigstens Heilikas Rittereid ihr keine Schwierigkeiten machen, sollte Lutwine ihre Meinung ändern.

Das Pferd tänzelte, spürte wohl ihre Unruhe.

Sie rieb sich den Hinterkopf in Erinnerung an schlechtere Tage. Zweifel gaben Kopfschmerzen, und sich wissentlich dem Befehl des Königs zu widersetzen, war tödlich, wie einiges Andere auch.

Wenigstens kam Heilika nie in Versuchung, die Grenzen ihres Keuschheitsgelübdes auszureizen.

„Ihr braucht Euch keine Sorgen deswegen zu machen", sagte Heilika schließlich. „Ich warte noch auf Hinweise aus Königstein, bevor ich mir überhaupt überlegen kann, das Wagnis einzugehen."

Mit einem Blick zum Himmel schien Berengar um Geduld zu bitten. „Ihr würdet es tun, wenn Ihr wüsstet, dass Ihr heil wieder zurückkommt."

Heilika legte den Kopf schräg. „Ihr nicht? Wenn zumindest eine gewisse Wahrscheinlichkeit dafür bestünde, diese Nives zu finden?"

„Wenn man heil wieder zurückkäme, gäbe es da drinnen keine Alben, und die ganze Überlegung wäre nichtig." Er hieb seinem Wallach die Hacken in die Seite.

Ja, so konnte man das wohl auch sehen.

xxx

Die Hütte über Pascanova lag verlassen, als Cir und Nives sie am zweiten Tag nach ihrem Besuch bei der Maga erreichten. Jemand hatte die gesamte bewegliche Einrichtung – Decken, Matratzen, die Bank, die Hocker, den Tisch – nach draußen geholt. Die Matratzen waren aufgeschnitten, das Stroh weit auf der Lichtung verteilt und bereits vom Regen angefault.

Auch der Hühnerstall hatte die Durchsuchung nicht überstanden. Obwohl Cir wusste, dass er hier nie mehr wohnen würde, brannten seine Augen vor unterdrückten Tränen; die ganze Arbeit, und nun hatte irgendwer sie in nicht mehr rettbare Einzelteile zerlegt.

In die Türschwelle und die Bodenbretter hatte jemand zahlreiche Eisennägel geschlagen. Ohne ihre neuen Stiefel hätten sich Nives und Cir daran die Füße verbrannt.

Von Ignazio fehlte jede Spur, genauso wie von den wenigen Wertgegenständen, die zu groß zum Mitnehmen gewesen waren. Cir rieb sich das Brustbein und befahl sich, über die Zukunft nachzudenken. Doch wieso stand seine Nonna hier so ruhig?

„Ich hatte gehofft, dass der Junge noch in der Nähe ist", sagte Nives.

„Vielleicht hat jemand aus dem Dorf ihn gefunden?" Das würde die Wut erklären, mit der ihre ehemaligen Nachbarn vorgegangen waren.

Nives legte ihr Gepäck ab und verwandelte sich in einen weißen Wolf, um an den Sachen zu schnüffeln, die herumlagen. Schließlich verschwand sie im Wald, stöberte durch das Unterholz.

Wahrscheinlich sollte Cir solange die Trümmer nach Brauchbarem durchsuchen, aber er konnte sich nicht überwinden.

Nach einer Weile tauchte Nives wieder auf und verwandelte sich zurück.

„Ich habe es geahnt", meinte sie. „Ignazio ist uns gefolgt. Es gibt Reste einer Spur nach Norden. Er war in der Hütte, hat wohl dort kurz nach uns gesucht und ist sofort losgelaufen. Die Verwüstung muss jemand anderes verursacht haben. Ich kann Alberto und noch ein paar auf dem Pfad zum Dorf riechen."

Dann war es nicht ratsam, dort nach dem Vermissten zu fragen. „Also folgen wir Ignazios Spur?"

Sie seufzte. „In der Hoffnung, dass er noch lebt, ja." Damit griff sie sich ihr Bündel und war wieder ein Wolf.

Cir zwang sich, nicht die Schultern hängen zu lassen, und tat es ihr nach. Mit vier Beinen lief es sich zwar ausdauernder als mit zweien, aber noch lieber wäre er geflogen.

xxx

Es verursachte Nives Gänsehaut, dass Ignazio fast den gleichen Weg genommen hatte, den sie eingeschlagen hatten. Die Spur endete nach drei Tagen Reise an der Albenklamm.

„Wohin jetzt?", fragte Cir.

„Hier kommen regelmäßig Reiter vorbei", sagte Nives. Auch ohne die feine Nase des Wolfs sprachen die zahlreichen Pferdeäpfel auf dem Pfad dafür.

„Bestimmt vom Sonnenorden. Grenzer."

Nives nickte. „Wir könnten hier auf die nächste Patrouille warten." Die Schatten vor ihrem inneren Auge waren eindeutig: vier Menschen zu Pferde und ein Hund.

„Nonna ..." Cir bemühte seinen besten mitleidheischenden Blick. „Es wird bald dunkel."

Nives verkniff sich ein Lächeln. Es würde noch mindestens zwei Stunden hell sein. Mit anderen Worten, das Kind war müde und hatte keine Lust, eine weitere Nacht im Freien zu verbringen. „Es gibt schlechtere Lagerplätze."

„Aber", sagte Cir, „was glaubst du, was sie machen, wenn ihnen zwei Fremde hier im Dunklen auflauern? Oder zwei Wölfe?"

Da hatte er Recht. Sie würden als Zweibeiner warten müssen, und als solche schlief es sich hier draußen wirklich unbequem.

„Angeblich sind die vom Sonnenorden alle ziemlich begabt", fuhr Cir fort. „Wer weiß, ob sie nicht merken, dass wir keine Menschen sind."

Das war eine Frage, die Nives nicht beantworten konnte. Die Leute in Pascanova waren fast alle ein bisschen begabt gewesen, aber üblicherweise reichte es bei ihnen bestenfalls dazu, ein Gewitter zu ahnen, feuchtes Holz besser zum Brennen zu bringen und, sofern sie zusammenarbeiteten, den Eiskeller kalt zu halten. Einem menschlichen Magus war Nives noch nie begegnet.

In Friedlant unterstanden alle Zauberer dem König, falls man den Gerüchten trauen durfte. Schauergeschichten machten die Runde über gelbgekleidete Gestalten, die mit einem einzigen Gedanken jemandes Herz anhalten konnten.

„Da ist doch ein Dorf an der Burg", sagte Cir. „Dort muss es ein Gasthaus geben. Und ich weiß, dass du Geld mitgebracht hast."

Nives' Hand griff ohne ihr Zutun nach dem Beutel an ihrem Gürtel. Eine Handvoll centerrische Denare – gar nicht so wenig Silber, gespart für Notzeiten. Wie viel Verwendung hatte sie jetzt noch dafür?

„Wir könnten dort übernachten, uns umhören und morgens in der Burg vorsprechen, falls wir sonst nichts herausfinden", sagte Cir.

„Umhören? Wie viel Friedländisch kannst du?"

Cir zog den Kopf zwischen die Schultern und lächelte schräg. „Ungefähr zwanzig Wörter? Und zehn Flüche?"

Die hatte er bestimmt nicht von Nives gelernt. Ihr eigener Wortschatz war nur wenig umfangreicher und bestand hauptsächlich aus Ortsnamen. Seit dem großen Krieg vor fast dreihundert Jahren hatten die Alben des Valtacité lieber Geschäfte mit Centerre gemacht als mit dem kalten Norden.

Viel mehr, als morgen in der Festung vorstellig zu werden und zu hoffen, dass irgendwer dort Centerrisch sprach, blieb ihnen wohl nicht übrig. „Also gut. Wir fliegen ein bisschen näher heran und verbergen dann unsere Ohren."

Es gab ein Gasthaus, und der Wirt verstand genug, um mit ihnen über ein Zimmer und Abendessen zu verhandeln. Um von möglichen Gerüchten über Ignazio abzulenken, behauptete Nives, dass sie aus Divitania kamen und nach Südosten zu Cirs Tante reisten, nachdem vom westlichen Zweig der Familie nur noch sie beide übrig waren.

Der Wirt glaubte Nives, dass sie Cirs Großmutter war, und Cir musste sich nicht anstrengen, sie immer mit „Nonna" anzusprechen.

Sie verzogen sich in den hintersten Winkel der Gaststube für ein Abendessen aus Linseneintopf und Brot. Der Wirt schielte auf ihre Holzlöffel – wahrscheinlich sahen Nives und Cir in ihren neuen Kleidern zu reich aus für ihr einfaches Besteck. Zu dem ungewohnt speckhaltigen Essen gab es einen Krug schwaches Bier. Cir rümpfte über den bitteren Geschmack die Nase, hatte aber genug Durst, um es trotzdem zu trinken.

Nach und nach füllte sich die Gaststube. Nives hatte noch nie so viele Menschen völlig ohne Begabung auf einem Haufen gesehen. Offenbar stimmte es, dass der Staat hier alle Zauberer vereinnahmte.

Irgendwann kamen unter Gelächter und Geschepper zwei Bewaffnete herein. Die ärmellosen Oberteile über den mit Schutzzaubern versehenen Ringelpanzern waren halb blau, halb gelb – wohl die Farben des derzeitigen Königs. Auch die Soldaten waren unbegabt.

Die beiden flachsten mit dem Wirt und den anderen Gästen.

Bei dem Wort „Alb" horchte Nives auf, doch viel mehr verstand sie nicht. „Centerre", das war klar, und „Ritter": Der Sonnenorden musste Ignazio aufgegriffen haben.

Anscheinend besaß die geistige Umnebelung des jungen Mannes einigen Unterhaltungswert. Vor allem in Zusammenhang mit einem Menschen namens Heilika. Nives erhaschte einen Eindruck von einem wehenden gelben Mantel, dessen Besitzer kurze, hellbraune Haare hatte. Dieser Mann war offenbar wichtig.

„Er ist in der Burg, hm?", fragte Cir irgendwann.

„Ich kann sehen, an wen wir uns wenden müssen."

Cir hob die Brauen.

„Ritter – Cavaliere – Heilika."

„Seltsamer Name", meinte er und brachte damit einen Gedanken zum Ausdruck, den sie sich verboten hatte. „Manchmal hätte ich dein Talent gern."

„Ich hätte lieber eine richtige Heilergabe als eine unzuverlässige Sehergabe." So eine wie Cir sie von seiner Mutter geerbt hatte.

Erwartungsgemäß zog der Junge die Nase hoch. „Die ist unglaublich nützlich, wenn man keine Ahnung hat, wie man damit umgehen muss."

Um ihn nicht ansehen zu müssen, zupfte Nives ihren Rock zurecht. Was Cir da gesagt hatte, war kein Vorwurf, denn sie konnte ihm nicht helfen. Und wenn sie nicht geflohen wäre, dann gäbe es jetzt keine Gelegenheit, sich zu streiten. Trotzdem hatte sie ein schlechtes Gewissen.

Kurz darauf zogen die Soldaten wieder ab. Eine gute Idee. Auch Nives und Cir konnten einen ordentlichen Nachtschlaf brauchen.

Es sprach für Cirs Müdigkeit, dass er sich nicht über die frühe Uhrzeit beklagte.

XXX

Heilika blinzelte. Dunkelheit. Was?

Donnern. Und der Rabe veranstaltete ein Geschrei dazu. Gewitter? Nein, an der Tür.

„Ritter Heilika!"

Heilika blinzelte noch einmal. Ah. Sie hatte geschlafen, ja, und jetzt? „Bin unterwegs", nuschelte sie.

Der Lärm hörte auf.

Heilika wedelte in Richtung der Leuchtkugel, einmal, zweimal, dreimal, bis die endlich anging. Gegen die plötzliche Helligkeit kniff sie die Augen zusammen.

Von seiner Sitzstange aus funkelte der Rabe sie an.

Fluchend kämpfte sich Heilika in eine Hose, tapste zur Tür und öffnete sie. Heilerin Wiltrud stand im Gang, mit offenen Haaren und auch nur halb angezogen.

„Was?"

„Unser Gast ist aufgewacht. Brüllt das ganze Haus zusammen. Ihr müsst ihn beruhigen. Bitte."

Jetzt wusste Heilika, warum Berengar von den *Scheißalben* geredet hatte. Sie nickte, befahl ihren Waffenrock zu sich, um ihn über ihr Nachthemd zu ziehen.

Der Weg über den Hof durch die kühle Nachtluft weckte sie ein bisschen. Je näher sie an das Steinhaus kamen, in dem die Krankenzimmer untergebracht waren und wo oben das Gesinde schlief, desto lauter wurden die Rufe. „Nives!"

Ein paar verschlafene Gestalten warteten vor der Tür auf Wiltrud und Heilika, mehr noch auf dem Gang und auf der Treppe nach oben.

Der Centerrer, dessen Namen Heilika immer noch nicht herausbekommen hatte, hämmerte mit den Fäusten gegen die Tür des Einzelzimmers, in das er gesperrt war.

„Nives!", und „liberate me", und eine ganze Reihe Flüche. Offenbar glaubte er, dass Nives in der Nähe war und wollte freigelassen werden.

Heilika atmete einmal tief ein. „Tace!", befahl sie ihm zu schweigen.

Gesegnete Stille.

„Nives ... dormit. Est media nocte."

Wo auch immer diese Nives steckte, sie würde mit Sicherheit zu dieser Nachtzeit schlafen. Es war keine Lüge.

„Si?"

„Si. Te invisit cras." In der Hoffnung, dass der Fremde in der Frühe vergessen haben würde, dass Heilika ihm gerade versprach, seine Angebetete würde ihn morgen besuchen.

„Hoc promittis?"

Heilika rieb sich die Augen. "Si. Io te promitto." Sie machte ungern Versprechen, die sie nicht halten konnte, aber bei der Erzdrude, sie wollte zurück in ihr Bett und schlafen.

„Bene."

Und das war es. Heilika lehnte sich gegen die Wand. Gähnte. Wiltrud drückte ihr die Schulter, die restlichen Zuschauer bedachten sie mit gemurmelten Dankesworten.

„Gute Nacht", sagte Heilika und schlurfte zurück in ihre Kammer.

Als die Glocke am Heiligtum zur achten Morgenstunde läutete, versuchte Heilika sich gerade aufzuraffen, mehr von dem Getreidebrei aus der Küche zu holen, den es hier immer zum Frühstück gab. Eigentlich wollte sie auf dem schnellsten Weg zurück in ihr Bett, denn Wiltrud hatte sie gegen Morgen noch einmal geweckt, um dem Fremden Mohntinktur einzuflößen.

Der Rabe, sonst zuverlässig in seinen Versuchen, beim Frühstück zu betteln, hatte sich gar nicht erst von seiner Stange wegbewegt, sondern nur nach ihr gehackt.

Klirren, jemand in einem Ringelpanzer näherte sich der offenen Tür des Speisesaals. Heilika blinzelte und sah auf. Außer ihr waren alle entweder schon weg oder schliefen schon wieder.

Eilhard erschien in der Tür und klopfte an den Rahmen. „Entschuldigt, ehrwürdiger Ritter. Ich habe da zwei Centerrer am Tor, die Euch sprechen möchten."

Hm.

„Jedenfalls ist Euer Name das Einzige, was ich von ihrem Gebrabbel verstehe."

Heilika nickte. „Ihr könnt vorausgehen. Ich komme gleich." Vielleicht wartete draußen Verwandtschaft des Fremdlings? Aber woher wussten sie dann ihren

Namen? Trotzdem konnte sie sich nicht recht für dieses Rätsel begeistern. Die Müdigkeit drückte hinter ihrer Stirn und verlangsamte ihre Gedanken auf die Geschwindigkeit einer Schnecke.

Sie stemmte sich von der Bank hoch, kippte den Rest Saft aus ihrem Becher hinunter und folgte Eilhard zum Tor.

Ein anderer Bewaffneter, dessen Namen Heilika sich noch nicht gemerkt hatte, bewachte tatsächlich zwei Leute. Beide waren unterdurchschnittlich groß. Die Frau, grün-rotes Kleid, weiße Haare in einem tiefen Witwenknoten, reichte Eilhard nicht ganz bis zur Schulter. Der Junge dazu war eine Handbreit größer, mit schwarzen Locken, ebenfalls in einfacher, aber gepflegter Reisekleidung. Vierzehn, allerhöchstens fünfzehn.

Beide trugen nur kleine Bündel mit Gepäck.

Außerdem hatten sie keinerlei Ähnlichkeit mit Wiltruds Dauergast. Abgesehen davon, dass sie beide zu schmal waren, ovale Gesichter statt des kantigen des Kranken hatten, passten die Farben nicht. Der Junge war richtig blass, wie man es eher von einem Varländer erwartete als von einem Centerrer, und die Frau hatte zwar dieselbe olivfarbene Haut, aber Augen so bleich wie ein nebliger Wintermorgen.

Sie sah Heilika an, als wären sie sich schon einmal begegnet, und runzelte die Stirn.

Vor Heilikas Augen flackerte etwas – die beiden hatten eine Aura, aber keine, wie sie für schwach begabte Ausländer üblich war. Kein durchgehendes

Glühen, sondern kühl schimmernd, als hätte sie jede und keine Farbe zugleich. Ein bisschen fand Heilika sich an Sternenlicht erinnert.

In diesem Zusammenhang wirkte der Blick aus den unnatürlich gefärbten Augen der Frau beunruhigend. Heilikas Füße brachten sich von allein in eine Kampfposition. Sie starrte zurück, bis die Fremde den Kopf senkte und das Pflaster betrachtete.

„Salvete. Io sum Cavaliere Heilika", sagte sie, und blieb beim Centerrischen. „Ihr wollt mich sprechen?"

Die Frau öffnete ihren Mund, schloss ihn wieder.

Der Junge grinste. In Augen so veilchenblau, dass sie fast violett schienen, blitzte der Schalk. „Cavalier*e* Heilika, eh, Nonna?"

Heilika hob die Brauen.

„Ihr müsst Nonna verzeihen, edle Cavalier*a*", setzte sich der Junge über sämtliche Grammatikregeln hinweg. „Sie hat mit jemand anderem gerechnet."

Jemanden, der Heilika auf Friedländisch als Ritterin ansprach, hätte sie ihren Unmut spüren lassen. Aber gegen die Wortschöpfung Cavaliera hatte sie nichts einzuwenden, zumal sie mit einem offenen Blick daherkam, der kein bisschen männlicher Überheblichkeit erkennen ließ. „Tatsächlich."

„Wir haben gestern Abend im Gasthaus ein Gespräch mitgehört. Aber offenbar nicht genug verstanden."

Aha. „Wer seid ihr, und was wollt ihr von mir?"

„Ich bin Cir – Cirrus Salvan, und sie ist Nives."

Nives. Nives? Heilika straffte die Schultern, als ihre Müdigkeit plötzlich verschwand. Aus der Nähe schien die Frau gar nicht so alt, hatte leichte Krähenfüße um die Augen und zarte Fältchen an den Mundwinkeln. Auch mit den Haaren stimmte etwas nicht. Weiße Haare bei Menschen waren üblicherweise ziemlich störrisch, aber ihre fielen glatt und sehr fein.

Die Frau, Nives, strich sich eine lose Strähne aus der Stirn und sah immer noch zu Boden. Verlegen?

Bei allen Göttern. Heilika sprach gerade mit zwei elenden Alben. Sie wollte Fragen stellen, wollte herausfinden, ob die Sache mit den Ohren stimmte, aber ... langsam. Noch lohnte es sich, ahnungslos zu tun. „Und weiter?"

„Wir glauben, dass Ihr Ignazio habt", sagte Cir.

Heilika machte eine Geste, dass er weitersprechen sollte.

„Ein Centerrer, ein bisschen größer als ich", Cir deutete die Höhe an, „breite Schultern, gebrochene Nase? Platzwunde am Hinterkopf?"

„So jemanden haben wir in unserer Obhut. Was wollt ihr mit ihm?"

„Bitte, edle Cavaliera." Nives sprach leise und schaute knapp an Heilika vorbei, als seien die Ställe die fesselndste Aussicht der Welt. „Ich denke, dass ich ihn heilen kann."

Heilika zuckte mit der Nase. „Du wirst mir verzeihen ... Fata Nives."

Jetzt sah Nives sie an, mit großen Augen. Angst.

Diese Albin, die einen kräftigen Kerl wie Ignazio bezaubert hatte, hatte Angst vor Heilika.

Neben ihr folgte der Junge jeder Bewegung auf dem Hof, als erwarte er jederzeit einen Angriff. Das alles ergab keinen Sinn.

„Der Fremde – Ignazio – ruft seit Tagen nach dir", sagte Heilika schließlich. „Ich hoffe für dich, dass du ihm helfen kannst."

Nives senkte den Blick. Anscheinend meinte sie es ernst.

Heilika wandte sich an Eilhard, der zu ahnen schien, worum es ging. „Ruft Ritter Lutwine und Heilerin Wiltrud. Das ist Nives. Sie sagt, dass sie unseren Patienten entzaubern kann."

„Nives, was?"

Die Albin schien noch weiter zu schrumpfen.

Eilhard grinste und betrachtete Nives' Figur so ausführlich, dass sogar Heilika sich dreckig fühlte. Bis jetzt hatte sie ihn eigentlich gemocht.

„Nives ist ein Gast. Du wirst sie mit dem angemessenen Respekt behandeln."

Eilhard warf Heilika einen bösen Blick zu, murmelte aber eine Entschuldigung, bevor er sich verzog.

xxx

Nachdem Cavaliera Heilika den unhöflichen Soldaten weggeschickt hatte, drehte sie sich mit einem Lächeln zu Nives. „Meine Befehlshaberin und die Heilerin werden euch beide sprechen wollen."

Nives räusperte sich. „Selbstverständlich." Trotz aller Bemühungen brachte sie kaum mehr als ein Flüstern zustande.

Die Cavaliera hob die Brauen, sagte aber nichts wegen Nives' verlorengegangener Sprache.

Diese ganze Situation war Nives äußerst peinlich. Nur die Tatsache, dass sie nicht schnell rot wurde, rettete sie. Die Soldaten im Gasthaus hatten „Ritter", Cavaliere, gesagt; es war ein ehrlicher Fehler gewesen, zumal Frauen in einer Armee nichts zu suchen hatten. Noch als die Cavaliera dem Soldaten über den Hof gefolgt war, da hatte Nives gedacht, dass der junge Mann für einen Menschen unglaublich gut aussah. Die kurzen Haare verwuschelt, groß, schlank, glatte Haut, eine gerade Haltung, ein verständiger Blick aus grünen Augen und offensichtlich Muskeln unter der gelben Uniform.

Jemand, den Nives stundenlang hätte beobachten können.

Und eine Frau.

Warum hatte Nives ausgerechnet das nicht vorhergesehen?

Neben ihr trat Cir von einem Fuß auf den anderen, scharrte mit einem losen Steinchen. Langes Schweigen lag ihm viel weniger als ihr.

„Entschuldigung, edle Cavaliera?", fing er denn auch an. „Seit wann ist Ignazio denn schon hier?"

„Eine knappe Woche."

Cir pfiff anerkennend. „Ihr habt ihn so lange ertragen?"

Cavaliera Heilika zog wenig damenhaft die Nase hoch. „Schlafmohn", sagte sie. „Außerdem hält er mich für einen Alb."

Während Nives die Stirn runzelte, hatte Cir weniger Hemmungen, seine Überraschung zu zeigen und lehnte sich mit weit aufgerissenen Augen vor.

„Ehrlich?"

„Ehrlich." Ein jungenhaftes Grinsen. „Fato nobile, so nennt er mich."

Cir legte den Kopf schräg wie der Krämer in Pascanova, wenn er eine Handarbeit begutachtete. „Ihr könntet als einer durchgehen, edle Cavaliera", befand er. „Nur haben die meisten Alben lange Haare."

„Cir", sagte Nives. Sie mussten den Menschen nicht zu viel verraten.

Doch der Junge zog nicht reumütig den Kopf ein, sondern wackelte mit den Brauen. Seine Lippen formten geräuschlos ein Wort.

Offenbar glaubte er, dass Cavaliera Heilika jenes Menschenwesen war, von dem Maga Vigilea gesprochen hatte.

Es würde hinkommen, nicht wahr? Nives nickte, zum Zeichen, dass sie später darüber reden würden.

Cavaliera Heilika beobachtete sie, sagte aber weiterhin nichts.

Die Rückkehr des Soldaten mit zwei anderen Menschen rettete Nives vor weiterem Schweigen. Eine kurze Frau, die das Doppelte von Nives wiegen musste, mit einem unordentlichen Zopf und in einer grünen Kutte: die Heilerin. Die andere Frau, ebenfalls mittleren Alters, aber groß und breit wie ein Mann, trug wie Cavaliera Heilika einen knielangen gelben Waffenrock. Sie hatte ein Beil am Gürtel.

Niemals würde sich Nives an den Anblick bewaffneter Frauen gewöhnen. Und dazu noch in Hosen, sodass jeder sehen konnte, wie ihre Beine geformt waren. Unanständig.

Heilika stellte Nives und Cir vor, dann Cavaliere – Ritter – Lutwine, und Heilerin Wiltrud. Offenbar war der König von Friedlant darauf aus, mit dem einförmigen Titel den Frauen im Sonnenorden die Weiblichkeit abzusprechen.

„Salvete", sagte Cavaliera Lutwine, und weiter auf Centerrisch: „Du bist Nives?"

"Ja, edle Cavaliera."

Lutwine zuckte mit der Nase, sagte aber nichts zu der falschen Anrede. „Ich habe ein paar Fragen, bevor ich dich zu unserem Patienten lasse."

„Selbstverständlich."

Unter den neugierigen Blicken der Angestellten folgten sie Cavaliera Lutwine über den Hof in das größere Steingebäude, eine Treppe hoch bis in ein geräumiges Arbeitszimmer.

Es gab nur ein Fenster zum Innenhof, mit einer klaren Glasscheibe, die ein Vermögen gekostet haben musste. Wie für diese Gegend üblich versperrte ein Eisengitter davor Alben den Zutritt. Die Wand links zierte ein volles Bücherregal, an der anderen hing eine große Landkarte, die den hiesigen Grenzabschnitt zeigte.

Die Friedländer benutzten andere, viel eckigere Buchstaben als die Centerrer, deshalb konnte Nives die Ortsnamen nicht lesen.

Cavaliera Lutwine verschanzte sich hinter dem vollgestapelten Schreibtisch. Ein Wink von ihr, und Heilika holte aus einer Ecke einen Scherenstuhl und klappte ihn auf. Cir machte einen Schritt, griff schon nach einem zweiten und hielt inne. Daraufhin zog er sich die Hemdsärmel über die Hände, bevor er sich den Möbeln weiter näherte. Tatsächlich war die Stoffbespannung mit Nägeln befestigt, die Scharniere alle aus Metall.

„Eisen", sagte er auf Heilikas Blick hin.

„Hmm." Die Cavaliera sah von ihm zur Tür mit der eisernen Klinke und winkte ihn weg von den Stühlen. „Dann seid vorsichtig."

Nives wickelte ihre Hände ebenfalls in ihre Ärmel, bevor sie sich setzte.

Eine Weile lang fand sie sich von Cavaliera Lutwine angestarrt.

„Ich hätte nicht gedacht, dass ich in meinem Leben noch Alben zu sehen bekomme."

Obwohl es die Ahnen darauf angelegt hatten, zu Sagengestalten zu verkommen, mochte Nives den zugehörigen Blick nicht. Sie senkte den Kopf.

„Kannst du mir beweisen, dass du bist, was ich glaube?"

Neben Nives schnalzte Heilika mit der Zunge, während die Heilerin sich vorlehnte.

Es blieb wohl keine Wahl. Nives hob eine Hand und schob die Haare vor ihren Ohren beiseite.

Die Heilerin glotzte mit offenem Mund, Heilika schien sich jede Einzelheit an ihr einprägen zu wollen, wie Vulpin früher, und Cavaliera Lutwine biss sich auf die Lippen. „Die Schriften übertreiben", sagte sie schließlich.

War es vermessen zu wünschen, dass Heilika auf ihre Befehlshaberin und die Heilerin verzichtet hätte? Die Verlegenheit über das Missverständnis vorhin war eins gewesen, aber hier, in diesem Raum, den Nives nur mit Verrenkungen aus eigener Kraft würde verlassen können, hier fühlte sie sich, als müsste sie sich dafür schämen, als Albin geboren worden zu sein.

Heilika rutschte auf ihrem Stuhl hin und her. „Was genau musst du tun, um den Patienten – Ignazio – von dem Zauber zu befreien?"

„Ich muss ihn anfassen können", sagte Nives. „Es gibt ein unsichtbares Band, das uns verbindet, das muss ich durchtrennen."

„Hm." Heilika kniff die Augen zusammen, als wollte sie ein einzelnes Staubkorn fixieren, das neben Nives in der Luft schwebte. „Ja."

Cir blieb der Mund offen stehen. Die beiden Menschinnen schienen ebenfalls überrascht, sie lehnten sich zurück und wandten sich endlich Heilika zu.

Die Cavaliera verdrehte die Augen wie ein Halbwüchsiger. „Das Band ist violett. Mit Eurer Erlaubnis, Cavaliere Lutwine, werde ich Nives zu dem Kranken führen."

Die Kommandantin verzog das Gesicht. Missfiel ihr der unausgesprochene Tadel oder dass Heilika mächtiger war als sie? „Noch nicht." Sie richtete ihren Blick wieder auf Nives. „Warum willst du ihn befreien?"

Nives runzelte die Stirn. Was war denn das für eine Frage? „Er stirbt doch, wenn ich es nicht tue."

„Das hat noch keinen Alb davon abgehalten."

Wieder musste Nives den Blick senken, denn sie schämte sich ein wenig für diejenigen, die ihr Volk so in Verruf gebracht hatten. „Es war keine Absicht. Und ich kenne ihn, seit er ein Kind war."

„Er ist ein Arschloch", sagte Cir.

Während die anderen beiden nur die Brauen hoben, schmunzelte Heilika.

„Aber er hat es trotzdem nicht verdient", meinte Cir weiter. „Und seine Verlobte, die ist nett."

Nives nickte. Ausgerechnet Ignazio hatte ein Mädchen gefunden, das für jeden ein Lächeln und ein freundliches Wort übrig hatte, sogar für Alben. Nicht ein einziges Mal hatte sie sich dazu herabgelassen, Nives als *striga* zu bezeichnen.

Heilika lehnte sich zurück und musterte Nives eingehend. „Ihr zwei seid nicht von jenseits des Walls."

„Wir haben die letzten Jahre in Centerre gelebt." Mehr mussten diese Menschen nicht wissen.

„Interessant." Damit wandte Heilika sich ihrer Befehlshaberin zu. „Darf ich jetzt, Cavaliere Lutwine? Und vielleicht wäre eine Einladung zum Mittagessen angebracht?"

Schon wollte Nives sie unterbrechen, sagen, dass es nicht nötig war, damit sie alle ihr Gesicht wahrten, aber Cavaliera Lutwine runzelte die Stirn, und Nives bekam wieder einmal den Mund nicht auf.

„Ihr werdet ihnen ein Gästezimmer zuweisen – das Eckzimmer. Der Junge bleibt dort unter Bewachung, bis Ihr dem Kranken geholfen habt. Danach dürft Ihr meinetwegen mit ihnen essen."

Wahrlich, eine gastfreundliche Burg, wie geahnt. Dass Lutwine sie hinterher ziehen lassen würde, bezweifelte Nives.

Diese Meinung schien Heilika zu teilen, sie zog die Nase hoch.

„Was glaubt Ihr, wie lange es dauert, bis wir das ganze Dorf hier haben, um die zwei zu begaffen?", fragte Cavaliera Lutwine. „Das kann ich nicht brauchen, und die beiden genauso wenig."

Heilika brummte etwas, das nach einer Zustimmung klang, obwohl Zweifel mitschwangen. „Wenn ihr beide mir folgen wollt. Und wenn Ihr einen Wächter schicken würdet, Cavaliere Lutwine?"

Als sie das Arbeitszimmer verließen, richtete Nives ihre Haare, sodass sie über ihre Ohren fielen.

Heilikas Blicke brannten in ihrem Nacken, aber die Cavaliera lächelte nur, als Nives sich nach ihr umdrehte. Neugierig? Wenigstens versuchte sie nicht, Nives anzufassen. Rosalia hatte anfangs ihre Ohren einfach so angetatscht, und einige andere Leute genauso.

Im gleichen Haus stiegen sie zwei Treppen nach oben. Dort öffnete Heilika eine Tür Richtung Hof. Das Gästezimmer enthielt einen schmalen Tisch mit vier Stühlen und ein breites, nicht bezogenes Bett. Es roch nach Rosmarin, den auch in Pascanova viele gegen Ungeziefer ins Stroh der Matratzen mischten.

Während Cir durch eine schmale Tür in den Waschraum wanderte, sank Nives auf das Bett. Am liebsten hätte sie sich darunter verkrochen.

„Es tut mir leid", sagte Heilika.

Nives runzelte die Stirn. „Wie bitte?"

„Ritter Lutwine ist nicht besonders gastfreundlich."

Deshalb war die Cavaliera überrascht? „Ich bin es gewohnt."

„Hmm." Heilika kniff die Augen zusammen und schob das Kinn vor, aber nicht in Nives' Richtung. Eine schlechte Erinnerung? „Als hätten wir es uns ausgesucht, aus dem Rahmen zu fallen. Dabei ist der Rahmen zu eng."

Ah. Zog Heilika Vergleiche zwischen sich und Nives? Vermutlich hatte es mit ihrem Aussehen zu tun. Offenbar vergaßen die meisten Menschen ihre gute Erziehung nicht nur in Gegenart von Alben, sondern auch über ungewöhnlichen Mitgliedern ihres Volkes – worin sie den Alben nicht unähnlich waren.

Aber wo sollte es enden, wenn man sich entschloss, die Gesetze und Regeln so weit zu dehnen, wie Heilika es sich vorstellte? „Ein Rahmen gibt Sicherheit." Ohne die Lieder und Geschichten hätte sie schon längst nicht mehr gewusst, wer sie war. Ohne ihren Rahmen hätte sie Cir nicht großziehen können.

„Man sollte sich an so etwas trotzdem nicht gewöhnen", widersprach Heilika.

Nives legte den Kopf schräg. „Es tut mir leid, ich verstehe nicht ganz ..."

„Wenn man sich nicht eindeutig danebenbenimmt", sagte Heilika, „hat man das Recht, höflich behandelt zu werden. Sie haben kein Recht, einem die Würde zu nehmen, nur weil man anders ist. Irgendwann glaubt man noch selbst, dass man die Verachtung verdient hat, und hält den Mund." Sie verzog das Gesicht, als wollte sie ausspucken. „Und dann haben die mit dem engen Rahmen gewonnen."

Bei den Ahnen, ja. Wie einfach es wäre, nach so einer Rede aufzustehen und die Faust zu recken. Aber manchmal blieb nichts übrig, als unauffällig zu sein. Sich so kämpferisch zu geben war nichts für Frauen mit kleinen Kindern. Nives zupfte am Matratzenbezug und wusste nicht, ob sie etwas einwenden sollte.

Cir kam aus dem Waschraum und setzte sich neben sie.

„Alles in Ordnung, Nonna?"

Was für eine Frage. Nives lächelte.

Er drückte ihre Hand.

Heilika räusperte sich. „Soll ich nachher die Türe versiegeln?"

„Eh?", fragte Cir.

„Wie bitte", verbesserte Nives aus reiner Gewohnheit.

Cir zog die Nase hoch. „Entschuldigt, edle Cavaliera. Wie meint Ihr das?"

Heilika presste die Lippen zusammen, aber aus ihren Augen schien Belustigung. „Ich kann die Tür versiegeln, damit niemand außer mir und Nives das Zimmer betritt."

„Um mich zu beschützen?" Eine Weile starrte Cir zur Wand und sah auf einmal fast erwachsen aus. „Das ist nett. Ich bin ja kein Tanzbär."

„Kind …", sagte Nives. Wohin sollte er, wenn Gefahr drohte?

„Ist schon gut, Nonna. Zur Not gibt es noch ein Fenster."

Ein Fenster mit einem Eisengitter, das zwar genug Platz bot für einen großen Vogel, aber trotzdem. Seufzend ergab sich Nives dem Leichtsinn der Jugend.

Heilikas Blick flackerte zwischen ihnen beiden hin und her, fragte sich wohl, wie er aus dem dritten Stock durch das vergitterte Fenster entkommen wollte, doch sie sprach ihre Zweifel nicht aus.

Die nächste Zeit verbrachten sie schweigend, bis der unhöfliche Soldat an die Tür klopfte, um Cir zu bewachen.

Nives folgte Heilika die Treppen wieder hinunter und über den Hof, wo jetzt mehr Leute herumstanden als vorhin. Alle starrten sie Nives an, dass sich ihr die Nackenhaare aufstellten. Neugier konnte sie verzeihen, aber in den Blicken lagen Häme und Feindseligkeit, als warteten sie nur auf eine Entschuldigung, um Nives einzusperren oder sie zu pieksen, um zu sehen, ob sie blutete. In Ermangelung einer Kapuze zog sie den Kopf ein und hielt den Blick gesenkt.

Ganz im Gegensatz dazu drückte Heilika den Rücken durch, ballte ihre Hände zu Fäusten. Plötzlich ging sie wie ein Mann, der sich vor Muskeln nicht retten konnte, ihrer kugeligen Aura schienen Stacheln zu wachsen. Dank dieser Drohgebärden wichen die Zuschauer ihnen aus.

Heilika war der erste Mensch, den die generelle Unfreundlichkeit gegenüber Alben wirklich zu treffen schien. Sicher waren in der Vergangenheit Menschen höflich zu Nives und Cir gewesen, aber es ging nie so weit, dass sie andere für eine Beleidigung zurechtgewiesen hätten. Der Cavaliera hingegen war zuzutrauen, selbst den König von Friedlant für ein „striga" zu tadeln.

Im anderen Steinhaus dröhnte es, als schlüge jemand mit Fäusten gegen eine Tür.

„Ignazio ist wach", bemerkte Heilika mit unbewegter Miene.

Sie führte Nives einen kurzen Gang entlang bis zum Ursprung des Gepolters.

„Eh, Ignazio", brüllte sie gegen den Lärm. „Nives ist da!"

Kurz trat erholsame Stille ein.

„Nives? Wirklich, bist du da?"

Nives holte tief Luft. „Ich bin hier."

„Nives! Meine Schöne."

Schon wieder wollte sie im Boden versinken, denn Heilika warf ihr einen langen Blick zu.

„Sag ihm, er soll die Tür freigeben, sich auf sein Bett setzen und ruhig warten", flüsterte die Cavaliera.

Nives tat wie gebeten.

Heilika sah die Tür mit schräggelegtem Kopf an. Dem Anschein nach reichte ihr Ignazios minimale Begabung, um seinen Weg drinnen zu verfolgen.

Schließlich nickte sie, streckte die Finger Richtung Schloss, und es klickte. Ein weiterer Fingerzeig öffnete die Tür, Heilika fing sie und hielt sie für Nives.

Dass Ignazio tatsächlich auf der Bettkante saß, schickte einen Schauer über Nives' Rücken, denn solche Macht hatte sie nie besitzen wollen. Er wackelte unruhig, als wollte er gleich aufspringen und sie umarmen. Unrasiert, mit Ringen um die blutunterlaufenen Augen und vom Mohn verengten Pupillen, erschien er zusammen mit seinem Grinsen noch weniger zurechnungsfähig als sonst.

"Grüß dich, Ignazio."

„Nives! Bitte ... lass mich zu dir."

„Gleich. Es tut mir leid, dass ich so lange weg war."

Hinter sich versperrte Heilika die Tür.

Jetzt hieß es, Ruhe zu bewahren. Vor dem Fenster war ein Gitter, und jetzt die verschlossene Tür.

„Bleib da sitzen, bitte." Sie ging näher heran. „Nimm meine Hände und schau mir in die Augen."

Ignazio tat wie geheißen. Er starrte zu ihr hoch wie ein Hündchen, das auf eine Belohnung wartete, seine kühle, feuchte Haut klebte, sodass Nives sich Handschuhe wünschte.

Sie ließ ihren Blick an der Wand hinter ihm verschwimmen, bis sie aus dem Augenwinkel ein violettes Band zu sehen meinte, das Ignazios Herz umschloss und an ihrer linken Hand endete.

Wie Maga Vigilea empfohlen hatte, stellte sie sich eine Schere vor, legte sie an das Band und schnitt. Die Enden flatterten in unsichtbarem Wind – es hatte funktioniert.

„Ich gebe dich frei", sagte Nives.

4

Das violette Band verschimmerte.

Ignazio kniff die Augen zusammen, sah Nives an, dann seine Hände, wie sie ihre hielten, stand auf und schob. „Du!"

Nives stolperte, fiel. Heilika fing sie auf, ein schmerzhafter Griff um Nives' rechten Arm. Blaues Licht erschien, hinter dem Ignazios wütendes Gesicht flimmerte.

Auf einmal bekam Nives keine Luft mehr. Ein Zittern breitete sich von ihrem Magen überallhin aus, bis sie nicht mehr allein stehen konnte. Einen Moment lang lehnte sie sich gegen Heilika, spürte dem Griff an ihrem Oberarm und Heilikas anderer Hand in ihrem Kreuz nach. Die Berührungen verursachten ein Kribbeln auf Nives' Haut, kaum gedämpft durch die zwei Lagen ihres Kleides. Der Zauber war ein unterliegendes Summen, fast so stark wie die Grenzsiegel, aber angenehmer. Es fühlte sich an, als säße sie auf einer unglaublich großen Laute.

Bei den Ahnen, Heilika war mächtig.

Und gerade benutzte sie diese ganze Macht dazu, Nives zu beschützen. Wie die Helden aus den Geschichten.

„So gehst du mit jemandem um, der ein Unrecht wiedergutzumachen sucht?", fragte Heilika und ließ Nives los. „Wirst du dich benehmen, Ignazio?"

Er plusterte sich auf wie ein Hahn. „Aber diese *striga* -"

Heilikas Ärger ließ Nives' Haare stehen, als näherte sich ein Gewitter. Auch Ignazio musste etwas davon spüren, denn er wich einen halben Schritt zurück und ließ seine Schultern hängen.

„Bitte", sagte Nives. „Ignazio? Es tut mir leid. Ich wollte dich nicht bezaubern. Es war ein Unfall. Und ich musste erst jemanden um Rat fragen, wie man so einen Zauber löst, sonst hätte ich dich früher befreit."

Er schnitt eine Grimasse. „Wie auch immer. Ich mag dich nicht mehr sehen, *striga*, und wehe, du setzt noch einmal einen Fuß ins Dorf."

Nives nickte. Wie gut, dass sie nicht vorhatte, nach Pascanova zurückzukehren. Sie straffte sich. „Lasst Ihr mich hinaus, edle Cavaliera? Ich bin sicher, dass er einige Fragen hat."

„Hm." Erst spähte Heilika nach draußen, dann winkte sie Nives. Weiter vorn im Gang stand ein langhaariger Cavaliere und hielt eine Schar Neugieriger davon ab, sich vor dem Zimmer zu drängen.

Der Cavaliere sagte etwas auf Friedländisch zu Heilika, das wie eine Neckerei klang.

„Es hat funktioniert", meinte sie auf Centerrisch.

Das war ausgesucht höflich, denn in ihrer Muttersprache hätte sie das Gespräch sicher schneller geführt.

„Unser Patient heißt Ignazio und hat schlechte Laune. Ich muss kurz mit ihm sprechen. Pass du solange auf Nives auf, bitte. Nives, dies ist Cavaliere Berengar."

Der Ritter nickte. „Guten Morgen, Nives."

Während Heilika sich wieder in Ignazios Zimmer zurückzog, murmelte Nives eine Begrüßung und lehnte sich an die Wand, mit geballten Fäusten, damit sie Ignazios Schweiß nicht unabsichtlich an ihren Röcken abwischte.

Auch Cavaliere Berengar starrte, aber er gab sich wenigstens Mühe, nur Nives' Gesicht zu betrachten. Vielleicht lag es auch an dem Keuschheitsgelübde, das man angeblich ablegen musste, um Ritter des Sonnenordens zu werden, und er wollte sich nicht in Versuchung führen lassen.

Trotzdem roch sie ihn und die anderen Menschen. Aber Heilika, Heilika stank nicht. Wie überaus merkwürdig.

Lauter werdende Gespräche rissen sie aus ihren Gedanken: Die Schaulustigen hatten viel miteinander zu reden. Ein paar Mal sah der Cavaliere Leute an und räusperte sich, was kurzfristig für Ruhe sorgte.

Heilika brauchte unendlich lange, bis sie wieder zum Vorschein kam. Ein kurzes Gespräch auf Friedländisch folgte, Nives hörte sich und Ignazio ein paar Mal erwähnt, dann schnauzte Cavaliere Berengar die versammelten Menschen an, was sie zum Rückzug bewegte.

„Erlösen wir Cir aus seiner Einzelhaft", wandte Heilika sich an Nives. „Magst du etwas trinken? Wir haben Bier, Fruchtsaft und Wasser."

„Bier für mich, bitte, und Saft für Cir, wenn es möglich ist? Er mag kein Bier. Und können wir vorher an einem Brunnen vorbeigehen? Ich möchte die Hände waschen."

Heilika brummte eine Zustimmung.

Sie führte Nives wieder in den Hof hinaus, zu einem kleinen, gemauerten Gebäude, das sich an das größere Haus anschloss. Die Küche.

Einige Frauen waren damit beschäftigt, das Mittagessen vorzubereiten, während ein paar andere Geschirr spülten. Es roch nach frischem Brot und Kohl.

Heilika nickte den Angestellten zu und winkte Nives zum Spülstein, wo sie sich die Erinnerung an Ignazios Berührung von den Händen wusch. Derweil suchte Heilika ein Tablett, ein Schüsselchen, Becher und zwei Krüge. In einem von Zaubern gekühlten Nebenraum befanden sich die offenen Fässer, und Nives wartete, während Heilika die Krüge füllte und Rosinen in die Schüssel gab.

Es schien ihr falsch, dass eine Cavaliera so etwas tat, anstatt irgendwem zu befehlen, Getränke zu bringen.

„Es sieht nach *kohlrabi* – eine Art Rüben – mit Käsetunke aus", sagte Heilika. „Esst ihr das?"

„Rüben und Käse sind gut", sagte Nives. Auch wenn man meinen sollte, dass so wichtige Leute wie die Ritter des friedländischen Königs besser behandelt wurden und jeden Tag Fleisch bekamen.

xxx

An der Wand gegenüber der Tür zum Gästezimmer lehnte Eilhard. Auch als er Heilika erspähte, nahm er keine aufrechte Haltung ein. „Alles ruhig. Ehrwürdiger Ritter", sagte er.

Für sein respektloses Benehmen würde sie ihn später rügen. „Ich habe nichts anderes erwartet. Dankeschön."

Eilhard zuckte mit der Nase, nickte ihr und Nives aber zu, bevor er ging.

Wegen ihrer vollen Hände öffnete Heilika die Tür mit einem Blinzeln. „Bitte."

Einen Augenblick lang beäugte Nives sie, als hätte sie nicht geahnt, dass Zauberei auch ohne Gesten funktionierte, dann schlüpfte sie an ihr vorbei.

Cir saß auf der Fensterbank und strahlte sie an. Er hatte den pergamentbespannten Rahmen vor dem Fenster entfernt, was das Zimmer heller machte, aber auch kühler. Oder vielleicht fröstelte Heilika nur, weil sie zu wenig geschlafen hatte.

Neben Cir hockte der Rabe. Wie das Vieh herausbekommen hatte, dass und wo Gäste sich in der Burg befanden, wollte Heilika gar nicht wissen.

„Es hat geklappt, ja?", fragte Cir.

Nives musterte ihn. „Ja. Das ist kein Sitzplatz."

Cir verdrehte die Augen, machte aber keine Anstalten, herunterzukommen.

Halbwüchsige eben. Irgendwann würde er von allein damit aufhören. Heilika stellte das Tablett ab. „Ist schon in Ordnung. Den Steinen machen zwei halbe Portionen nichts aus."

Sowohl der Junge wie auch der Rabe plusterten sich auf und bemühten sich um den gleichen verachtenden Blick.

Heilika schaute betont kühl zurück, bis sie irgendwann grinsen musste. Die beiden waren einfach zu süß. „Nichts für ungut, Kleiner."

Cir zog die Nase hoch. „So viel jünger als Ihr kann ich nicht sein, edle Cavaliera."

„Ich bin einundzwanzig", sagte Heilika.

Während Nives sie anstarrte, als hätte sie etwas Anderes erwartet, nickte Cir.

„Ich bin achtzehn. Das sind drei Jahre."

Wie bitte? Demnach hatte Heilika sich grob nach unten verschätzt.

Nives räusperte sich. „Ich weiß, dass er jünger aussieht, für einen Menschen." Sie klang entschuldigend. „Er hat noch zu wachsen. Alben sind erst mit einundzwanzig volljährig."

„Und Bärte sprießen nur ein paar ganz Glücklichen", ergänzte Cir.

Es erklärte, warum Ignazio Heilika für eine ältere Ausgabe des Jungen gehalten hatte. „Ich wollte um keinen Preis einen Bart", sagte sie. „Die Seife trocknet nur die Haut aus."

Cir sah sie dankbar an.

Als sei sie neidisch, trat Nives von einem Fuß auf den anderen. „Was wird mit Ignazio?"

„Willst du dich nicht erst setzen?" Während Heilika einen Stuhl unter dem Tisch hervorzog, tastete sie mit ihren magischen Sinnen nach Metallteilen. „Kein Eisen."

Nives schenkte ihr ein kleines Lächeln und senkte den Kopf. Schließlich nahm sie Platz. Heilika rückte ihr den Stuhl zurecht, denn mit dem ganzen Stoff an den weiten Röcken musste es ziemlich schwierig sein, das selbst zu übernehmen. Dann ließ Heilika sich auf den Stuhl neben Nives plumpsen und schenkte Bier ein, während diese weiter an ihrem Kleid herumzupfte.

„Hier drin ist Apfelsaft für dich." Heilika schob den zweiten Krug in Cirs Richtung.

Das reichte, um ihn von seinem vermeintlich lässigen Ausguck herunterzulocken. Er setzte sich und schenkte sich ein.

Nives räusperte sich, und Cir erstarrte.

Was nun wieder?

„Das nächste Mal wartest du, bis der Gastgeber einschenkt", sagte Nives. „Andernfalls fragst du höflich."

Der Junge zog den Kopf zwischen die Schultern und bekam rote Flecken auf den Wangen.

Ach, der arme Kerl. Nives mochte es gut meinen, aber eine zweite halböffentliche Demütigung innerhalb so kurzer Zeit war doch ein bisschen viel zu verkraften. Heilika lächelte Cir aufmunternd zu. „Man vergisst so etwas, wenn man nicht oft eingeladen ist."

Das war anscheinend Zeichen für den Raben, sich ebenfalls in Bewegung zu setzen und auf ihrer Stuhllehne zu landen. Er reckte den Hals und sah sie mitleidheischend von unten an.

„Erst nicht wach werden wollen und jetzt am Tisch betteln, wie?"

„Der ist Eurer, edle Cavaliera?", fragte Cir.

„Leider", sagte Heilika. Sie fischte nach ihrem Beutel, knackte zwei Walnüsse vom letzten Jahr und pulte sie für den Raben auseinander. „Um auf Ignazio zurückzukommen: Zunächst müssen wir ihn vom Mohn entwöhnen. Das dauert mindestens eine Woche. Dann werden wir ihn mit Vorräten ausstatten und bis zur Grenze begleiten. Von da aus muss er heimlaufen." Zu einem Flecken namens Pascanova. Einer von mindestens drei, die es im nördlichen Centerre gab.

„Das ist sehr nett von Euch", sagte Nives.

„Wir tun, was wir können. Was ist mit euch? Ihr kommt doch aus dem gleichen Dorf wie er?"

Als sei das eine schwierige Frage, richtete Nives wieder ihre Röcke. „Wir haben eine Weile dort gewohnt, ja."

Heilika hob die Brauen. Laut Ignazio waren die beiden dort eingetroffen, als Cir noch ein sehr kleines Kind gewesen war. Man glaubte, Nives sei auf der Flucht vor etwas, aber sie hatte sich nie darüber ausgelassen, was geschehen war, um sie einen Unterschlupf bei Menschen suchen zu lassen.

Cir räusperte sich. „Es könnte sein, dass wir Eure Hilfe noch einmal benötigen, edle Cavaliera."

Nives runzelte die Stirn, offenbar behagte ihr diese Gesprächseröffnung nicht. Oder sie mochte es nicht, dass ihr Ziehsohn wieder einmal für sie sprach. Weshalb sie ihn aber gewähren ließ, blieb ein Rätsel.

„Inwiefern?", fragte Heilika.

„Als ich noch sehr klein war, gab es daheim – in den verschwiegenen Tälern – einen Umsturz."

Heilika bedeutete ihm, weiterzusprechen, und verbat sich Vermutungen, weshalb Nives mit Cir davor geflohen war.

„Die neue Königin will den Bann – unser geschütztes Gebiet – ausdehnen, bis es an die friedländische Grenze stößt, mit der Albenklamm als neuem Tor. Danach wäre es mit der Geheimhaltung vorbei."

„Und?" Das wäre nur für die Alben von Nachteil, wenn überhaupt.

Kurz schien Cir überlegen zu müssen, ob die Frage ernst gemeint war. „Wir befürchten eine Auseinandersetzung. Entweder zwischen den verschiedenen Adelsfamilien, um es zu verhindern, oder mit den Menschen. Noctuola – das ist die Königin – hat einen Weg gefunden, ihre Krieger mit Eisenwaffen auszustatten."

Interessant. Also waren Cirs und Nives' geringe Begabungen keinesfalls die Regel. „Ihr wärt gegen Friedlant immer noch im Nachteil."

„Ich weiß", sagte Cir.

Nives faltete ihre Hände um ihren Becher, als wollte sie für die schlechten Strategen im Königspalast um Verzeihung bitten.

„Aber wir glauben, dass Noctuola das durch ihre menschlichen Sklaven wettzumachen versucht."

Wie bitte? Einen Augenblick lang weigerte sich Heilikas Geist, diese Feststellung zu begreifen, und sie konnte nur blinzeln. Dann lehnte sie sich vor und stützte ihre Ellenbogen auf den Tisch. Sie wollte – musste – mehr wissen, und gleichzeitig war sie zu übernächtigt für so etwas und sehnte sich nach ihrem Bett. Wenigstens hatte Lutwine ihr den Nachmittag freigegeben.

Als fühlte er sich ebenfalls für diese Noctuola verantwortlich, hob Cir einen Mundwinkel. „Mein Großonkel schätzt, dass es um die tausend Leute sind."

„Hm." Tausend. Bei allen Göttern, das war viel. „Wieso haben wir davon nichts gemerkt?"

Cir runzelte die Stirn, offenbar hatte er darüber nicht nachgedacht.

„Friedländer würden die Sprache nicht verstehen", sagte Nives. „Die meisten sind wahrscheinlich aus Centerre."

Ja, das ergab Sinn. Heilika rieb sich die Nasenwurzel.

Neben der Sprache gab es noch einen weiteren überzeugenden Grund: In Centerre lebten mehr ausnehmend reiche Leute als in Friedlant, und noch viel mehr arme Menschen. Menschen mit sehr wenig Zauberkräften, die den Launen Mächtigerer ausgesetzt waren. Wenn so jemand verloren ging, suchte man ihn nicht, es sei denn, es handelte sich um einen entlaufenen Sklaven, wie sie in manchen der östlichen Staaten noch üblich waren. Vor allem in den Wintermonaten griffen die Patrouillen regelmäßig

Flüchtlinge auf. Sie wurden zurückgeschickt, wenn sie sich nicht demselben bindenden Eid unterwarfen, den auch Heilika geschworen hatte.

„Noctuola hat sie unter einen besonderen Zauber gezwungen", sagte Cir. „Jedenfalls ist das nicht richtig, und wir sollten sie befreien."

Heilika fand sich nicken, bevor sie sich fing. „Wir? Du meinst, ihr zwei und ich?"

Cir strahlte sie an.

„Drei Leute gegen ein Heer? Selbst mit meinen Zauberkräften wird das schwierig."

Ganz wie ein geübter Verschwörer umfasste er seinen Becher mit beiden Händen und sah sie eindringlich darüber hinweg an. „Eigentlich hatte ich nicht an eine offene Auseinandersetzung gedacht."

Wie bitte? Heilika lehnte sich zurück, was den Raben zwang, flatternd zum Nachbarstuhl umzuziehen. „Ich töte niemanden aus dem Hinterhalt, schon gar nicht auf das Wort von Fremden hin."

Cir riss die Augen auf, und Nives starrte sie ebenfalls an.

„Darauf wollte ich überhaupt nicht hinaus, edle Cavaliera."

Mit Mühe hielt Heilika sich davon ab, einen schulmeisterhaften Zeigefinger zu schwingen. „Dann drück dich vorsichtiger aus."

„Wir kennen die Verhältnisse nur vom Hörensagen." Cir tippte gegen seinen Becher. „Ich wollte mir zunächst einen Überblick verschaffen. Falls es wirklich keinen Weg geben sollte, einen Krieg zu verhindern, und Noctuola deshalb sterben muss, würde ich das schon selbst erledigen."

Von dem Blick aus seinen violetten Augen fand sich Heilika kurzzeitig gefesselt. Der Kleine meinte das ernst und wirkte auf einmal gar nicht mehr so jung. Diese Noctuola aufzuhalten, das musste er als seinen Auftrag empfinden.

„Weshalb ausgerechnet du?"

Cir verzog den Mund, Nives verlagerte ihr Gewicht.

Also war das ein weiteres Geheimnis. Nun würde sich zeigen, inwieweit Heilika beiden trauen konnte. „Du bist nicht dort aufgewachsen", zählte sie an den Fingern auf. „Kennst dich nicht aus, hast keine Verbündeten dort. Du hast keinen Grund, dich für jemanden verantwortlich zu fühlen."

Während Nives seufzte, sah Cir seine Großmutter an. Ein Blickwechsel, den Heilika unmöglich entziffern konnte.

„Ich bin ein Salvan", sagte Cir schließlich.

Offenbar bedeutete das sehr viel. Die Salvans mussten eins der Adelshäuser sein. Wenn Heilika sich richtig entsann, hatte Cir für Nives keinen Nachnamen genannt, also gehörte die nicht dazu?

„Die Salvans sind die älteste Familie in den verschwiegenen Tälern", sagte Nives. „Traditionellerweise stellen sie den König."

So viel Distanz? Demnach waren die beiden nicht blutsverwandt. Das erklärte noch einiges mehr.

Heilika bedeutete ihnen, fortzufahren.

„Ich bin der Rest." Cir gestikulierte mit einer Hand, als suche er die Bedeutung dieser Tatsache zu begreifen. „Es ist ein langes Erbe. Ich kann nicht einfach zusehen, wie jemand damit spielt."

Sein fast frühreifes Verantwortungsbewusstsein erinnerte Heilika an sie selbst. Von einer Welle Sehnsucht nach einfacheren Zeiten überschwemmt, lächelte sie. „Ich verstehe." Trotz der Lücken bei den Umgangsformen hatte Nives Cir gut erzogen.

„Also werdet Ihr uns helfen, edle Cavaliera?" Cir widmete ihr einen hoffnungsvollen Hundeblick.

Auch Nives beobachtete Heilika, hatte aber mehr Kontrolle über ihre Gesichtszüge und beließ es bei Neugier. Diese stille Frau, die sich grundsätzlich für ihre gesamte Existenz zu entschuldigen schien, hatte vor siebzehn Jahren ein Kind gerettet, das nicht ihres war, statt einfach nur selbst zu fliehen. Irgendwo da drin war ein widerständiger Geist.

Heilika rieb sich die Stirn, was ihre Gedanken jedoch nicht beschleunigte. Was lag ihr denn daran, Nives stolz zu sehen?

Aber abgesehen davon bot sich eine einmalige Gelegenheit zu einem Abenteuer. Sie könnte aus dieser eintönigen Umgebung ausbrechen und gleichzeitig ihrem Land einen unschätzbaren Dienst erweisen. „Ich werde um Erlaubnis bitten müssen."

Cir grinste. „Zur Not kann ich Cavaliera Lutwine ja lange genug bezaubern, dass sie den Befehl unterschreibt."

Nives atmete scharf ein.

Heilika kniff die Augen zusammen.

In einer weiteren Entschuldigung hob Cir einen Mundwinkel. „Das war ein Witz?"

„Das will ich hoffen", sagte Nives.

Hm. Ein Witz mochte es gewesen sein, aber er hatte Heilika auf einen fehlenden Hinweis aufmerksam gemacht. „Warum hast du mich nicht bezaubert, anstatt mir all diese Argumente vorzutragen?"

Wieder wurde sie gemustert. Wie viele Geheimnisse hüteten diese beiden noch?

Nun, erklärlicherweise war es Cir, der die Schultern straffte. „Wir haben Grund zu der Annahme, dass Ihr nicht bezauberbar seid, edle Cavaliera."

Weil sie so etwas gehofft hatte, trug Heilika kein Amulett gegen Albenzauber. Tankred hatte oft genug versucht, ihr dieses Flattern im Magen zu beschreiben, das entstand, wenn man verliebt war, dieses unbedingte Bedürfnis, jemandem nahe zu sein. Heilika hatte bislang noch nichts dergleichen gespürt.

Dennoch, eine Annahme war kein Beweis. „Woher willst du das wissen?"

Cir kratzte sich hinter dem Ohr. „Eine Maga hat es uns vorhergesagt: Ein Menschenwesen, weder ein Mann noch eine Frau, das gegen jeden Albenzauber gefeit ist."

„Schön." Allerdings hielt Heilika von solchen Ahnungen nicht allzu viel. Lieber verließ sie sich auf handfeste Belege. „Sollen wir das ausprobieren?"

Sowohl Cir als auch Nives starrten Heilika an, als wäre ihr soeben ein zweiter Kopf gewachsen.

Der Rabe, der sich bisher alles ruhig angehört hatte, krächzte, klang aber zuversichtlich.

„Sicher?", fragte Cir schließlich. „Seid Ihr Euch sicher?"

Heilika hob die Brauen. Sah sie aus, als würde sie so ein Angebot aus Spaß machen?

„Cavaliera Heilika ..." Cir sprach leise, tiefer als sonst, und starrte sie aus halb geschlossenen Augen an. Er hatte unverschämt lange Wimpern. „Du bist meine einzige Hoffnung."

Entfernt hörte sie, wie Nives mit der Zunge schnalzte. Wegen der vertraulichen Anrede?

Und da spürte Heilika es, wie Finger, die ihr von innen über den Schädel strichen. Es war ein reichlich unangenehmes Gefühl, sie wollte sich kratzen.

„Du musst mir einfach helfen, Cavaliera", fuhr Cir fort.

Die Finger tasteten weiter, schienen aber keinen Halt zu finden. Weder von Mückenstichen noch das eine Mal, als sie Läuse gehabt hatte, hatte ihr so sehr der Kopf gejuckt. Um das lästige Gefühl loszuwerden, schloss Heilika die Augen, griff mit Gedanken nach dem Eindringling und schob ihn hinaus.

Cir keuchte.

Heilika betrachtete ihn.

Der Junge war blass – blasser – geworden und hielt sich an der Tischkante fest. Nives stand und schien sich unschlüssig, um wen sie sich zuerst kümmern sollte.

Erwartungsgemäß winkte Cir ab. „Ist schon gut, Nonna. Cavaliera Heilika ist stark. Eine große Maga."

Obwohl Nives nickte, machte sie keine Anstalten, sich wieder zu setzen.

„Also, ich habe es jedenfalls nicht geschafft. Aber vielleicht solltest du es auch noch mal versuchen?"

Heilika sah zu Nives hoch. „Bitte."

Auf einen einzelnen Versuch wollte sie nicht ihre zukünftige Gesundheit verwetten.

Seufzend sank Nives wieder auf ihren Stuhl. Zupfte an ihrem Kleid herum, bevor sie Heilika in die Augen sah.

„Heilika ..."

Die geistigen Finger blieben weg, dafür fühlte es sich an, als lehnte sich jemand gegen sie. Es erinnerte sie an vorhin, als sie Nives vor dem Sturz bewahrt hatte, und war nicht unangenehm.

„Du musst mir helfen, Heilika", sagte Nives.

Das Gewicht erhöhte sich, war aber immer noch gut zu ertragen.

Nives versuchte es noch ein paar Mal, wechselte dann zu Fragen. Keine Frechheiten, aber sicherlich Dinge, die Heilika niemandem bei ihrer ersten Begegnung erzählen würde. Wo sie herstammte, wer ihre Eltern waren – nicht, dass sie oder irgendein Begabter in Friedlant solche Fragen hätte beantworten können, und lieber dachte sie darüber nicht nach.

Obgleich Nives sich immer weiter zu ihr lehnte, bis sie die dunkelgrauen Flecken in den silbrigen Augen sehen konnte, und am Ende eine Hand auf Heilikas

Arm legte, erhöhte sich der gedankliche Druck niemals so weit, dass Heilika nachgeben musste. Aber aus irgendeinem Grund zögerte sie, die Albin hinauszuwerfen, wie sie es mit Cir getan hatte.

Schließlich nahm Nives ihre Hand weg und schüttelte den Kopf. „Du bist wie ein Fels, edle Cavaliera."

Über ihrer Verwirrung schien sie die Anrede vergessen zu haben, und Heilika brachte es nicht über sich, sie zu ermahnen, zumal sich die beiden, darunter ein Königssohn, ohne Widerrede hatten duzen lassen.

„Eis", sagte Cir. „So weit das Auge reicht. Dich aufzutauen bräuchte es ein Heer von Drachen."

Nives schnalzte mit der Zunge, zugleich krächzte der Rabe. Auch das klang wie ein Tadel.

Heilika warf dem Vieh einen scharfen Blick zu. Sie fand das keineswegs eine Beleidigung, obwohl Nives' Beschreibung ihr mehr schmeichelte. „Gut." Auch wenn es sich seltsam anfühlte, in einer Weissagung vorzukommen. „Kann ich euch eine Stunde lang allein lassen? Ich muss mit Ritter Lutwine sprechen."

„Selbstverständlich, edle Cavaliera", murmelte Nives.

„Vielleicht kannst du wieder die Tür verriegeln", sagte Cir. „Damit wir nicht ausbrechen." Ein schnelles Grinsen.

„Natürlich. Wenn irgendetwas ist, schickt den Raben zu mir." Sie starrte das Tier nieder, bis es den Kopf einzog. „Das bedeutet hierbleiben."

XXX

Als die Cavaliera die Tür hinter sich geschlossen hatte, stieg der Rabe würdevoll auf Heilikas freigewordene Stuhllehne und musterte Nives aus erschreckend verständigen, dunklen Augen.

Sie schaute eine Weile lang zurück. Offenbar begriff das Tier eine ganze Menge dessen, was gesprochen wurde.

„Der verhält sich wie ein zukünftiger Schwager", sagte Cir.

Der Rabe wandte sich dem Kind zu, und Nives runzelte die Stirn. „Wie meinst du das?"

„Na, du weißt doch, wie das in Pascanova ist. Das Familienoberhaupt gibt sein Einverständnis, und kurz darauf passen die Geschwister einen ab und drohen einem mit einer Abreibung, wenn man seinem oder seiner Zukünftigen das Herz bricht."

Bitte was? „Heilika ist eine Frau." Und da fingen die Schwierigkeiten schon an.

„Ist sie nicht. Du hast doch Maga Vigilea gehört."

„Kind." Damit wollte Nives sich jetzt wirklich nicht auseinandersetzen. „Sie steckt jedenfalls in einem weiblichen Körper."

„Und?" Cir grinste. „Manche Männer mögen eben lieber Männer, und manche Frauen mögen eben lieber Frauen."

„Ich weiß", fauchte Nives. Es war ja nicht so, dass sie sich niemals gefragt hätte, ob es daran vielleicht lag.

Cir lehnte sich zurück, öffnete den Mund in stummem Protest gegen ihren Tonfall.

Es kam selten vor, dass Nives laut wurde, aber in dieser Sache legte Cir es darauf an, sie zu reizen. Siebzig Jahre ihres Lebens hatte sie ohne inverse Neigungen gelebt. Sie wusste, dass sie Frauen weniger gern ansah als Männer.

„Ich war verheiratet", sagte sie. „Und mag sein, dass ich Heilika für einen Menschen gutaussehend finde. Aber es ist nicht zu vergleichen mit dem, was ich für meinen Mann empfunden habe."

Cir hob die Hände zum Zeichen, dass er aufgab, und widmete sich seinem Apfelsaft. Der Rabe spreizte einmal die Flügel und schien sich dann für ein Nickerchen bereit zu machen.

Nives nahm einen ausgedehnten Schluck von ihrem Bier. Verliebt war sie gewiss nicht. Aber es fehlte nicht viel, zumal Heilika nicht stank.

Wenn sie sich ließe, vielleicht, wenn es nicht verboten wäre und wenn sie nicht wüsste, dass dieses Flattern im Bauch nicht genug war. Nives hatte eine Lücke da, wo bei normalen Leuten die Leidenschaft saß; Vulpin hatte sie kalt genannt, eine echte Eisfrau, und gesagt, dass er es an ihrem Namen hätte erraten müssen.

Nein, Nives wollte um keinen Reichtum der Welt noch einmal verheiratet sein oder einen Liebhaber bei Laune halten müssen.

xxx

„Ich könnte natürlich warten, bis wir in Königstein um Erlaubnis gebeten haben", endete Heilika ihren Bericht.

Ritter Lutwine hatte Heilika schweigend, aber mit beständig tiefer werdenden Stirnfalten gelauscht. Schließlich seufzte sie und rieb sich die Schläfen. „Nein. Ich glaube nicht, dass das nötig ist."

So schnell entschlossen? Heilika lehnte sich zurück und hob die Brauen.

„Ich werde Euch gehen lassen, Ritter, auch wenn es mir nicht behagt. Eure Neigung, Euch in Gefahr zu bringen, behagt mir ebenfalls nicht. Ihr wisst, wie leichtsinnig es war, Alben aufzufordern, Euch zu bezaubern? Ich hätte Euch gar nicht mit den beiden alleinlassen sollen."

Über dem Vorwurf vergaß Heilika, angemessen betreten den Kopf zu senken. „Sie haben mehr Grund, mich zu fürchten als umgekehrt."

Eine wegwerfende Handbewegung. „Jedenfalls wärt Ihr losgezogen, ganz gleich, wie mein Urteil ausgefallen wäre, nicht wahr? Denn viel mehr als fünf weitere Jahre Grenzdienst würde Euch der König kaum aufbrummen. Ein Talent wie Eures lässt man nicht im Kerker versauern."

Wie gut Lutwine Heilika schon kannte. Sie bemühte sich um eine ausdruckslose Miene.

„Ihr werdet also gehen und ausschließlich beobachten. Nicht wegen der Sklaven, sondern wegen der Kriegsgefahr. Wenn hinter dem Wall Feinde sitzen, dann müssen wir wissen, um wen es sich handelt, wie viele Leute sie haben und so weiter."

Heilika nickte. Für eine Spähertätigkeit war sie ausgebildet. „Ich habe ein gutes Gedächtnis."

„Ich hoffe für uns beide, dass daraus ein äußerst ausführlicher Bericht wird."

„Hundert Seiten", versprach Heilika.

Lutwine hob einen Mundwinkel. „Mindestens. Und auch, wenn ich Euch zutraue, unbemerkt zu bleiben: Lasst alles hier, was mit dem König in Verbindung gebracht werden könnte."

Ah. Auch eine Art, Vorsicht walten zu lassen. Andererseits: „Gelb ist ohnehin eine schlechte Farbe, um sich im Wald herumzutreiben."

Jetzt lächelte Lutwine richtig. „Schaut zu, dass Ihr heil wiederkommt."

xxx

Cavaliera Heilika kehrte erst zu Mittag zurück, aber wenigstens brachte sie Essen mit. Falls sie bemerkte, dass es Cir tödlich langweilig gewesen war und seine Nonna gebrütet hatte, sagte sie nichts deswegen.

Zudem bemühte sich Nives, Heilika über ihre düstere Laune im Dunklen zu lassen. Sie lächelte und hörte aufmerksam zu, während Heilika ihnen ihr weiteres Vorgehen auseinandersetzte.

So viel zu nicht verliebt.

Cir wollte die Augen verdrehen, ließ es aber bleiben, denn Nives hatte ohne Frage ein bisschen Glück verdient. Heilika war einigermaßen gute Gesellschaft und roch nicht so ranzig wie die anderen erwachsenen Menschen, die ihnen bislang begegnet waren. Nives hätte es wirklich schlechter treffen können.

Bis auf zwei Stunden am Nachmittag, in denen Heilika packen ging, nachdem sie Nives über die Magoi und das Gelände jenseits der Klamm ausgefragt hatte, leistete die Cavaliera ihnen Gesellschaft.
Mangels anderer Tätigkeiten brachte sie ein Kartenspiel mit, und am Abend sicherte sie Cir ein zweites Gästezimmer, damit er ein Bett für sich allein hatte.

xxx

Entlang der Cicatrix verlief ein von zahlreichen Hufen zerwühlter Pfad zwischen Fichten und Tannen, den die Ritter aus Wolkenburg offensichtlich täglich nahmen, um die Grenzsiegel östlich der Festung zu überprüfen und zu erneuern. Was vorgestern eine Schneise gewesen war, um bequem nach Westen zu fliegen, bereitete Nives nunmehr ungeahnte Schwierigkeiten. Sie mühte sich vergeblich, ihre Röcke vom Schlamm fernzuhalten, manchmal blieb sie mit dem Saum an vorstehenden Ästen oder Wurzeln hängen.
Vielleicht hätte sie Heilika um passendere Kleidung bitten sollen? Die Cavaliera trug feste Stiefel und hatte ihre gelbe Uniform gegen Sachen aus graubraunem Stoff getauscht, auf dem Dreck kaum auffallen würde.

Und in dem sie kaum auffiel. Wie es sich für eine Spionin gehörte.

Nach einer guten Stunde Wanderung, als Wolkenburg schon weit hinter ihnen lag, schob Cir sich neben Nives und raunte ihr zu: „Sind wir jetzt nicht weit genug weg vom Dorf?"

Es mochte an der frühen Stunde ihres Aufbruchs liegen, aber erst jetzt schien Cir bewusst zu werden, dass sie zu Fuß unterwegs waren.

Nives verkniff sich ein Lächeln. „Meinst du nicht, dass wir auf Cavaliera Heilika Rücksicht nehmen sollten?"

Ein Stirnrunzeln. „Wir müssen den ganzen Weg laufen?"

„Selbstverständlich." Außerdem war es nicht gut, einem Menschen zu viel zu verraten. Nicht, dass Nives' frommer Wunsch nützen würde, wenn –

„Aber das dauert Tage!"

So viel zu frommen Wünschen.

Vorne blieb Heilika stehen und drehte sich zu ihnen um. „Was dauert Tage?"

Jetzt versuchte Cir es mit einem traurigen Hundeblick. „Bis wir beim Tor sind."

Heilika hob die Brauen. „Das war mein Eindruck, ja, bei so schwierigem Gelände. Und?"

„Aber. Weißt du, wie viel ich im letzten halben Monat gelaufen bin, edle Cavaliera? Nonna hat mich zwei Mal von Pascanova bis hierher gescheucht. Zu Fuß!"

Heilika blinzelte. Und blinzelte noch einmal. „Wie willst du denn sonst vorwärtskommen ohne Pferde?"

„Äh ...", und nun merkte Cir, dass er sich verplappert hatte, wie die aufgerissenen Augen und die roten Flecken auf seinen Wangen verrieten.

Nives zuckte mit der Nase. Das geschah ihm ganz recht.

Wie gerufen erschien der Rabe und umflatterte Heilika, bis sie ihn auf ihre Schulter ließ. Seine Schadenfreude war ihm anzumerken.

„Also?", fragte Heilika.

„Ähm. Wir könnten fliegen?"

Heilikas Brauen rutschten so hoch, dass sie fast unter ihren Haaren verschwanden. „Fliegen."

Als wäre es Cir zu anstrengend, weiterhin Fragen zu beantworten, verwandelte er sich in einen Milan und schwang sich in die Luft. Der Rabe krächzte und nahm die Verfolgung auf.

„Ah", sagte Heilika schließlich und wandte sich Nives zu. „Ich gehe davon aus, dass du dieses Kunststück ebenfalls beherrschst?"

Nives senkte den Blick. Sie konnte sich nicht überwinden, einem Menschen das wichtigste Geheimnis ihres Volkes zu verraten.

„Ich bin in meinem Leben einem einzigen Menschen begegnet, der eine ähnliche Fähigkeit hatte", beendete Heilika die peinliche Stille.

Einem Menschen? Nives sah sie an.

Heilika hob einen Mundwinkel. „Er konnte sich in einen Schwarm Vögel verwandeln."

Nives runzelte die Stirn. „Ein Schwarm?" Das war unmöglich.

„Es klingt seltsam, ich weiß, aber es ergibt am Ende mehr Sinn als Cirs Kunststück."

„Tatsächlich, edle Cavaliera?"

„Natürlich." Heilika neigte den Kopf. „Irgendwohin muss ja das überschüssige Gewicht. Aber ihr faltet es ... hinter eine Grenze? Schimmern eure Auren deswegen?"

Obwohl sie gut geraten hatte, fühlte Nives sich hilflos lächeln. Einzelheiten wären nicht für fremde Ohren bestimmt gewesen, selbst wenn sie es hätte erklären können.

Heilika schnaufte ungeduldig und drehte sich um, um weiterzugehen.

Eine Weile lang folgte Nives ihr schweigend.

„Der Zauberer, von dem ich gesprochen habe ...", sagte Heilika irgendwann, „er hatte einen Jungen, einen Lehrling. Eine Menge Leute hat den Jungen als *Albenbrut* gesehen."

Hm. Mit gerafften Röcken mühte Nives sich aufzuholen. Der Pfad war gerade breit genug, dass sie neben Heilika gehen konnte.

„Er ist Linkshänder", führte Heilika aus. „Manche glauben, dass Linkshänder Abkömmlinge oder Auserwählte der Alben sind, die Unruhe stiften sollen."

„Du meinst, dass dieser Zauberer, der sich in Vögel verwandeln konnte, ein Alb war?"

„Nein." Heilika sah kurz zu Nives. „Aber vielleicht hatte er Alben in der Verwandtschaft? Irgendwoher muss er das doch gelernt haben."

Die Geschichte erinnerte Nives an etwas. Und daran, dass Heilika das Band zwischen ihr und Ignazio gesehen hatte, während die anderen es anscheinend nicht bemerkten. Vielleicht konnten menschliche Magoi von den Alben lernen, wenn sie wirklich sehr mächtig waren. Ein Grimmen in ihrem Bauch bestätigte die Ahnung. „Ich denke nicht, dass er Alben unter seinen Vorfahren hatte."

„Hmm."

„Aber ich habe eine Geschichte gehört, wie Noctuola an ihr Wissen über Eisen gekommen ist."

Mit einer Geste bat Heilika sie, weiterzusprechen.

„Angeblich hatte sie vor zehn Jahren einen menschlichen Zauberer zu Besuch. Er hieß Orso."

Heilika blieb stehen, atmete scharf ein und schien damit sämtliche Wärme aus der Umgebung zu saugen. Das war wesentlich unheimlicher als ihre Drohgebärden auf dem Hof gestern.

„Derselbe Mann?", fragte Nives.

„Oh ja." Als bereite ihr die Eröffnung Kopfschmerzen, rieb Heilika sich die Nasenwurzel. „Davon muss ich meinem König berichten, und es wird ihn kaum für Noctuola und euer Volk einnehmen."

Tatsächlich hatte Nives so etwas befürchtet, also nickte sie nur. „Was hat Orso deinem König getan?"

„Er hat mit einem unzufriedenen Herzog paktiert. Es gab eine Schlacht. Hunderte Tote."

„Oh. Das ist viel."

Heilika zuckte mit den Schultern und setzte sich wieder in Bewegung. „Wir sind mit mehr als dreitausend Mann ausgerückt, und der Gegner mit gut zweitausend. Wenn man der Geschichtsschreibung glauben darf, ist ein Zehntel Verlust nicht so viel."

„Dreitausend", wiederholte Nives.

„Wir können mehr zusammenziehen, wenn es nötig ist", sagte Heilika. „Wir haben ein kleines, aber sehr starkes Heer."

Bei den Ahnen. Nives hatte ja gewusst, dass in Friedlant viele Menschen lebten, aber eine Armee von dreitausend Zauberern als klein zu bezeichnen? In den verschwiegenen Tälern lebten ungefähr zwölftausend Alben. Bevor sie geflohen war, hatte es etwa hundert Magoi gegeben.

„Was ist aus Orso geworden?", fragte Nives, um nicht weiter über die schlechten Aussichten nachdenken zu müssen.

„Er stellt wahrscheinlich keine Gefahr mehr dar."

„Das ist gut."

Heilika zuckte noch einmal mit den Achseln.

Das Thema musste sie mehr aufwühlen, als Nives geahnt hatte. Sie wollte Heilika eine Hand auf die Schulter legen, sie trösten, aber die sichtbare Anspannung in ihrem Nacken hielt sie davon ab. Diese Cavaliera war kein Mensch, den irgendwer ungefragt berühren sollte. Aber Nives konnte es auch nicht einfach auf sich beruhen lassen.

„Du kennst Orsos Lehrling", schlussfolgerte sie. Wie hatte Fiammetta ihn genannt? „Alea?"

Heilika warf ihr einen Seitenblick zu und sagte nichts. Bestätigung genug, doch offenbar war es eine Wunde, in der Nives gegenwärtig nicht weiter bohren sollte.

xxx

Cir und der Rabe warteten an der Albenklamm auf die anderen zwei. Es war langweilig. Der Rabe weigerte sich, Kunststücke zu lernen, und streunte lieber herum. Aus lauter Verzweiflung baute Cir an einem Steinmännchen, bis Cavaliera Heilika und Nives endlich nach gefühlten zwei Stunden eintrafen.

Beide betrachteten Cirs Versuch einer Wegmarke mit einem Lächeln, aus dem Nachsicht gegenüber Kindereien sprach.

Wenn er nicht völlig an Ansehen verlieren wollte, musste er die weitere Strecke wohl zu Fuß gehen.

Er setzte sich auf einen Grenzstein gegenüber dem Teich, den die Cicatrix aus dem Waldboden geknabbert hatte, und wippte mit den Zehen, während Heilika Handschuhe anzog und ein Seil aus ihrem Gepäck holte. Es hatte keinen Haken, deshalb erwartete er, dass sie es an einem Stein befestigen würde. Stattdessen befahl sie das eine Ende des Seils mit einer Handbewegung in die Luft, als wäre es eine Schlange, und benutzte ihre Zauberkraft weiter, um oben einen Knoten um einen Baum zu machen.

Und dann kletterte sie mit Hilfe des Seils an der glatten Wand hoch.

Hätte er beim Schicksal zwei Wünsche frei gehabt, hätte er sich ihre Zauberei und die Körperkraft dazu erbeten.

Als Heilika oben war, versuchte er sich ebenfalls an der Steilwand und kam zwei Fuß weit, bis sie von oben pfiff.

„Lass das!"

Cir sprang zurück nach unten auf den Weg, zwang sich, nicht zu schmollen. Angeberin.

„Es gibt böse Wunden, wenn man mit nackten Händen abrutscht." Heilika winkte mit ihren Lederhandschuhen, machte aber keine Anstalten, sie Cir zu überlassen, also verwandelte er sich wieder in den Milan und folgte ihr nach oben.

Nives kam ein paar Momente später hinterher.

Hier oben fiel das Gelände nur flach ab, also machte Heilika das Seil los und verstaute es. Der Rabe verzog sich mit einem schadenfrohen Krächzen. Warum, begriff Cir schon nach den ersten zehn Schritten.

Dieser Wald war anders als alles, was er bis jetzt gesehen hatte. Es gab weder Pfade noch Wildwechsel. Abgebrochene Äste lagen auf dem Boden, teilweise verborgen unter altem Laub und Reisig. Bei jedem ihrer Schritte raschelte oder knackte etwas.

An den Stellen, wo genug Licht hinfand, wuchsen junge Bäume, außerdem Brombeeren und Brennnesseln so dicht, dass man dem Gestrüpp nur ausweichen konnte. Zwischen turmhohen Tannen und

Kiefern standen Buchen, bei denen nicht einmal zwei Leute ausgereicht hätten, um sie zu umarmen.

Zu allem Überfluss mussten sie auf ein paar Abkürzungen verzichten, denn dort hatten die Alben Fallen für Eindringlinge gestellt.

Nives dirigierte von hinten, Heilika ging voraus und bog allein kraft ihrer Gedanken Äste aus dem Weg. Dadurch hielt sie den Bruch so gering wie möglich. Als Cir sich einmal umdrehte, hätte er ihre Spur nur mit der Nase eines Wolfes finden können, denn Nives' Röcke glätteten das zerwühlte Laub.

Sie kamen sehr langsam voran – als sie am frühen Nachmittag wieder auf die Klamm trafen, die hier nicht mehr so tief war, wagte er einen Blick nach Süden. Auf einer Straße hätte er für die zurückgelegte Strecke keine Stunde gebraucht.

Abgesehen von den Geräuschen ihrer Schritte und dem Gluckern des Bachs war es ein schweigsamer Marsch.

Während Heilika über irgendetwas zu brüten schien, warf Nives ihr sorgenvolle Blicke zu. Cir zuckte mit der Nase. Hatte Nonna etwas Falsches gesagt? Er traute ihr zu, jeglichen Funken einer Romanze auszutreten, bevor er richtig brennen konnte. Wo sie noch nicht einmal bemerkt hatte, dass sie Ignazio bezaubert hatte.

Wenn Nives also in hilfloser Anbetung verstummt war, musste Cir Heilika von ihrer Trübsal ablenken.

„Wieso hast du eigentlich kein Schwert dabei, edle Cavaliera?"

Heilika sah kurz zu ihm zurück und legte die Hand an ihren Gürtel, wo neben ihrem Essbesteck ein Jagdmesser und ein Beil befestigt waren. „Wozu sollte ich ein Schwert für diesen Auftrag brauchen?"

Zugegeben, auf einer Erkundungsreise sollte es nicht nötig sein, aber trotzdem. „Du bist eine Cavaliera. Ist es nicht, ich weiß nicht, Pflicht, eines zu tragen?"

„Der Sonnenorden kämpft nur in Ausnahmefällen mit Schwertern. Wir lernen das Fechten mehr, damit wir nicht den ganzen Tag auf unseren Hintern sitzen." Es klang, als verursachte ihr eine Erinnerung Schmerzen.

„Könntest du es mir beibringen?"

Noch ein Blick nach hinten. „Mit welchem Schwert denn?"

„Mit einem aus Holz?"

Eine wegwerfende Geste. „Zu leicht."

So viel dazu. Cir unterdrückte ein Seufzen. „Du hast also nur die zwei Waffen?"

Heilika fuhr herum und starrte auf ihn herunter. „Ich bin eine Waffe, Kleiner, falls dir das entgangen sein sollte." Damit drehte sie sich weg und stapfte weiter.

Cir blieb stehen, um sich von der Beleidigung zu erholen.

Mit besorgtem Blick duckte sich Nives unter einem Ast weg und überholte Cir. „Du bist mehr als eine Waffe, edle Cavaliera."

„Dankeschön."

Nives lächelte.

Völlig verschossen. Eindeutig. Cir schüttelte den Kopf und beeilte sich, aufzuschließen. „Ich glaube dir trotzdem nicht, dass du nur ein Messer und ein Beil hast, edle Cavaliera."

„Heilika", sagte sie. „Sonst bilde ich mir demnächst etwas auf Titel ein. Und ich habe mehr als ein Messer."

Nives schniefte ihr Missfallen.

„Heh", machte Heilika. „Hinterhältige Waffen, ich weiß, da sie gut zu verstecken sind. Aber äußerst nützlich." Kurz schwieg sie, als hinge sie einer weiteren Erinnerung nach. „Ein Bekannter hat mir das beigebracht."

Ein Bekannter. Ganz bestimmt. Wenn Cir Nives' hängende Schultern richtig deutete, schien sie etwas Ähnliches zu befürchten.

„Du könntest mir das Kämpfen mit Messern zeigen."

Heilika zog die Nase hoch. „Bevor ich dich an eine Waffe lasse, musst du mir erst beweisen, dass du mit deinen Händen kämpfen kannst."

Nives schnalzte mit der Zunge.

„Selbst der Adel lernt bei uns den Faustkampf", sagte Heilika.

Als hätte sie ihren Unmut nicht öffentlich machen wollen, schüttelte Nives den Kopf. "Verzeih, edle Cavaliera. Für einen jungen Mann von Adel ist sicher nichts dagegen einzuwenden."

Ach, Nonna und ihre altmodischen Ansichten. Cir verdrehte die Augen.

„Aber ..." Heilika sah zu Nives hin, mit einem unterdrückten Lächeln. „Für junge Frauen von Adel wohl nicht? Oder eher für Frauen allgemein?"

Nives senkte den Blick.

„Ich finde, jede Frau sollte wissen, wie man jemandem die Nase bricht", sagte Heilika schließlich. „Liebreiz hilft nicht immer weiter."

Jetzt zupfte Nives an ihrer Frisur herum. Offensichtlich erinnerte sie sich genau wie Cir an den Abend, als Ignazio bei der Hütte aufgetaucht war und sie betatscht hatte.

Heilika schien das Schweigen richtig zu deuten. „Ihr bekommt beide Lektionen im Faustkampf."

„Den hat dir auch dein, eh, Bekannter beigebracht?", fragte Cir.

Mit zusammengekniffenen Augen wandte Heilika sich ihm zu. „Was soll das bitte heißen?"

„Na, ist er nur ein Bekannter oder vielleicht mehr?"

Als wäre ihr die Vorstellung zuwider, verzog Heilika den Mund. „Nein. Er ist, war ..." Wieder eine Pause, in der sie in die Luft starrte. „Der Geliebte meines besten Freundes."

Cir blinzelte.

Nives hatte den Mund geöffnet, sagte aber nichts.

„Ist das in Friedlant erlaubt?", fragte Cir. Im Laudico war es nicht verboten, aber das hatte die anderen Jungs nicht davon abgehalten, Cesario zu verprügeln.

„Nicht beim Sonnenorden."

„Deswegen war, hm?"

Heilika schüttelte den Kopf. „Nein. Sie sind geflohen."

Aha. „Das nimmst du diesem Freund immer noch übel, oder?"

Auf einmal wirkte Heilika unendlich einsam. Das mit dem Aufmuntern hatte nicht besonders gut geklappt, aber wenigstens durfte Nives beruhigt sein, dass die Cavaliera keinem Geliebten nachtrauerte.

xxx

Nives bot an, sich um das Abendessen zu kümmern, während Heilika Cir durch seine erste Unterrichtsstunde scheuchte. Sie hatten am Rand einer Lichtung ihr Lager aufgeschlagen, sodass die beiden Platz hatten, um das Fallen zu üben.

Während Nives eine Bohnensuppe mit Wurst rührte, beobachtete sie, wie Cir eifrig die schönen Sachen, die Audax ihm ausgeliehen hatte, mit Grasflecken verunzierte.

Immerhin schien er sich einigermaßen ordentlich anzustellen.

Beiden klebten die Haare in der Stirn, als sie schließlich fertig waren. Ein Blick von Nives genügte, um Cir zum Bach zu schicken, damit er sich wusch.

Heilika hob die Brauen und folgte ihm.

Als sie zurückkamen, waren ihrer beider Haare trocken, und der Rabe saß auf Heilikas Schulter. Cir bestritt einen Großteil der Unterhaltung beim Essen damit, Nives vorzuschwärmen, wie gut Heilika zaubern konnte und was er schon von ihr gelernt hatte, bis Nives ihn mit mehreren scharfen Blicken zum Schweigen brachte. Nicht, dass die Cavaliera nachher noch dachte, dass Cir für sie entflammt war.

Irgendwann stand er auf und verzog sich in die hereinbrechende Dämmerung, ohne sich zu entschuldigen. Nives sah ihm kopfschüttelnd hinterher.

„Du bist unglaublich streng mit ihm", sagte Heilika.

„Er ist von Adel. Er muss lernen, sich zu benehmen."

„Natürlich. Ritter beim Orden müssen ebenfalls lernen, sich zu benehmen." Heilika grinste. „Meistens sind die Jungs erwachsen, bis sie das einsehen." Und dann bekam sie wieder diesen wehmütigen Blick.

Nives zwang sich, ein zustimmendes Geräusch zu machen. Sie hatte keinen Grund und kein Recht, auf diesen besten Freund eifersüchtig zu sein, in den Heilika offenbar immer noch verliebt war.

Cir kam zurück, nur um auf seinem Platz hin und her zu rutschen.

„Immer mit der Ruhe, Kleiner", sagte Heilika. „Wir sind unabhängig vom Tageslicht."

Offensichtlich hatte sie seine Ungeduld richtig gedeutet, denn Cir ließ das Zappeln und strahlte.

Es blieb Nives nichts übrig, als Heilika anzusehen. „Du willst ihn heute noch weiter unterrichten?"

„Euch. Das Kleid wirst du wohl kaum dreckig machen wollen", sagte Heilika. „Aber ich werde dir beibringen, richtig zuzuschlagen."

Das konnte nicht Heilikas Ernst sein. Nives kniff die Augen zusammen.

„Hast du geglaubt, ich habe meine Drohung vergessen?" Heilika lächelte.

Die Hitze stieg Nives ins Gesicht, aber mit ein bisschen Glück würde Heilika auch diesmal nichts bemerken. „Es ziemt sich nicht."

Cir verdrehte die Augen.

„Mag sein." Heilikas Grinsen wurde noch ein wenig breiter, als habe sie einen üblen Scherz mit jemandem vor. „Umso besser, wenn du einen Gegner überraschen kannst. Nicht wahr?"

5

Zwischen Cirs Begeisterung und Heilikas Dickschädel kam Nives also nicht darum herum.

Nachdem Heilika zuerst ein paar Steine dazu gebracht hatte, blau zu leuchten, ließ sie Cir eine Folge von Faustschlägen üben, dann kümmerte sie sich um Nives.

Anscheinend fing alles damit an, dass man richtig stand, und zwar mit leicht gebeugten Knien. Als Heilika zufrieden war, dass Nives das begriffen hatte, sagte sie: „Mach Fäuste."

Nives tat wie geheißen.

„Daumen raus, den brichst du dir sonst nur. So. Und Ellenbogen hoch." Heilika stand Nives genau gegenüber. „So hoch, dass du deinem Gegner in die Augen oder ins Herz zielst, falls er sehr groß ist." Sie deutete nach den entsprechenden Zielen.

Nives hob die Arme ein bisschen.

Heilika tippte ihre Fäuste an. „Weiter raus, sonst hast du zu wenig Platz und kannst dich nicht verteidigen." Tippte ihr auf Schulter. „Die runter. Wenn du den Kopf einziehst, verkürzt du deine Reichweite."

Schließlich ging Heilika einmal um Nives herum. Ihr wurden die Arme schwer. „Sieht gut aus. Jetzt mit der anderen Seite. Rechter Fuß vor."

Nives tat wie geheißen. Wieder tippte Heilika sie an. „Ziel auf meine Augen, hm?"

Und gleich wieder links. Erst jetzt führte Heilika einen geraden Faustschlag vor. Dann stellte sie sich in Kampfpose, aber mit flachen Händen, Nives gegenüber. „Schlag meine Hände."

Nives biss sich auf die Lippen. „Ich will dir nicht wehtun."

Heilika lachte. „Das lass meine Sorge sein. Schlag zu."

Also schlug Nives, mit links. Ihre Faust berührte Heilikas rechte Hand nicht einmal.

„Du musst schon treffen wollen. Wenn du hierhin schlagen willst", sie winkte mit ihrer rechten Hand, „musst du einen halben Fuß weiter zielen."

Also noch einmal. Diesmal traf Nives, ein dumpfer Aufschlag, der sie mit ungeahnter Zufriedenheit erfüllte. Heilika ließ sie eine Kombination üben und sich von Nives über die Lichtung treiben. Links, rechts, ein Schritt mit rechts vor, danach alles mit der anderen Seite.

Zwischendrin gab Heilika Cir zwei niedrige Tritte in Auftrag und rief ab und an zu ihm hinüber. „Füße strecken!"

„Du bist auch streng mit ihm", sagte Nives, als sie mit Heilika wieder einmal das Ende der Lichtung erreicht hatte.

„Wenn er beim Essen schmatzt, kann er um Entschuldigung bitten. Wenn er sich bei einem Kampf die Zehen bricht, ist er tot."

Wer so etwas behauptete, war nie Solanus Gannes begegnet. Nives wackelte mit dem Kopf, beschloss aber, dass Widerspruch zwecklos war.

Kurz sah es so aus, als wollte Heilika streiten, aber dann schüttelte sie nur ihre Arme aus. „Lassen wir das für heute. Ich habe da noch ein paar Kleinigkeiten, die nützlich zu wissen sind."

Die paar Kleinigkeiten stellten sich als Wissen darüber heraus, wie man sich aus Griffen befreite.

„Ich soll was?", fragte Nives, sicher, dass sie falsch gehört hatte.

„Du sollst mich treten. Auf die Zehen oder gegen das Knie."

Und Nives hatte vorhin Angst gehabt, Heilika wehzutun. Offenbar eine voreilige Befürchtung.

„Ich baue einen Schutzschild auf. Los, mach schon." Damit griff Heilika nach Nives' rechtem Handgelenk.

Es dauerte eine Weile, bis sie begriff, dass sie gleich losschlagen musste, wenn sie Erfolg haben wollte. Am Ende waren ihre beiden Handgelenke wund, und ihr rechter großer Zeh schmerzte, denn sie hatte vergessen, die Füße zu strecken.

Trotzdem fand Nives sich ein bisschen enttäuscht, als Heilika schließlich verkündete, dass Schluss für heute sei, und Salbe verteilte.

xxx

Eine Armlänge von Heilika entfernt glitzerten Nives' Augen im Widerschein des sterbenden Lagerfeuers. Aus der anderen Richtung drangen Cirs ruhige Atemzüge. Wenigstens einer, der hier schlief, aber das war wohl das Vorrecht von Jugendlichen, die man den ganzen Tag durch die Gegend gejagt hatte.

Heilika zog einen Kreis gegen Zuhörer, damit Cir nicht aufwachte.

Irgendwo über ihr flatterte etwas. Der Rabe landete auf einem Stein in Sichtweite, warf ihr einen bösen Blick zu und döste weiter.

Nives schüttelte sich und sah Heilika an.

Sie drehte sich auf den Bauch und stützte sich auf ihre Unterarme. „Wieso kannst du nicht schlafen?"

Seufzend hob Nives den Kopf. Es erinnerte Heilika an den Schlafsaal im Kloster in Königstein, den sie sich mit drei Mädchen geteilt hatte, an geflüsterte Geheimnisse und Getuschel nach dem Lichtlöschen, und daran, dass sie meistens davon ausgenommen geblieben war.

„Warum kannst du nicht schlafen, edle Cavaliera?"

„Heilika." Alles andere begann, sich falsch anzufühlen. „Cir erinnert mich an die guten alten Zeiten."

„Ja", sagte Nives. „An ... deinen Freund?"

„Auch." Heilika spürte, wie sich ein weiteres wehmütiges Lächeln auf ihrem Gesicht ausbreitete. „Ich hatte nie Freundinnen, weißt du."

Nives nickte. „Du schlägst dich zu gern."

„Unter anderem." Heilika dachte manchmal auch anders als die Mädchen, mit denen sie aufgewachsen war.

Nives nickte noch einmal. „Also warst du mehr mit Jungen befreundet."

„Ausschließlich. Aber mein bester Freund, Tankred, er war ein Zwilling für mich. Wir haben beide nie in die Vorlagen gepasst, in die man uns zwingen wollte." Tankred war der einzige, der Heilika nie in Frage gestellt, aber ihr trotzdem Fragen gestellt hatte. Sie hätte alles für ihn getan, hatte sich von ihm überzeugen lassen, dass ein Dasein als Botschafter genau das Richtige für sie beide wäre. Er hatte ihre Treue bis zum Schluss für selbstverständlich gehalten. Nun war er weg, und Heilika versuchte, stolz darauf zu sein, dass sie ihn hatte ziehen lassen.

Eine Weile starrte Nives sie an, mit einem Ausdruck irgendwo zwischen Erleichterung und Neugier. „Ich dachte ..." Sie neigte den Kopf. „Ich hatte den Eindruck, dass du ihn gerne als deinen Geliebten gehabt hättest."

Bäh. Heilika schüttelte sich. „Nein. Auf keinen Fall."

„Hmm."

War das eine Zustimmung oder nur ein nachdenkliches Geräusch? „Um meine Frage zu wiederholen: Wieso bist du noch wach?"

Nives starrte in die Kohlenglut. „Als Cir klein war, da hat er bei mir im Bett geschlafen."

Und jetzt war er fast erwachsen. „Wolltest du ihn wirklich zurück in deinem Bett?"

„Nein. Aber", Nives seufzte, „manchmal würde ich mich gern irgendwo anlehnen."

„Ja", sagte Heilika. Auch mit kleinen Wunden, die sie eigentlich selbst flicken konnte, ging sie zu Heilerin Wiltrud, nur damit irgendwer sie berührte. Nicht, dass es viel half. Bis sie Anschluss fand, musste sie von jenen zwei Wochen im letzten Sommer zehren, während derer sie geglaubt hatte, dass Tankred vielleicht nicht für immer verloren war.

Gewiss sehnte Nives sich weniger verzweifelt nach Zuwendung, war aber trotzdem einsam genug.

„Irgendwie ist uns beiden die Heimat abhanden gekommen, hm?"

Nives lächelte, mit traurigen Falten um die Augen, und sagte nichts.

Es war völlig unangebracht, aber Heilika beneidete sie. Wenn alles gut ging, dann würde Nives am Ende ihre Heimat wiedererlangen, während Heilika zusehen musste, wie sie sich eine neue aufbaute. Und trotzdem. Wenigstens für ein paar Tage gab es die Möglichkeit, sich aufgehoben zu fühlen.

Unter Nives' verwirrtem Blick schälte Heilika sich aus ihrer Decke, zog sie hinter Nives und legte sich wieder hin, auf ihre linke Seite, damit sie die Albin anschauen konnte.

„Vielleicht hilft es." Heilika grinste, auch wenn ihr nicht danach war.

Nives lächelte zurück, rollte sich ebenfalls ein, ihre Schienbeine stießen gegen Heilikas Knie, und das war genug. Nives' Atem roch nach der Suppe von vorhin und andeutungsweise nach Bergwiese.

Heilika hob den kleinen Kreis gegen Mithörer auf, überprüfte noch einmal den großen Schutzkreis, den sie um das Lager gezogen hatte, schloss die Augen, und schlief.

xxx

Als Nives erwachte, lag sie auf ihrer linken Seite und hatte das neu entfachte Feuer im Blick. Es war schon hell, irgendwo hämmerte ein Specht. Ihre Hüfte schmerzte ein wenig. Wenn sie noch ein paar Nächte auf dem Boden verbringen musste, würde sie die blauen Flecken monatelang nicht mehr los.

Cir saß ihr gegenüber und wachte über den Topf mit Gerstenbrei.

„Morgen." Er gähnte.

Ihm so früh am Tag einen vollständigen Gruß statt einer solchen Feststellung entlocken zu wollen, war vergebliche Liebesmühe. „Guten Morgen", wünschte sie und setzte sich auf. Heilikas Decke lag zusammengerollt an dem Platz, den sie in der Nacht verlassen hatte. „Wo ist die Cavaliera?"

Cir zuckte mit den Achseln. „Sie hat gesagt, sie ginge üben. Und dass ich hierauf aufpassen soll." Er fuchtelte mit dem Kochlöffel.

Nives musste es ihm hoch anrechnen, dass er ohne Widerspruch gehorcht hatte. Zur Belohnung wuschelte sie ihm durchs Haar.

Hier draußen gab es keinen Grund mehr, ihre Ohren zu verbergen, deshalb flocht Nives ihren Zopf neu, bevor sie zum Bach aufbrach, um sich zu waschen.

Auf der Hälfte der Strecke hatte Heilika eine Buche gefunden und machte Klimmzüge an einem der tieferen Äste.

Nives blieb stehen und zählte, bis die Cavaliera sich nach dreißig fallen ließ.

„Morgen." Heilika lächelte sanft, als wüsste sie ein Geheimnis.

„Guten Morgen." Nives war gleich, was ihre Begleiterin verbarg, wenn es ihr ein Lächeln einbrachte, das sie innerlich schweben ließ. Sie wollte, konnte den Blick nicht davon abwenden.

„Alles in Ordnung?"

Bei den Ahnen, sie hatte gestarrt. Wie unhöflich. Nives zupfte an ihrem Ausschnitt, als könnte das der verlegenen Hitze abhelfen.

„Lass dich nicht stören, edle Cavaliera. Heilika. Ich wollte weiter zum Bach."

„Na dann. Ich bin hier fertig. Wir sehen uns beim Frühstück." Damit nickte sie und ging in Richtung des Lagers.

Sie aßen schweigend – Cir brauchte immer etwas, bis er gesprächig wurde, und jedes Mal, wenn Nives Heilika ansah, wurde sie an ihre hilflose, nutzlose Anbetung vorhin erinnert. Die Verwirrung schnürte ihr die Stimme ab. Um die peinliche Stille zu beenden, fing sie an zu singen, während sie aufräumten.

„Das ist ein schönes Lied", unterbrach Heilika sie.

Ach, was war Nives für eine Närrin. Wieso hatte sie sich ausgerechnet einen Text ausgewählt, der vor Sehnsucht überquoll? Jetzt musste Heilika doch begreifen, welche ungebührlichen Gedanken Nives hegte. Sie duckte sich. „Rosalia – eine Bekannte – singt es immer." Sie hob einen Mundwinkel, denn gewiss wollte Rosalia nicht länger mit ihr bekannt sein. „Es ist ein Rätsel, aber mir hat noch keiner die Antwort verraten."

Heilika nickte, ließ sich ablenken. „Vielleicht kann ich weiterhelfen?"

Also sang Nives, diesmal lauter.

Sag mir, wo ist mein Liebster,
Der von hier fortging, vor langer Zeit?
Sag mir, wohin zog mein Liebster,
In ferne Länder über Meere so weit?

Sag mir, was fühlt mein Liebster?
Spürt er, wie ich mich nach ihm sehn?
Sag mir, denkt auch mein Liebster
Manchmal an mich wie ich an ihn?

Du kennst auf alles die Antwort,
Kannst sie mir sagen, wenn ich nur will.
In Sand und Liebe, Hitze und Herzschlag
Hör ich dich flüstern, bin ich ganz still.

Nach der dritten Strophe sah Nives Heilika erwartungsvoll an.

Die kräuselte die Nase, schnippte endlich mit den Fingern. „Blutglas."

Nives runzelte die Stirn. Davon hatte sie in Pascanova gehört, aber nie gefragt, was das sein sollte.

„Früher – vor dem Großen Erbfolgekrieg – hat man in Friedlant Eheringe daraus gemacht", sagte Heilika. „Es ist Glas, in das man durch einen Zauber Blut von ein, zwei oder mehr Leuten einschließt. Wenn es sehr stark ist, kann man sich dadurch von Gedanken zu Gedanken unterhalten."

Wie unheimlich. Wie tröstlich. Nives bemühte ein Lächeln. „Das macht eine Ehe sicher einfacher."

Heilika zuckte mit den Schultern. „Es ist in Friedlant verboten."

Verständlich. Nives nickte, während sie ihr Bündel verschnürte. „Einmal kam ein wandernder Philosoph nach Pascanova, der gegen Blutzauber gepredigt hat."

„Es ist gefährlich", sagte Heilika. Sie schaute in die Ferne, als hätte sie das am eigenen Leib erfahren. „Und bei euch? Kennen Alben Blutzauber?"

„Ich wüsste nichts davon. So etwas kommt in keiner Geschichte vor. Wir können manche Sachen nicht, weißt du." Dafür verstanden die Magoi sich auf Dinge, die Menschen unmöglich waren, zum Beispiel ein Siegel dauerhaft an Haar, Stoff oder Leder binden. Was, außer dem Offensichtlichen, sollte sie verraten?

xxx

Es stellte sich heraus, dass Nives und Heilika sich viel zu erzählen hatten. Was auch immer geschehen war, dass zwischen den beiden Tauwetter herrschte, Cir wollte seine Nonna deswegen abwechselnd umarmen oder schütteln. Er war genauso dankbar, dass das Schweigen vergessen war, wie verärgert, dass das Gespräch über seinen Kopf hinweg geführt wurde.

Sie redeten davon, dass die andere unbedingt einmal frischen Seefisch probieren musste, oder in Honig geröstete Seidenraupen, und vergaßen völlig, dass Cir beides nicht kannte.

Sie streiften Zaubereien. Menschen wussten nicht, wie man sich verwandelte, dafür konnte noch der schwächste Menschenmagier kleine Flammen rufen. Von da aus kamen sie auf Legenden über Werwölfe, die sich vielleicht auf Alben bezogen, und von da aus auf die Geschichtsschreibung ihrer beiden Völker. Sie fanden Lieder, in denen die gleichen Geschichten vorkamen, auch wenn die Melodie anders war, unterhielten sich über den Ursprung verschiedener Wörter und dass vor dem Bann Centerrisch und Südalbisch eine Sprache gewesen waren. Eine Weile diskutierten sie über deren Unterschiede, Nives legte dar, wie die Anreden funktionierten, und verriet sogar, dass es noch die alte Sprache gab.

An sich alles für sich genommen interessant, aber es blieben Lücken; Wissen, das die beiden für selbstverständlich erachteten, das aber Cir fehlte, und er wollte nicht alle paar Sätze nachfragen.

Offenbar lasen beide gern und schienen sich an jeden Fetzen Wissen aus ihrer Lektüre zu erinnern, während Cir in seinem Leben genau sechs Bücher gesehen und nur fünf davon gelesen hatte.

Das Ungelesene besaß ein Priester des Göttervaters, der jedes Jahr in Pascanova nach seherisch begabtem Nachwuchs für seinen Tempel unten im Tal suchte. Es war voller Bilder für diejenigen, die nicht lesen konnten. Zwei andere gehörten Vincenzos Familie, ein Almanach und ein Band mit Geschichten über die centerrischen Götter, mit einigen leeren Seiten am Ende, wo sich der Familienstammbaum befand. Sieben Generationen Menschenleben und Platz für noch einige mehr.

Mit diesen Geschichten hatten Cir und Cesario lesen geübt. Centerrisch lesen, hieß das.

In einem Anfall von Verschwendungssucht hatte Nives drei Bücher gekauft, damit Cir es nicht vergaß, kleine Ausgaben von hastig abgeschriebenen Liedern und mehr Legenden in billiger Tinte, die sie jetzt immer noch mit herumschleppte. Anhand dieser Texte hatte Cir versucht, Nives mit den für sie fremden Schriftzeichen anzufreunden. Dennoch las sie das Centerrische immer noch nicht sehr flüssig. Dafür waren ihm die verschnörkelten Buchstaben der Albenschrift bis jetzt fremd geblieben, die Nives ihn anhand von selbst niedergeschriebenen Geschichten gelehrt hatte.

Heilika jedoch hatte anscheinend weder mit den centerrischen Buchstaben noch mit friedländischen

Runen Schwierigkeiten, was Cir hoffen ließ, dass auch er irgendwann zwei Schriften fließend lesen können würde.

Bis dahin jedoch blieb ihm nichts anderes übrig, als sich zu langweilen. Eine Zeitlang überlegte er sogar, ob er nicht lieber den Raben suchen gehen sollte, um wenigstens ein bisschen Fangen zu spielen.

xxx

Diesmal fand Heilika keine Lichtung für die Nacht, was sie aber nicht bereute. Im Lauf des Tages hatten sie die letzten vereinzelten Laubbäume hinter sich gelassen, der Wald bestand jetzt nur mehr aus Kiefern und Tannen, was das Fortkommen etwas erleichterte.

Mit der Dämmerung wurde es zudem so kühl, dass ihr Atem kleine Wolken bildete. Auf einer Lichtung hätten sie also noch mehr gefroren.

Heilika entfachte ein größeres Feuer als gestern und setzte einen zweiten Topf auf, für einen Kräuteraufguss.

Der Rabe schleppte den Kadaver einer Maus herbei und pickte daran herum. Während Nives es schließlich aufgab, das Vieh aus ihrer Sichtweite vertreiben zu wollen, und sich stattdessen um das Abendessen kümmerte, ging Heilika mit Cir die Lektionen von gestern durch und forderte ihn dann heraus. Er war klein, was er nicht wie Alea durch Kraft und jahrelange Übung wettmachte. Bis er schnell genug war, um seine Nachteile auszugleichen, würde eine Weile vergehen.

Trotzdem nahm er die blauen Flecken und die vielen Stürze gelassen hin.

Nach dem Essen knöpfte Heilika sich Nives vor.

Deren Schwierigkeiten rührten von einer anderen Ursache her. Abgesehen davon, dass sie klein und leicht war, hatte sie ihre Wut nach innen gerichtet. Sie wollte nicht treffen. Offenbar konnte sie sich unmöglich vorstellen, in eine Situation zu geraten, in der sie jemand anderem wehtun wollte.

Es erinnerte Heilika an die Zöglinge, die sie bis vor einem Jahr in Vithergen unterrichtet hatte – und an die Besprechungen jeden Frühling. Welche der Kinder konnte man zum Sonnenorden schicken, und welche waren bei den Heilern oder Priestern besser aufgehoben? Neben einer Begabung für Kampfzauber benötigten erstere die Bereitschaft, im Notfall zuzuschlagen. Von jenen mussten solche unterschieden werden, die gern andere quälten oder bei Kämpfen keinen klaren Kopf behielten.

Dass Nives trotzdem den Unterricht über sich ergehen ließ, sprach für sie.

Während Cir sich schon hinlegte, blieben sie noch auf und unterhielten sich weiter darüber, welche Spuren der friedländische Große Erbfolgekrieg in der albischen Geschichtsschreibung hinterlassen hatte.

Irgendwann schmatzte Cir und drehte sich mit dem Rücken zu ihnen.

Nives starrte ihn über das Feuer hinweg an. „Wir müssen ihn grauenhaft langweilen."

Zugegeben hatte der Junge über den Tag hinweg immer weniger Fragen gestellt, wahrscheinlich, weil ihn die Vielzahl an Einzelheiten überforderte

„Dagegen lässt sich wohl nichts tun, solange er an Bildung aufzuholen hat."

Als hätte sie Nives zurechtgewiesen, spitzte diese den Mund. „Es ist nicht seine Schuld."

„Nein."

Aus den zusammengezogenen Brauen sprach ein schlechtes Gewissen. Deswegen die schlechte Laune?

„Es ist auch nicht deine Schuld."

Wie so häufig senkte Nives den Blick, spielte mit ihrem Rocksaum.

„Er ist jung und er lernt schnell." Schwacher Trost wahrscheinlich.

„Hmm." Nives biss sich auf die Unterlippe, als glaubte sie, Heilika hätte selbst dieses Lob erfunden.

„Andere merken sich wochenlang nicht, dass sie ihre Füße strecken sollen. Oder wie man eine Faust macht. Cir ist nicht blöd." Darin ähnelte er Tankred. Der lernte auch fast alles auf Anhieb.

„Ich weiß." Ein halbes Lächeln von Nives. „Aber in Pascanova sind viele nicht blöd. Trotzdem ... die Leute dort müssen sich nur um einfache Dinge kümmern – ihr Vieh, ihre Felder, die Gärten. Sie sehen in ihrem Leben niemals mehr als tausend Menschen. Manche lernen nie lesen. Sie müssen nicht um Stimmen im Königlichen Rat werben. Sie wissen nicht, wie viel es kostet, eine Steinbrücke zu bauen und wie man das Geld dafür auftreibt."

Manchmal ließ das Leben den Menschen wenig Wahl. Um zu vergessen, dass sie überhaupt keine Wahl gehabt hatte, stocherte Heilika mit einem Ast im Feuer herum. „In Friedlant müssen alle Kinder mindestens vier Jahre lang in die Schule gehen."

Nives nickte. „Das ist sehr klug von eurem König."

Damit schien für heute alles gesagt. „Gehen wir schlafen?"

Heilika richtete sich ungefragt neben Nives ein. Die legte sich wieder ihr gegenüber und nickte schnell weg, während Heilika noch einmal die Schutzkreise überprüfte. Und dann, wie gestern mitten in der Nacht, drehte sich Nives, erst auf den Bauch, danach auf die andere Seite, sodass sie mit dem Rücken zu Heilika lag. Ein paar lose Haare kitzelten ihre Nase. Sie befreite eine Hand, wischte die spinnwebfeinen Strähnen beiseite und schlang ihren Arm um Nives' Taille. Hörte und spürte sie durch die Wolle ihrer Decke atmen.

Es war … schön, jemanden festzuhalten, durchströmte Heilika wie Wärme von einem Ofen und füllte sie bis in die Zehenspitzen mit zufriedener Schwere. Sie wollte Nives beschützen. So, wie sie damals auch Tankred hatte beschützen wollen, der seine Aufgaben immer freiwillig erledigte und deshalb von den Erwachsenen erst beachtet wurde, wenn die anderen Kinder ihn ihren Unmut über Streber spüren ließen.

Im Gegensatz zu Tankred, der immer zu stolz gewesen war, um zuzugeben, dass ihm Heilikas Zorn um seinetwillen gefiel, schien Nives nichts dagegenzuhaben, beschützt zu werden.

Heilika könnte sich eindeutig daran gewöhnen, Nives jeden Tag um sich zu haben. Dann schloss sie die Augen und verbot sich den Gedanken. Besser, dankbar zu sein für das, was heute war.

xxx

Nives schreckte aus einem unruhigen Traum hoch. Es war dunkel, im Feuer glommen noch ein paar Kohlen, irgendwo rief ein Kauz. Etwas kitzelte ihren Nacken. Ihr Atem malte Wölkchen in die Luft, trotzdem fror sie nicht.

Sie blinzelte, und all das ergab plötzlich einen Sinn. Heilika gestern Abend und jetzt ihr Arm schwer über Nives' Seite, die Nase in ihrem Haar vergraben. Selbst durch zwei Decken spürte sie, dass die Cavaliera eckig wie ein Mann war.

Beinahe erinnerte es Nives an Vulpin, an die guten Zeiten mit ihm. Beinahe. Vielleicht hatte sie sich deswegen in der Nacht gedreht, nach Wärme und Sicherheit gesucht.

Wenn es nur genau so bleiben könnte. Nives seufzte. Keuschheitsgelübde waren bekannterweise schwer einzuhalten.

Ein Brummen hinter ihr, Heilikas Arm spannte sich an.

„Nives?"

„Hmm."

„Wieso sind wir wach?"

Nives wusste keine Antwort. Sie wusste aber, was Vulpin getan hatte, wenn sie beide nachts aufgewacht waren.

„Schlaf", sagte Heilika.

Eine Weile wartete Nives auf einen Kuss in den Nacken, auf einen Hinweis darauf, was das alles bedeutete, doch nichts tat sich. Heilikas Atemzüge wurden länger und tiefer, und irgendwann erlaubte sich Nives, dem Frieden zu trauen, wenigstens für heute Nacht.

Das nächste Mal erwachte Nives bei Tagesanbruch zu Cirs frechem Grinsen. Der Rabe saß ihm auf der Schulter und feixte ebenfalls, soweit es der Schnabel erlaubte. Heilika war verschwunden.

„Gar nicht verliebt", sagte Cir, als er ihren Blick bemerkte.

Nives war zu gut erzogen, um die Augen zu verdrehen. Aber die Verlegenheit stieg ihr ins Gesicht, bis ihre Wangen brannten. Was hatte sie sich bloß dabei gedacht, sich von Heilika so umarmen zu lassen?

Als die Cavaliera ans Feuer zurückkehrte, unterband sie Cirs Grinsen, indem sie ihn anstarrte, bis er wegsah. Und dennoch tat Heilika nichts, was diese Strenge gerechtfertigt hätte. Weder saß sie näher an

Nives als gestern noch forderte sie eine Berührung ein. Es gab keinen Austausch von Blicken voller Versprechen, kein einziges geheimnisvolles Lächeln.

Ohne Cir als Zeugen hätte Nives die Erinnerung von heute Nacht für einen Traum gehalten.

Was war sie für Heilika? Was war Heilika für sie?

Kopfschüttelnd vertrieb Nives den Gedanken. Heilika war ein Mensch. Sie hatte überhaupt nichts zu sein außer einer kurzfristigen Verbündeten. Seit dem Verrat durch Gwinns Sohn, der den Eisenbrand über die Alben gebracht hatte, war es verboten.

Sie packten und gingen los, schweigend. Heilika schaute Nives ein paar Mal fragend an, doch wie sollte sie erklären, dass sie heute Nacht gut geschlafen hatte, aber trotzdem keine Hoffnung bestand?

Irgendwann gab Heilika ihre Versuche auf, ein Gespräch anzufangen.

Gegen Mittag machten sie Pause auf einer Lichtung. Ein umgestürzter Baum lud dazu ein, den Sonnenschein zu genießen. Heilika setzte sich, wühlte eine Handvoll Nüsse für jeden aus ihrem Gepäck. Nives suchte sich einen Platz zwei Armlängen weit entfernt und sah die Cavaliera nicht an, selbst als sie deren Blick in ihrer Seite spürte.

Nachdem Cir seinen Imbiss heruntergeschlungen hatte, zog er Kreise auf der Lichtung, bis der Rabe angeflattert kam und auf seine Schulter wollte.

Eigentlich hätten sie aufbrechen können, doch beide musterten erst Heilika und anschließend Nives, bis sie auf ihrem Platz umherrutschte. Gern wäre sie der stummen Kritik entflohen, doch vor diesen zwei Besserwissern würde sie nicht klein beigeben.

„Könnt ihr euch nicht einfach küssen und versöhnen?"

„Cirrus!" Nives sprang auf. Was fiel dem Bengel ein?

Sowohl Cir als auch der Rabe hatten den Anstand, die Köpfe einzuziehen. „Ist ja schon gut." Cir hob die Hände, als ergebe er sich. „Dann sei eben unglücklich." Damit drehte er sich um und stapfte los, weiter den Berg hinauf.

Während er zwischen den Bäumen verschwand, starrte Nives seinen Rücken an. Wie hatte er sie nur so in die Ecke drängen können?

Irgendwann räusperte Heilika sich. „Das war äußerst aufschlussreich."

Nives schüttelte den Kopf. „Er weiß gar nichts."

„Nein?" Rascheln im Gras, bis Heilika neben ihr stand. „Es klang fast so, als wolltest du von mir geküsst werden." Ihre Stimme klang flach, als müsste sie sich zu Ruhe zwingen.

„Nein", sagte Nives. „Nicht so, wie er es meint."

Zwei Atemzüge Schweigen. „Wie meint er es denn?"

Nives spürte Heilikas Zögern, ihre Vorbehalte, als stünde sie neben einem übergroßen Igel. Nicht, dass es ihr besser erging. Selbst Vulpin hatte sie nie begreiflich machen können, was falsch an ihr war, und er hatte sie verlassen in dem Glauben, dass sie ihn nicht liebte. Andererseits bot sich hier die Gelegenheit, eine Erklärung für Heilikas Verhalten zu bekommen.

„Leidenschaftliche Küsse", führte sie aus. „Hungrig. Voller Begehren." Alles das, was Nives nicht war.

„Hmm." Heilika verschränkte die Arme. „Angeblich sind alle guten Küsse so."

„Ich weiß nicht."

„Du hast etwas von deinem Mann erzählt."

Irgendwann gestern, eine Bemerkung, dass sie mehr Bücher in die Ehe gebracht hatte als Vulpin. „Wir sind geschieden."

„Ah. Er hat nicht gut geküsst?"

„Er hat zu hungrig geküsst." Nives widerstand der Versuchung, sich an die Lippen zu fassen, den Erinnerungen nachzuspüren, die alle bitter wie Wermut und die Streitereien am Ende schmeckten. „Es war nie genug."

Neben ihr verlagerte Heilika ihr Gewicht, ein Ästchen knackte. „Geht das, zu viel küssen?"

Nein, das hatte Nives nicht gemeint. Für so vieles hatte die Sprache Worte, aber nicht für das, was Nives empfand, und so blieben ihr lediglich Umschreibungen. „Es musste alles immer irgendwohin führen", sagte sie. „Es war nie genug, sich einfach zu küssen." Nein, es waren nie nur Küsse, denn immer musste er seine Zunge mitverwenden und seine Hände, die sich in Nives' Fleisch gruben, immer mit dem einen Ziel.

Mit der Zeit hatte sie gelernt, es zu hassen, und nachdem die Heiler ihr beschieden hatten, dass sie keine Kinder bekommen konnte, da hatte sie es gar nicht mehr ertragen.

„Kann es genug sein, sich einfach zu küssen?" Heilika klang spöttisch. „Nach allem, was man so hört, ist es immer bloß der Anfang."

Nives schüttelte sich, wandte ihr den Rücken zu, um dem unvermeidlichen Blick auszuweichen. „Ich will nicht geküsst werden, wenn es ein Anfang ist."

Heilika schnaubte. „Erzähl mir nicht, dass du nicht begehrt werden willst."

Doch! Genau das versuchte Nives zu erzählen. Vulpin hatte es immer auf sich bezogen, dass sie ihn nicht begehrte, aber Nives' Seltsamkeit hatte mehr als eine Lage, und es war – sie hatte noch nie begehrt, wenn sie es sich recht überlegte. „Ich bin eine Eisfrau", sagte sie schließlich. „Ich weiß nicht, wie das geht, Begehren."

Gleich würde sie ausgelacht. Heilika jedoch holte tief Luft. „Genau."

Nives fuhr herum, starrte sie an, die mit der Stiefelspitze im Gras herumbohrte, als suche sie ein Stück Gold.

„Wie meinst du das?"

Heilika seufzte. „Ich weiß es auch nicht. Ich finde schon die Vorstellung eklig, dass irgendwer mit mir ins Bett will."

Es gab noch jemanden wie Nives. Die ganze Zeit hatte sie geglaubt, dass sie allein auf der Welt war, doch hier begriff endlich jemand, was sie fühlte. Ein Mensch, aber einer, bei dem sie sich keine Gedanken um Verbote machen musste. Sie straffte die Schultern. „Nicht einmal, wenn es nur zum Schlafen wäre?"

Einen Moment lang schien Heilika die Luft anzuhalten, dann lachte sie auf. „Also gut. Ich lasse dich zum Schlafen in mein Bett. Aber ich werde dich nicht küssen."

Nives nickte. Das war annehmbar.

„Gut." Heilika schritt davon wie ein siegreicher Krieger vom Turnierplatz. Nives bewunderte kurz ihre offensichtliche Kraft, bevor sie ihr folgte.

xxx

Cir grinste, als Heilika ihn einholte. Sie hob die Brauen und bemühte sich um ein ausdrucksloses Gesicht. Es gab keinen Grund, ihm den Inhalt ihres Gesprächs mit Nives auf die Nase zu binden. Glücklicherweise verstand er den Hinweis und verkniff sich weitere Dreistigkeiten, als Nives zu ihnen aufschloss.

Diese hatte ihre gute Laune wiedergefunden – offenbar hatte sie den ganzen Vormittag in der Furcht gelebt, Heilika könnte sie küssen wollen – und begann, eine Geschichte zu erzählen, von einem, der mit einem Boot losfuhr, um die Inseln der Jugend im Westen zu suchen.

Heilika wollte zuhören, aber ihre Gedanken kehrten immer wieder zu ihrer Aussprache zurück.

Seit Jahren war Heilika keiner erwachsenen Frau mehr begegnet, die sich mädchenhafter verhielt als diese Albin mit ihren ordentlichen Zöpfen, ihrem wiegenden Gang und den gezierten Handbewegungen, mit denen sie ihre Röcke raffte. Wozu das alles, wenn man keinem gefallen wollte?

Seit Heilika herausgefunden hatte, wie man Kinder machte, hatte sie angenommen, dass sie niemanden begehrte, weil sie weder eine Frau noch ein Mann war. Sie wusste nämlich von keiner anderen magisch begabten Person, die sich über die Sache mit dem Keuschheitsgelübde freute. Und jetzt Nives, die weiblicher nicht sein konnte und dennoch von dem Gedanken genauso abgestoßen war wie Heilika.

Offensichtlich war die Annahme falsch gewesen, und Heilikas beide Besonderheiten hingen nicht unmittelbar zusammen.

Aber wenigstens war sie in einer Hinsicht nicht mehr das einzige Wesen unter dem Himmel. Dass sie in ihrem Überschwang versprochen hatte, Nives in ihrem Bett schlafen zu lassen – darüber mussten sie reden, wenn die Sache mit Cirs Thronanspruch und dem drohenden Krieg geklärt war. Heilika blinzelte nach oben und beschloss, dankbar zu sein.

xxx

Am Nachmittag erreichten sie den Waldsaum – die Matten oberhalb wurden als Sommerweiden für Ziegen und Schafe genutzt, aus dem Wald holten ihre Leute manchmal Holz, deswegen sah hier alles recht gepflegt aus.

„Wie weit noch?", fragte Heilika.

Nives rechnete. Das Gelände stieg von hier aus steiler an, aber es gab einen Pfad. „Zwei, drei Stunden."

„Dann übernachten wir hier unten. Kein Grund, mehr zu frieren als nötig."

Cir fand eine einigermaßen ebene Stelle für sie und half, Holz zu sammeln.

Während Nives sich wie immer um das Essen kümmerte – der Rabe blieb diesmal in der Nähe und bettelte um Reste – scheuchte Heilika Cir durch eine lange und sichtbar schweißtreibende Lektion. Warum er sich deswegen nicht beklagte, würde Nives ein Rätsel bleiben. Hatte er nicht erst drei Tage zuvor wegen eines längeren Fußmarsches geschmollt?

Was auch immer die Gründe waren, es gab ihr Gelegenheit, Heilika zu beobachten. Sie hätte stundenlang zusehen können. Die Cavaliera wusste ganz offensichtlich, was sie tat, machte keine überflüssigen Bewegungen und war erstaunlich leise, trotz des vielen trockenen Reisigs auf dem Boden. Dadurch ähnelte sie einer Katze, die sich an Beute anschlich. Gefahr, die sich hinter Anmut versteckte.

Außerdem ein wacher Geist, Umsicht, das Versprechen, Nives nicht zu küssen und auch sonst nichts von ihr zu wollen. In einem anderen Leben hätte sie alle Verbote und Traditionen vergessen und Heilika gebeten, sie zu heiraten.

Nives seufzte und wandte den Blick ab, um den Eintopf umzurühren – wie die letzten Abende Bohnen, Speck und wilde Zwiebeln. Besser, sie schlug sich den Gedanken gleich aus dem Kopf. Heilika war ein Mensch.

Ein junger Mensch. Mit etwas Glück und guter Pflege hatte Heilika noch sechzig lebenswerte Jahre vor sich, und Nives konnte mit höchstens achtzig rechnen. Keine allzu schlechten Aussichten, gemeinsam alt zu werden. Aber eine Cavaliera, ihrem König zur Treue verpflichtet. Eine, in deren Leben keine Geliebten und keine Kinder Platz hatten. Und Nives hatte immer Kinder gewollt. Einen Stall voll.

Trotzdem konnte sich Nives den Wunsch nicht verkneifen, jeden Morgen mit Heilikas Arm um sich aufzuwachen. Sie sah es vor sich, ein Zimmer, in das frühes Sonnenlicht flutete. Eine weiche Matratze, wo es sich auf dem Bauch zu schlafen lohnte. Warmer Atem an ihrer Schulter, ein Arm um ihre Hüfte, in ihrem Blickfeld ein Teppich mit verschlungenen Mustern auf dem grauen Steinboden. Albenarbeit. Eine grün gestrichene Holztür und Regalbretter voller Bücher an der geweißten Wand.

Ein Haus irgendwo in den verschwiegenen Tälern? Die Menschen strichen ihre Türen nicht, sie bemalten sie höchstens mit Zeichen, die böse Geister fernhalten sollten.

Es war genug um zu hoffen, dass Heilika mit sich reden ließ, dass sich eine Lösung finden würde.

Irgendwann hatten die anderen beiden sich den Dreck von den Händen gewaschen und kamen essen. Heilika saß links neben Nives, ganz die Cavaliera.

Glücklicherweise kommentierte Cir dies nicht. Er gähnte viel, vermutlich war er zu müde für weitere Frechheiten. Bald sank er gegen Nives, offensichtlich schläfrig genug, um zu vergessen, dass er beinahe erwachsen und damit viel zu alt war, um Halt bei ihr zu suchen.

Heilika lächelte sie schief an. „Es war einmal", sagte sie, „ein König, der hatte ein einziges Kind, eine Tochter. Sie war sehr schön, und wie viele schöne Frauen sehr stolz. Als die Zeit für sie gekommen war zu heiraten, lehnte sie alle Bewerber ab. Die Götter selbst hätten ihr verraten, dass nur ein Ehemann für sie in Frage käme, ein Held aus dem fernen Norden, der ein besonderes Schwert besaß ..."

Es stellte sich heraus, dass Cir sogar zu müde war, um gegen eine Geschichte zu protestieren. Nives verfolgte die Erzählung bis zu ihrem Ende, als der listige Krieger mit dem ergaunerten Schwert aus Albensilber die Maid aus ihren selbstgewählten Fesseln befreite und sie ihn tatsächlich heiratete.

Nives kannte die Geschichte anders.

Wie gestern blieben sie und Heilika noch wach, während Cir sich hinlegte. Obwohl sie im Freien lagerten und ihr hier auf dem Berg der Winter noch in den Nacken hauchte, fühlte sich Nives heimischer, als sie es in Vulpins Haus getan hatte. Zwei Erwachsene, die über ihren Schutzbefohlenen wachten.

Heilika hingegen beobachtete Cir nicht mit einem zarten Blick, sondern mit einem hämischen Grinsen.

Ah. Wider Willen musste Nives lächeln. „Du hast ihn sich absichtlich so anstrengen lassen?"

„Vielleicht." Heilika setzte eine ausdruckslose Miene auf.

„Ist das deine Rache für seine Unverschämtheit?"

„Vielleicht."

Mehr würde sie aus der Cavaliera nicht herausbekommen, also wandte sie sich einem anderen Thema zu.

„Du hast die Geschichte verändert. Und die Namen weggelassen."

„Es wäre ausgeufert", sagte Heilika. „Drachen, Unverwundbarkeit, eifersüchtige Prinzessinnen, intrigante Höflinge und hinterhältiger Mord? Zu viel für einen kurzen Abend."

Das stimmte. „Bei uns ist der Mörder ein Held", sagte Nives, „der seinem König endlich das Schwert und den geraubten Schatz zurückbringt."

„Unser Mörder ist ein Mensch, der den Schatz im Lintfluss versenkt, als er erkennt, dass die Prinzessin ihn hintergangen hat."

„Hmm. Bei uns geht die Prinzessin in den Fluss." Um nicht weiter über tote Königsfamilien nachdenken zu müssen, lehnte Nives sich gegen Heilikas Schulter.

Die hielt für einen Moment die Luft an und wand dann einen Arm um Nives. Ihre Hand ruhte an Nives' Hüfte, lose, grub sich nicht einmal in den Stoff ihres Kleides. Sie erlaubte sich, die Berührung zu genießen.

„Man müsste alles übersetzen und kluge Bücher darüber schreiben."

„Hmm." Es klang, als würde Heilika lächeln. „Sofern mein König mir ein bisschen Freizeit lässt."

Eine Weile saßen sie so da, das Feuer brannte nieder, im Wald knackten Äste, kleine Tiere raschelten durchs Unterholz.

Es war angenehm, nicht reden zu müssen. So wenige wussten mit Schweigen etwas anzufangen und bemühten sich, die Stille mit Geplapper zu füllen. Vulpin war immer beleidigt gewesen, wenn Nives nicht mit ihm gesprochen hatte, selbst wenn sie las und einen guten Grund hatte, nichts zu sagen.

Irgendwann machte Heilika sich los, und sie rollten sich in ihre Decken.

xxx

Das letzte Wegstück führte steile Hänge hinauf, und selbst Heilika schien nicht genug Atem zum Klettern und Sprechen übrig zu haben.

Der Rabe hatte sich bald weiter den Berg hinauf verzogen, Cir war ihm auf Adlerschwingen gefolgt.

Vor dieser Form schien das Vieh wenigstens eine Andeutung von Respekt zu haben. Sie kreisten eine Weile lang über den Bergwiesen; Cir erschreckte erst ein Murmeltier und später eine Gams.

Irgendwann wurde es ihm zu dumm, deswegen wartete er am Tor, setzte sich dort in die Sonne und döste.

Ein paar blaue Flecken an seinen Armen von gestern Abend schmerzten, und außerdem zog der Beginn eines Muskelkaters in seinen Oberschenkeln. Diese ganzen Hänge zu Fuß erklimmen zu müssen, und dazu noch Heilikas ständige Ermahnungen bei ihrem Unterricht, ja die Füße, aber bloß die Knie nicht durchzustrecken.

Seine Begleiterinnen schnauften etwa eine Stunde später den Hang herauf.

Heilika ließ sich auf einen kniehohen Stein fallen, Nives seufzte und setzte sich neben sie.

Die beiden – durfte Cir sie süß finden, wie sie so zusammengluckten, als wären sie verheiratet? Besser, er hielt seine Meinung geheim.

„Es sieht so viel einfacher aus", meinte Nives, sobald sie wieder zu Atem gekommen schien.

„Tut es meistens. Erst Essen, dann", Heilika deutete mit dem Kinn auf das Tor.

Oh, Mittagessen. Cir schlenderte zu ihnen hinüber und ließ sich auf dem Geröll zu ihren Füßen nieder.

Offensichtlich hatte er doch zu selbstherrlich gelächelt, denn Heilika wandte sich ihm zu.

„Ich weiß nicht, ob ich dich beneide." Sie wischte sich Schweiß aus der Stirn.

Cir hob die Brauen.

„Du kannst fliegen. Ich kann das hier." Mit den Fingern malte sie einen Bogen aus Funken in die Luft.

„Wir könnten gegenseitig neidisch sein", schlug Cir vor. „Oder gar nicht. Ist gesünder fürs Herz."

Heilika lachte. Es klang dreckig, so wie Rosalia manchmal, wenn sie zu viel Wein getrunken hatte. „Da hast du recht", sagte die Cavaliera, als sie sich beruhigt hatte. „Neid macht einen nur bitter."

Nives brummte eine Zustimmung und begann, in ihrem Bündel zu wühlen.

Das Essen bestand aus Speck, Nüssen und Wasser. Kein fürstliches Mahl. Hoffentlich schafften sie es bis heute Nacht zu Audax. Ein Bad, gutes Essen, Wein, nette Gesellschaft. Und Fiammetta.

„Wenn wir uns beeilen, erreichen wir heute noch Pergulu", sagte er.

Nives rieb sich das Kinn. „Wir werden erst fragen müssen, ob wir zurückkehren dürfen. Wir sind Gäste." Sie sah zu Heilika. „Ich kann nicht sagen, was Cirs Großonkel von Menschen hält und ob er eine Maga in seinem Haus haben möchte."

Bildete Cir es sich ein oder ließ Heilika die Schultern etwas hängen?

„Sicher. Du wärst überrascht, wie viele Friedländer ebenfalls keine Zauberer in ihren Häusern haben möchten."

Cir runzelte die Stirn. Das ergab keinen Sinn – der ganze Reichtum dieses Staates hing davon ab, dass die Magoi kostenlos dessen Grenze schützten, oder zumindest behaupteten das die alten Männer in Pascanova, wenn sie auf dem Dorfplatz über die Steuern und die Zölle schimpften.

Aus unerfindlichen Gründen rieb sich Heilika den Hinterkopf, während sie an Cir vorbei ins Leere starrte. „Der Eid zwingt uns zu Gehorsam gegenüber dem König, und trotzdem trauen sie uns nicht. Die meisten geben ihre begabten Kinder freiwillig her." Jetzt schien sie zu bemerken, was sie tat und krallte ihre Hand stattdessen in ihren Umhang. „Wenn ich weiter darüber spreche, bekomme ich Schmerzen. Solcher Art ist der Eid."

Nives fing mit offenem Mund Fliegen, und Cir wusste, dass er genauso überrascht dreinschaute. Er hätte nie gedacht, dass der Eid mehr war als eine Formsache. Und wenn schon ein bisschen Mäkelei Kopfweh verursachte, was geschah dann, wenn jemand wirklich nicht gehorchte?

Heilika zuckte mit den Schultern, als hätte sie den Gedanken gehört. „Es gibt einen Grund, warum es *bindender* Eid heißt." Daraufhin senkte sie den Blick und kramte in ihrem Bündel herum. Schließlich verschnürte sie es. „Gehen wir."

Cir stand auf, Nives nahm ebenfalls ihr Gepäck. Irgendwann würde er Heilika wegen Einzelheiten fragen, aber heute nicht mehr, wenn es sie so sehr bedrückte.

Wahrscheinlich genauso ratlos wie er, streifte Nives sich die Ärmel hoch. „Kind, du nimmst den Raben. So große Tiere gelangen nicht allein durch das Tor", fügte sie für Heilika hinzu.

Der Rabe krächzte, zog eine Runde und schoss mit angelegten Flügeln in die Felsspalte.

Er kam auf der anderen Seite nicht mehr heraus.

„Bei den Ahnen", sagte Nives.

Weil der Rabe kein gewöhnlicher Vogel war, hatte Cir so etwas schon halb vermutet. Bevor er das Nives unter die Nase reiben konnte, hob Heilika die Brauen und schritt durch das Tor. Offenbar entgegen ihrer Erwartung verschlang es sie nicht.

Sie durchquerte den Riss ein paar Mal, als könnte sie es nicht glauben. „Ich spüre den Bann", sagte sie. „Aber ich kann nicht hindurch. Erstaunlich."

Mit einem Lächeln streckte Nives die Hand aus, Heilika nahm sie, und sie schritten durch das Tor. Cir schlenderte hinterdrein und gab sich Mühe, sich das Unwohlsein nicht anmerken zu lassen, das ihn auch diesmal befiel.

Heute war der Junge mit den Schafen nirgends zu sehen, als sie drüben ankamen. Nur der Rabe wartete auf dem Findling.

Einige Atemzüge lang lieferte Heilika sich ein Blickduell mit ihrem Haustier, das dreinsah wie eine zufriedene Katze. Am Ende verdrehte die Cavaliera die Augen und untersuchte dann das Tor mit ihren Händen. „Ich komme hier nicht alleine raus", stellte sie fest.

Ihre Augen waren zusammengekniffen, und ihr Gesicht wirkte maskenhaft, erstarrt. Eindeutig gefiel es ihr nicht, in den verschwiegenen Tälern gefangen zu sein oder Hilfe annehmen zu müssen.

„Ich schwöre auf meine Ahnen, dass ich dich rauslasse, wenn du mich darum bittest", sagte Cir.

Der Rabe krächzte.

Heilika blinzelte und entspannte sich. „Und ich schwöre bei allen Göttern, dass du es nicht mögen wirst, falls du dein Versprechen brichst."

Cir nickte. Von jemandem wie Heilika konnte er nichts Anderes erwarten. Irgendwo tief in ihrer Seele versteckte sie ein Stückchen Grausamkeit. Es war gut verborgen, aber vorhanden, sonst wäre sie keine so gute Kämpferin.

xxx

Wenn sie nicht so ungeschützt gewesen wären, hätte Nives noch eine Weile lang den Raben angestarrt. Was hatte dieses Tier an sich, dass es den Bann außer Kraft setzte?

Oder war es am Ende kein Tier? Die Menschen kannten Märchen von Leuten, deren Seele in den Körper eines Frosches oder eines Schwans eingesperrt war. Nives hatte das immer für unmöglich gehalten, aber vielleicht war mit dem Raben etwas Ähnliches passiert?

Sie winkte Cir und Heilika, ihr über die Wiese zum Wald zu folgen.

Wie um ihr zu spotten, flog der Rabe zu einer einsamen Esche in Sichtweite, um auf sie zu warten.

„Ich dachte, die Magoi hätten für jeglichen Fall Vorkehrungen getroffen." Luft, Wasser, Wetter und kleine Tiere durften frei den Bann durchqueren. Alles andere brauchte die Hilfe eines Alben.

„Hm", machte Heilika, anscheinend nicht willens, darauf einzugehen.

„Ist er ein verfluchter Königssohn?", fragte Nives. „Wie der Froschprinz?"

Heilikas rechter Mundwinkel zuckte, als fände sie das lustig, aber sie antwortete nicht.

Womit hatte Nives diese Herablassung verdient? Sie biss sich auf die Lippen. „Offensichtlich weiß ich nicht genug über Menschenmagie."

„Was?" Heilika musterte sie, zog die Brauen zusammen. „Nein. Ich dachte nur – ich bin froh, dass er nicht erlöst werden kann."

Eine Antwort, zu der Cir die Augen verdreht hätte. „Es gibt also eine Geschichte."

„Sie tut nicht viel zur Sache. Irgendwann erzähle ich sie dir vielleicht." Ein schneller Blick zu Cir. Offensichtlich wünschte Heilika dafür weniger Zuhörer.

Kurz bevor sie den Schutz der Bäume erreichten, nahm Heilika ihr Beil aus seiner Schlinge und wog es lose in der Hand.

„Gibt es einen anderen Weg?"

„Es gibt hundert Wege", sagte Nives. „Wir können einen Pfad durch den Wald nehmen oder vorerst hier am Waldsaum entlanggehen."

„Such einen aus, wo uns möglichst niemand auflauern kann."

Nives nickte. „Jemand beobachtet uns?" Wieso merkte sie davon nichts?

„Vielleicht." Heilika spähte in den Wald. „Etwas gefällt mir hier nicht."

Auch Nives schaute sich um, doch vor ihr lag nur ein gut gepflegter Forst. Müsste sie unfreundliche Blicke nicht spüren? „Ich habe keinerlei Vorahnungen. Aber besser, wir sind wachsam."

Obwohl sie allen Hindernissen auswichen, ließ Heilika für den Rest des Nachmittags ihr Beil nicht mehr los und sah sich bei jedem Knacken aus dem Unterholz misstrauisch um. Es unterband jegliche Form von Gespräch; selbst der Rabe schien zu begreifen, dass Äußerungen seinerseits nicht willkommen waren.

Als die Dämmerung hereinbrach, verbot Heilika ihnen ein Feuer für ihr Nachtlager. Dass Cir nicht protestierte, obwohl er diese Vorsichtsmaßnahme offenkundig für übertrieben hielt, sprach dafür, dass er Heilikas Drohung vom Mittag noch gut in Erinnerung hatte.

Außerdem verfügte die Cavaliera, dass sie heute Nacht Wachen haben würden. Ein Los bestimmte Heilika für die erste Schicht. Bevor sie sich hinlegten, umkreiste sie einmal das Lager und hängte irgendwelche Siegel an Steine.

„Einen Schutzkreis kann man auf Meilen spüren, wenn man danach sucht", erklärte sie auf Nives' Frage hin. „Das hier ist ein Netz aus Wächtersteinen. Es hält niemanden ab, näher zu kommen, aber es warnt uns."

In der Nacht erwachte Nives von Getuschel, zahlreichen Füßen, die durch das Laub auf dem Waldboden raschelten.

Sie stemmte sich hoch.

Ein Ausruf, ein Zischen in der Luft, ein Schlag, dann Schwärze.

6

Das erste, was zu Heilika zurückkehrte, war ein schmerzhaftes Pulsieren hinter ihrer linken Schläfe. Das zweite, dass sie kopfüber hing, getragen wurde; ein Schulterpanzer aus Metall bohrte sich in ihren Magen.

Sie blinzelte. In ihrem Sichtfeld, das von bläulichen Leuchtkugeln erhellt wurde, befanden sich ein Stück dunkler Mantel, eine Schwertscheide und zwei Füße in schweren Stiefeln, die über den Waldboden stapften.

Männerstimmen, gemurmelte Gespräche mit einem Akzent, als würde jemand aus Arraine altes Centerrisch sprechen.

Heilika bemühte sich, den Soldaten, der sie trug, nicht durch Anspannung darauf aufmerksam zu machen, dass sie wach war. Aus den Satzfetzen versuchte sie zu erschließen, mit wem sie es zu tun hatte.

Zehn Mann, alle mit weniger starken Auren als Nives und Cir, die wohl beide bewusstlos waren. Unzählige Zauber zierten die Waffen, die Panzer und irgendwelche Amulette, welche die Soldaten trugen.

Es stimmte wohl, dass kein Alb nur mit einem Gedanken Feuer entzünden konnte oder in der Lage war, einen Gegenstand schweben zu lassen, aber mit Siegeln kannten sie sich aus. Der Bann war das beste Beispiel dafür – es war, als hätten sie ein Stück Land einfach weggefaltet – und die Ausrüstung der Krieger stand ihm an Vielschichtigkeit in nichts nach. Sie bot Schutz vor Hitze, Schlägen und allerlei mehr, das sich ihren Sinnen entzog. Was bedeutete, dass Heilika es zwar mit allen zehn aufnehmen, aber den Preis dafür kaum berechnen konnte. Schon gar nicht jetzt, wo Nives und Cir nicht imstande waren zu fliehen.

Irgendwann schnelle Schritte, Keuchen, eine elfte wache Aura, etwas mächtiger, näherte sich von hinten und trug Heilikas Wächtersteine. Fast die ganzen zwei Dutzend.

„Hast du alle?", fragte einer.

„Ich glaube schon. Die sind schwer zu finden", sagte der Neuankömmling. Er klang ziemlich jung und konnte kaum älter als Cir sein.

„Das ist der Zweck einer solchen Falle." Kiesel klackerten gegeneinander. „Sie fühlen sich erstaunlich reif an, für Menschenzauber."

Ein dritter zog die Nase hoch. „Ich frage mich eher, wie eine einfache Kinderfrau das hingekriegt hat."

„Eh?"

„Na, der Zauberer ist wohl kaum freiwillig hier, aber damit er solche Siegel hinbekommt, muss er einen einigermaßen klaren Kopf haben."

Heilika blinzelte. Offenbar hielten die Soldaten sie für einen Mann, der sich unter Nives' Zauber befand.

Ein Grunzen von dem, der Heilika trug. „Zwing mich nicht, genauer darüber nachzudenken."

Dreckiges Lachen von weiter vorne. „Egal, was es war, es hat Nives und dem kleinen Salvan nichts genützt."

Heilika runzelte die Stirn. Die wussten, wer Nives und Cir waren?

Es blieb ihr nichts übrig, als weiter zu lauschen und sich alles zu merken.

xxx

Ein Raum, von blauem Flackern erhellt. Nives lag auf weichem Untergrund, der modrig roch, und hatte Kopfschmerzen, als wollte ihr irgendwer den Schädel mit einem Meißel spalten.

Sie stöhnte und schloss die Augen wieder. Es nützte ein bisschen.

„Du bist wach", stellte eine Stimme fest.

„Heilika?"

„Unglücklicherweise." Schritte, Kleider raschelten, als Heilika neben ihr in die Hocke ging. „Sie haben uns überfallen, als Cir Wache hatte."

„Wer ... wo ist er?" Nives riss die Augen auf und fuhr hoch. Der Raum, eine Zelle, drei Seiten glatter Fels, eine Seite blau glimmende Gitterstäbe, kein Cir und nicht einmal der Schatten einer Vorahnung. Ihre Knie gaben nach, sie ließ sich zurück aufs Stroh fallen. Das Gitter musste die Zukunft aussperren. „Kind ..." Sie wollte rufen, aber es kam nur ein heiseres Flüstern heraus.

„Soweit ich weiß, hat er ein Gästezimmer." Heilika setzte sich neben sie, legte ihr einen Arm um die Schultern. „Die Soldaten kannten eure Namen."

Nives schlug sich die Hand vor den Mund, musste sich zwingen, nicht zuzubeißen. Bei den Ahnen. „Sie würden ihn nicht einfach so töten, oder? Nicht nach all der Zeit."

„Dafür würde die Königin ihn kaum so gut unterbringen." Heilika rieb sich die Nasenwurzel. „Sie haben erst Cir niedergeschlagen und dann mich. Ich hätte ahnen müssen, dass ein Wächternetz nicht ausreicht."

Genauso gut könnte Nives sich Vorwürfe machen, weil sie nicht auf Heilikas schlechtes Gefühl gehört hatte. „Es ist nicht deine Schuld. Entweder ... entweder hat Audax uns verraten oder sie haben auf einem anderen Weg von uns erfahren."

Heilika hob die Brauen. „Mag sein, dass ich mich verhört habe, aber einer unserer Gastgeber meinte, dass sie schon einmal mit Cir zu tun hatten?"

Bei den Ahnen, wie hatte Nives das nur vergessen können? Sie knabberte an ihrer Unterlippe.

Heilika sah sie erwartungsvoll an.

Nives schüttelte den Kopf. „Ich erkläre es später. Was ist, wenn sie uns auch trennen?" Sie hatte jetzt schon Schwierigkeiten, geradeaus zu denken. Wie sollte Nives noch einen klaren Gedanken fassen, geschweige denn irgendetwas unternehmen, das ihre Gefangenschaft beendete, wenn Noctuola ihr auch

Heilika nahm? Und überhaupt. „Kannst du nicht das Gitter verbiegen?"

„Nein. Was auch immer irgendwer angestellt hat, damit es leuchtet", Heilika zuckte mit der Nase, „es macht es so gut wie unbeeinflussbar für mich. Und wenn ich die Felsen sprenge, bricht die Decke ein."

„Also sitzen wir vorerst fest." Nives verschränkte die Arme.

„Leider. Aber ... weißt du, du hast Recht. Die Soldaten glauben, dass ich ein Junge bin. Und dass du mich bezaubert hast. Falls wir an einen ordentlichen Magus geraten, hat zumindest letzteres keinen Bestand."

Nives griff nach Heilikas Hand. Die Cavaliera hatte ungewohnt kalte Finger. „Und dann nehmen sie dich mir weg."

„Oder andersrum."

Vermutlich sollte Nives es tröstlich finden, dass Heilika sie ebenfalls vermissen würde. Aber es musste einen anderen Weg geben, etwas, das – „Blutglas", sagte sie.

Einen Moment lang hielt Heilika den Atem an.

„Du kannst das doch?" Nives lehnte sich vor, sah ihr tief in die Augen. Bitte. „Kein Alb würde auf die Idee kommen, nach diesem Zauber zu suchen, oder wissen, was es damit auf sich hat."

Immer noch Schweigen und ein vorgeschobenes Kinn.

„Wenn sie uns trennen, können wir trotzdem unsere Flucht planen und müssen uns nicht erst suchen."

Bitte."

Heilika seufzte. „Wenn das einer von meinen Oberen herausfindet, verbringe ich den Rest meines Lebens in einem anderen Kerker."

„Dann erzähl es ihnen nicht." Nives drückte Heilikas Hand. „Ich schwöre, dass ich es für mich behalten werde."

Kurz schloss Heilika die Augen. „Also gut. Versuchen wir es."

Das klang nicht sehr vertrauenerweckend. „Du weißt nicht, wie es geht?"

„Ich habe darüber gelesen." Heilika starrte einen Moment die Wand an, zerrte schließlich zwei Anhänger unter ihrem Hemd hervor. Einen kleinen, glänzenden Stein und eine größere Scheibe aus weißem und blauem Glas wie ein Auge. Den Stein stopfte sie wieder in ihren Ausschnitt.

„Wozu ist der Stein gut?"

„Später." Heilika grinste. „Sehen wir mal." Sie stand auf. Jagdmesser, Besteck und Beil waren von ihrem Gürtel verschwunden, aber sie fischte eine Klinge aus ihrem rechten Stiefel. „Ihr habt hier nicht oft Schwierigkeiten mit Räubern und Meuchelmördern, oder?"

Obwohl seit Solanus' Anschlag auf die königliche Familie gewiss alles anders war, schüttelte Nives den Kopf.

„Hoffen wir, dass keiner merkt, was sie alles vergessen haben."

Nives lehnte sich an die Wand, während Heilika ihre Vorbereitungen traf. Erst verbrannte sie etwas von dem Stroh und malte mit der Asche einen Kreis mit einem Fünfstern darin auf den Boden. Legte das Messer und das Glasamulett hinein, nachdem sie es von seiner Lederschnur befreit hatte.

„Komm", sagte sie.

Nives stakste zu Heilikas Kreis. Ihrem Titel entsprechend stand Heilika auf und half ihr, sich bequem zu setzen.

„Kannst du das Zeichen für Feuer?"

Die Bauern in Pascanova verwendeten es in Amuletten gegen Blitzschlag an ihren Scheunentoren. „Ja."

„Gut." Heilika verteilte etwas von dem Ruß auf Nives' rechtem Zeigefinger. „Zwei Teile geben ein Ganzes. Du bist Eis." Ein geschwärzter Finger berührte Nives' Stirn und malte etwas darauf. „Ich bin Feuer."

Nives fasste das als ihr Stichwort auf und malte das Zeichen für Feuer auf Heilikas Stirn.

Jetzt nahm die Cavaliera das Messer aus dem Kreis. „Blutglas. Solange unser Blut darin verbunden ist, wirst du mich finden können, so wie ich dich finden kann. Ich werde wissen, was du fühlst, so wie ich dich fühlen können werde. Wenn unser Wille und das Blut stark genug sind, werden wir von Gedanken zu Gedanken sprechen können. Bist du sicher, dass du das willst?"

Weil ihr die Stimme versagte, nickte Nives.

„Es ist dein Wunsch, es ist mein Wunsch. Die Götter mögen ihre segnende Hand über unsere Verbindung halten."

Und die Ahnen genauso.

Heilika griff nach Nives' linker Hand und ritzte ihren kleinen Finger an. Die Klinge war so scharf, dass Nives den Schnitt erst spürte, als Heilika die Hand zu dem Glasamulett führte und das Blut daran schmierte. Dann nahm sie von ihrem eigenen linken kleinen Finger Blut und strich es dazu.

Nives saugte an der Wunde, während das Glas zu blubbern begann, als befände es sich in einem Schmelzofen.

Um Heilika flirrte die Luft wie an einem warmen Tag über einer gepflasterten Straße. Ein bitterer Geschmack breitete sich in Nives' Mund aus; ihre Nackenhaare stellten sich auf. Unter ihrer Haut krabbelte der Menschenzauber wie Milben, sie musste an sich halten, sich nicht zu kratzen.

Irgendwann beruhigte sich alles wieder, und es lagen zwei Anhänger im Kreis, aus blauem und rosa Glas.

Mit spitzen Fingern griff Heilika danach und überreichte Nives einen. „Du musst ihn auf der nackten Haut tragen."

Vielleicht zu eilfertig stopfte Nives sich das kleine Ding in den Ausschnitt. Das Glas war ungewöhnlich warm und zittrig auf ihrer Haut, als hielte sie eine junge Maus verborgen statt eines Amuletts.

Heilika lächelte schräg, und Nives fühlte die grimmige Erheiterung dazu.

Ihr eigenes Exemplar fädelte die Cavaliera auf die Lederschnur. Offenbar hatte keiner der Soldaten ihrem Schmuck besondere Bedeutung beigemessen.

Nives blinzelte, das hatte nicht sie gedacht. *Heilika?*

Eine Welle warmer Zuneigung schwappte über sie, als Heilika den Kopf schräglegte. *Ich höre dich.*

Ich höre dich ebenfalls. Auch wenn „hören" dafür eine Untertreibung war.

Obwohl Nives sich um Cir sorgte, obwohl sie hier unten festsaßen, war ihr nach Singen und Tanzen zumute. Diese Verbindung zu einem anderen Wesen, das bestimmte Wissen, dass man nicht alleine war, das war das Schönste und gleichzeitig Ehrfurchtgebietendste, was ihr je passiert war.

Sie sah und fühlte Heilikas Lächeln zur Antwort.

Heilika? Was ist der andere Anhänger?

Heilika fasste sich an die Brust, da, wo die Amulette unter ihrem Hemd versteckt waren. *Etwas gegen das monatliche Übel.*

Nives nickte. Menschenfrauen bekamen einmal im Mond ihre Blutung. Selbstverständlich verzichtete jemand, der so viel reiste und reiten musste wie eine Cavaliera des Sonnenordens, lieber darauf.

Oh, wenn Nives auch so etwas brauchen würde, sie stünde auf ewig in der Schuld derjenigen, die sie von ihrem Fluch befreiten.

Verwirrt über die plötzliche Wehmut runzelte Heilika die Stirn.

Bei uns ist es seltener, erklärte Nives. *Zwei, dreimal im Jahr, je nachdem.* Sie selbst war immer unregelmäßig gewesen, und viel zu früh hatte es ganz aufgehört. Damit war jede Hoffnung auf ein Kind zunichte.

Wenn auch Heilika weder den Schmerz noch seine Ursache kannte, spürte Nives doch das Mitgefühl.

Darf ich fragen? Ein kleiner Puls Unsicherheit, ob man sie in ihrer Trauer stören durfte. *Woher wussten sie, dass wir kommen würden?*

Dankbar über die Ablenkung berichtete Nives, was geschehen war.

Mit jedem Satz wurde Heilikas Laune düsterer. Als Nives endete, waren ihre Lippen schmal wie ein Strich. „Wieso hast du mir das nicht gleich erzählt?"

Nives zog den Kopf zwischen ihre Schultern. „Wir konnten das Tor zweimal durchschreiten, ohne dass uns jemand aufgehalten hätte. Ich dachte ..." *Cir konnte fliehen, obwohl er jung und nicht bewaffnet war. Wolltest du so etwas vor deinem König zugeben?*

Heilika kräuselte die Nase. *Ich habe schon viel größere Fehler gestanden und lebe noch. Kein Herrscher kommt weit, wenn er seine Leute für Kleinigkeiten zu sehr bestraft.*

Ehe Nives fragen konnte, was diese Fehler waren, schüttelte Heilika den Kopf. Es hatte wohl etwas mit Tankred und dessen Geliebten zu tun.

Eine lange Geschichte. Heilika hob einen Mundwinkel. *Ich mag gerade nicht darüber nachdenken.*

Nives zwang sich zu einem Lächeln. Das Gefühl, über manche Dinge nicht nachdenken zu wollen, kannte sie nur zu gut.

xxx

Cir erwachte in einem weichen Bett und wollte für einen Augenblick glauben, dass dies Pergulu war, und alles, seit sie von Maga Vigilea zurückgekehrt waren, ein böser Traum. Aber sein Kopf dröhnte noch von dem Schlag, den ihm jemand verpasst hatte.

Die Möbel hier bestanden aus braunrotem, poliertem Holz, nicht aus der hellen Kiefer, mit der Audax seine Gästezimmer eingerichtet hatte. Die Wände waren geweißelt, die Tür safranfarben statt rostrot.

Der Raum leuchtete warm wie der Tempel in Pascanova bei Sonnenuntergang. Cir blinzelte das Fenster an, breit wie sein Arm lang war, mit einem zarten, fast durchsichtigen, orangefarbenen Stoff davor. Das Gewebe bewegte sich, als wehte ein Wind draußen, ließ aber keinen kühlen Luftzug herein. Weit entfernt leuchteten die Schneefelder auf Thurs- und Wetterhorn unter einem blauen Himmel. Offenbar war es, trotz des rötlichen Lichtes hier drin, Morgen.

Wieso wurde ein Gefangener so luxuriös untergebracht? Es war unheimlicher als ein dunkler, stinkender Kerker. Unbehagen prickelte in Cirs Nacken. Oder vielleicht lag es an Heilikas Raben, der auf einer Stuhllehne hockte und ihn erwartungsvoll ansah.

Als hätte er eine Lösung für diese Schwierigkeiten.

"Salve."

Der Rabe krächzte.

„Weißt du, ob Nonna und die Cavaliera in Ordnung sind?"

Ein Blinzeln, also anscheinend schon.

Andere Fragen würde der Rabe nicht beantworten können. Cir betastete die Beule an seinem Hinterkopf. Wer auch immer ihm den Schlag verpasst hatte, es war keine Hirnerschütterung, also gut gezielt.

Wieder krächzte der Rabe, diesmal klang es hämisch.

„Ich steh ja schon auf."

Cir trug seine Unterhosen und sonst nichts. Seine – Audax' – Kleider waren verschwunden, sein Gepäck ebenfalls.

Die Tür nach draußen ließ sich erwartungsgemäß nicht öffnen, dafür gab es einen Waschraum mit fließendem Wasser und einer Wanne.

Wenigstens etwas.

Auf einem Hocker am Fußende des Bettes hatte jemand Kleider deponiert. Frische Unterwäsche, ein Hemd, blütenweiß und glatt, eine von diesen grauenvoll engen Hosen, dazu ein glänzendes, hellblaues Oberteil. Die angebotenen Ärmel übersah Cir geflissentlich. Alles wisperte unter seinen rauen Bauernfingern, so fein, so teuer waren die Stoffe.

Bestechung oder Machtspiel? Jedenfalls würde er seinen Kerkermeistern nicht halb nackt entgegentreten.

Als er nach den Kleidern griff, um sie ins Badezimmer mitzunehmen, flatterte der Rabe auf ihn zu und veranstaltete ein Getöse, als stehle Cir ihm Nistmaterial.

„Lass das, du Mistvieh."

Nach einigen Verwünschungen mehr sah der Rabe endlich ein, dass Cir es ernst meinte, und verzog sich auf die Stuhllehne, um zu schmollen.

Auch nachdem Cir seinen Durst gestillt, sich gewaschen und angezogen hatte, war das Vieh noch beleidigt, deswegen machte er aus lauter Langeweile das Bett.

xxx

Heilika hatte alle Spuren ihrer Zauberei mit mehr Feuer beseitigt, jetzt saß sie mit Nives auf dem verbliebenen Rest alten Strohs. Nives hatte den Kopf auf ihre Schulter gelegt und war eingeschlafen, wohl aus reiner Verzweiflung. Sie hatte nicht den Luxus, sich ihren Weg freikämpfen zu können, sobald das Gitter geöffnet war.

Trotzdem würde Heilika nicht von der Möglichkeit Gebrauch machen, mit ihren zwei verbliebenen Messern und Magie zu wüten. Immerhin waren sie jetzt im Palast und der Lösung aller Rätsel sehr viel näher. Zudem hatten Nives und Cir mit ihrer schlechten Meinung von Noctuola wohl kaum übertrieben.

Jetzt musste Heilika nur noch herausfinden, warum sie sich zu einem Zauber hatte anstiften lassen, dessen Verbot so alt war, dass es vor jene Könige datierte, denen sie ihren Eid geschworen hatte. Der ganze Ärger um Tankred und Alea hatte auch mit Blutglas angefangen. Im Grunde wusste Heilika, dass auch dies hier mit einem gebrochenen Herzen enden würde, denn sie konnte nicht in den verschwiegenen Tälern bleiben. Und selbst, wenn Nives ihr nach Friedlant folgte, hing alles Weitere von der Meinung zu vieler Vorgesetzter ab. War es Stärke oder Dummheit, es trotzdem zu versuchen?

Ein Geräusch in der Ferne, irgendwo quietschte ein Scharnier, dann Schritte.

Heilika weckte Nives mit einem vorsichtigen Ellenbogen in der Seite, und sie standen auf, nur um sich an die hintere Wand ihrer Zelle zu lehnen.

Es ist nicht gut, zu aufgeregt zu erscheinen.

Nives lächelte nur; Heilika spürte ihren Wunsch, tapfer zu sein.

Das Glühen der Gitterstäbe verblasste, gab die Sicht auf die andere Seite frei, wo einige Leuchtkugeln einen ebenso kargen Raum erhellten. Ein halbes Dutzend Alben erschien. Allen voran stolzierte eine Frau, die wie Mitte zwanzig aussah und ein tief ausgeschnittenes rotes Kleid trug, das wohl ihren wogenden Busen zur Geltung bringen sollte. Dunkle Locken türmten sich unter einem Haarnetz. Sie hatte helle Haut und große, gelbe Augen.

Deswegen Noctuola, sagte Nives.

Eule. Ja, das passte. Vor Heilikas innerem Auge schimmerte Noctuola ähnlich wie Nives, doch ihre

Sternenlichtaura schien getrübt. Zudem spannte sich um ihren Körper ein silbriges Netz wie um die Soldaten heute Nacht. Ein Schutzzauber? Er hing an irgendetwas an ihrem linken Handgelenk.

Daneben ein blonder Mann in einer schwarzen Robe, die mit Goldfäden bestickt war.

Der Magus Lucian Orco. Er hat schon Cirs Vater gedient. Nives' Verachtung sammelte sich in ihrem Mund wie ein Klumpen Speichel, den sie ihm auf die polierten Stiefel spucken wollte.

Bemerkenswerter als Lucians offensichtliche Treulosigkeit war seine Aura. Sie funkelte wie Spiegelscherben bei gleißendem Sonnenlicht, fast hell genug, um ein Feuer zu entzünden. Und trotzdem ...

Siehst du das?, fragte Heilika. *Diesen ... Nebel?* Sie kniff die Augen zusammen, zeigte Nives den Schleier, der Lucian und auch Noctuola umgab. Oder besser die Tusche, denn es sah aus, als hätte man einen Tropfen Tusche in Wasser gegeben, gewartet, bis sie sich etwas verteilte, und dann angehalten. Ein vielarmiges Ungeheuer.

Nein. So etwas ist mir noch nie begegnet. Nives schien sich innerlich zur Ordnung zu rufen und widmete sich den anderen Anwesenden. *Der Hauptmann muss zum Haus Eguane gehören, mit diesen lavendelfarbenen Augen.*

Und noch drei Wächter, alle in Schwarz. Sie waren weniger begabt als Nives, aber wie ihre Kameraden und Noctuola von einem silbrigen Netz umspannt.

Eine Weile wurden Heilika und Nives angestarrt wie seltene Tiere.

„Nives", sagte Noctuola schließlich. Sie hatte eine tiefe, rauchige Stimme. „Und dein ... Cavaliere."

Heilika fand sich von Blicken durchbohrt, als wollte die Königin ihre Gedanken lesen. Und woher kannte sie den korrekten Titel?

„Mit dir stimmt etwas nicht. Magus?"

Lucian Orco rieb sich das Kinn und sah nachdenklich drein. „Der Mensch unterliegt keinem Zauber."

„Wie überaus interessant." Noctuola trat näher an das Gitter heran. „Womit hat sie dich geködert, Cavaliere? Wohl kaum mit ihrem Körper. Dein Eid umgibt dich wie Schwefeldampf." Sie zuckte mit der Nase.

Also gut. Dafür, dass Noctuola eher schwach begabt war, wusste sie Heilikas Aura gut zu lesen.

Der Magus Lucian nickte dazu. Als säßen beide nicht inmitten eines giftigen, selbst verursachten Zaubers wie eine Spinne im Netz.

„Außerdem wäre sie sowieso nicht in der Lage, irgendeinem Mann Vergnügen zu bereiten."

Hitze brannte in Heilikas Magen von Nives' hilflosem Zorn, sie musste an sich halten, deswegen nichts zu unternehmen.

Lass sie reden. Sie lauert nur darauf, dass wir Fehler machen.

Nives schluckte geräuschvoll, ihr Blick streifte Heilikas Seite wie Hände, die nach einem Halt suchten.

„Und trotzdem bist du heillos verliebt, Eisfrau. Eine, die nicht kann, sucht sich einen aus, der den Frauen abgeschworen hat."

Ein Zucken von Nives, als hätte Noctuola sie geohrfeigt. *Sie müssen Vulpin ausgefragt haben, nachdem ich geflohen bin.*

Das Ausatmen nicht vergessen, die Wut für einen späteren Zeitpunkt aufheben. Sie waren keine Mäuse, die sich vor einer Eule wegduckten, sondern Wölfe, die klug und gemeinsam jagten. Heilika versuchte, Nives etwas von ihrer hart erarbeiteten Ruhe abzugeben.

„Wirklich. Als hätten euch die Ahnen zusammengeführt." Noctuola lächelte. „Liegt es an dem Eid, dass er nicht stinkt wie andere Menschen?" Die Königin heftete ihren durchdringenden Blick auf Nives. „Es ist trotzdem widerwärtig, dass du dir so ein Ungeziefer ausgesucht hast."

Nicken von den Wächtern im Hintergrund.

Deswegen also hatte Nives Alben in Aleas Verwandtschaft eindeutig ausgeschlossen.

„Du weißt genau, dass auf, ah, intime Verbindungen mit Menschen eine Strafe steht. Und genauso eine darauf, dass du einen Menschen hierher eingeladen hast, ohne vorher meine Erlaubnis einzuholen."

Nives hielt die Luft an. *Exil oder Todesstrafe.*

Aber nicht gleich, sonst hätte Noctuola ihnen keinen so selbstgefälligen Vortrag gehalten. Heilika langte aus, um Nives' Hand zu drücken.

„Wie süß. Nun. Kinderfrau, du hast Glück, dass ich dich noch brauche. Aber einen Verehrer hast du nicht verdient." Noctuola starrte Heilika an. „Komm näher, Mensch."

Heilika wollte sich weigern, doch ein violetter Schein umhüllte Noctuola, und ein Band daraus wand sich durch das Gitter zu ihr hin. Einen Augenblick später folgte das Gefühl, als taste ihr jemand von innen an der Haut entlang. Ein bisschen wie Cirs Versuch mit dem Albenzauber, nur viel umfangreicher.

Das Band windet sich um dein Herz, wenn du es lässt, half Nives ihrer Erinnerung nach.

Wenn sie nicht gehorchte, wäre ihr einziger Vorteil zunichte. Heilika machte einen zögernden Schritt nach vorn, dann noch einen. Was tun?

Kannst du es nicht woanders befestigen?, fragte Nives.

Versuchen wir es. Heilikas Talent für Kampfzauberei und der Eid mussten den Magus blenden, wenn Noctuolas Vorwurf von gelben Dämpfen nicht nur so dahergesagt war. Sie würden wahrscheinlich nicht sehen können, wo die Fessel genau endete. Heilika griff danach, kettete sie an das Amulett gegen Frauenleiden und ging die restlichen Schritte bis zum Gitter.

Das Gefühl, berührt zu werden, ließ nach.

Noctuola war winzig, ging Heilika gerade bis zur Schulter, wo Nives ihr bis zum Kinn reichte.

„So ein hübscher junger Kerl", gurrte Noctuola. „Sogar die Burschen hier würden dir dein Aussehen neiden." Ein Griff nach Heilikas Kinn, als wäre sie ein Pferd, das von einem Käufer begutachtet wurde. Die Königin runzelte die Stirn, ihr Daumen strich über Heilikas Wange.

Mit ihrer anderen Hand befühlte Noctuola Heilikas Haar, strich an ihrem Hals entlang, immer noch mit nachdenklichem Blick. Die Berührung wanderte über die Schulter nach unten und hielt schließlich an entscheidender Stelle.

Heilika wollte sich waschen.

Noctuola lachte wie ein kleines Mädchen, dem man eine neue Puppe geschenkt hatte, aber sie ließ Heilikas Kinn nicht los.

„Eine Menschin!" Mehr Kichern. „Der Cavaliere ist eine Frau! Kein Wunder, dass Nives ihre Männer enttäuschen musste, hm? Sie ist invers. Das und eine widernatürliche Neigung gleichzeitig ist mir noch nie untergekommen. Lucian, wir müssen Nives einem Heiler vorführen, sobald sich die Lage beruhigt hat."

Der Magus murmelte eine Zustimmung.

„Und du, *Cavalieressa*, wie heißt du?"

Heilika zwang sich, nicht die Zähne zu zeigen. Doch etwas musste Noctuola, immer noch mit der Hand an ihrem Kinn, wahrgenommen haben, denn sie verzog die Nase, bevor sie endlich losließ.

„Hilka, edle Königin." Ein alter Spitzname.

„Es heißt Majestät. Du bist aus dem Norden, eh?"

„Ja, Majestät."

„Und höflich. Der Sonnenorden erzieht euch gut."

„Danke, Majestät."

Noctuola sah Heilika weiterhin durchdringend an.

Hinten räusperte sich der Wächter mit den violetten Augen. „Sollen wir sie zu den Baracken bringen, Majestät?"

„Nein ... die hier hat Temperament."

Der Hauptmann warf einen Blick zu Magus Lucian, der die Stirn runzelte, aber dann nickte.

„Und es wäre doch zu schade, wenn ich Nives nicht regelmäßig über ihre Fortschritte berichten könnte", fuhr Noctuola fort. „Man sollte meinen, die friedländischen Zauberer seien daran gewöhnt, zu kriechen wie die *servi*, die sie sind, aber das Gegenteil scheint der Fall. Du warst gewiss sehr stolz darauf, die treue Hündin deines Königs zu sein."

Was jetzt? „Lieber diene ich dir, Majestät."

Nebenbei spürte Heilika Nives' Empörung. *Es braucht mehr als ein paar Beleidigungen, um mich zum Kriechen zu bringen.*

Die Ahnen mögen dich beschützen, sagte Nives.

Und die Götter dich.

„Gehen wir, mein Hündchen", sagte Noctuola. „Es wird mir ein Vergnügen sein, dich zu erziehen. Und bringt der Inversen einen Eimer und etwas zu essen."

Magus Lucian griff nach dem Gitter, eine Tür darin schwang auf, und Noctuola winkte Heilika hinaus.

Nives kauerte wie ein Häufchen Elend in Heilikas Hinterkopf, während sie der Königin durch die schrägen Gänge von Altanida nach unten und außen folgte.

Anscheinend ging es Richtung der königlichen Gemächer.

Dieser Durchgang führt zu einer Terrasse und zum Rosengarten, wisperte Nives.

Ein Fluchtweg.

Dankeschön.

Vorbei an zwei gelben Türen – *Cirs und Leons alte Zimmer* – und durch eine dunkelrot lackierte Tür in einen üppig ausgestatteten Raum. Vorhänge aus durchscheinender rosa Seide spannten sich vor den Fenstern, alle Stoffbezüge waren rot wie frisches Blut, ein Spiegel mit einem vergoldeten Rahmen hing an der geweißten Wand.

Ferox Salvan und Spinosa hatten besseren Geschmack, meinte Nives.

Anscheinend hatte es Wandbehänge gegeben, und die Einrichtung war bunt zusammengewürfelt gewesen. Wohlhabende Alben besaßen offenbar einen anderen Geschmack als reiche Menschen, denn eine Einrichtung Ton in Ton galt in Friedlant als Höchstmaß der Eleganz – wenn man von der Farbwahl absah.

Rot wie das Fleisch, bemerkte Heilika. *Bei uns gehen nur die Dirnen in Rosa.*

Wie passend.

Offenbar hatte die Königin schon in ihrer Jugendzeit einen Ruf gehabt. Dass Nives sich daran erinnerte

– Heilika musste dringend fragen, wie langsam Alben eigentlich alterten.

Noctuola öffnete eine Tür zu einem kleinen Raum ohne Fenster und bedeutete Heilika hinein. Drinnen drängten sich ein schmales Bett, ein Abort und ein kleines Becken mit fließendem Wasser. Irgendwann vor langer Zeit eingerichtet, um einen Kammerdiener aufzunehmen? Warum war das Bett bezogen?

„Warte hier."

Die Tür schloss sich mit einem unheilvollen Klicken, und Heilika blieb in Dunkelheit zurück.

Wenigstens gibt es was zu trinken. Sie machte sich Licht.

Alle unsere Waschräume haben fließendes Wasser.

Ah. Heilika nickte, beeindruckt. *Irgendwann muss ich herausfinden, wie ihr das hinbekommt.*

Ihr habt das nicht? In Pascanova hatte es kein fließendes Wasser gegeben, denn es war ein Bauerndorf. *Aber in den Städten, in einem so reichen Land wie Friedlant?*

Nein. Nein, wir haben so etwas nicht. Abwasserleitungen schon, in den meisten Städten. Auch Brunnen mit längeren Zuleitungen waren bekannt. *Noch hat keiner herausgefunden, wie man Wasser zuverlässig und vor allem sauber in jeden einzelnen Haushalt bringt.* Es wäre ein Gespinst aus feinen Rohren, Verteilstellen, Pumpen nötig – wahrscheinlich war Alea der einzige ihrer Bekannten, der bei dieser Vorstellung kein Kopfweh bekam.

Wir zapfen es von weiter oben ab, sagte Nives. *Auf jedem Berg gibt es ein oder zwei Quellen.*

Hmm. Auf einmal holte die Müdigkeit Heilika ein, drückte ihr die Augen zu. Auch Nives gähnte aus Mitgefühl. Eine durchwachte Nacht auf der Schulter eines Kriegers, die Zauberei diesen Morgen und kein Frühstück. Heilika war völlig erschöpft.

Schlaf, sagte Nives.

Wenn es so einfach wäre. Zuerst zog Heilika die Stiefel aus, versteckte eins der Messer in der Matratze hinter einem winzigen Schnitt an der Wandseite, und stellte sicher, dass das zweite in ihrem Stiefel gut aufgehoben war. Die Türklinke bekam ein kleines Wächtersiegel. Jetzt legte sie sich auf das gemachte Bett und schloss die Augen. Das Kissen roch ein wenig nach jemand anderem – offensichtlich war Heilika nicht der erste Mensch, den Noctuola sich als Spielzeug gekrallt hatte. Besser nicht darüber nachdenken, was mit der anderen Person geschehen war.

In ihrem Kopf begann Nives zu singen. „Sag mir, wo ist mein Liebster ..."

Es schien ein anderes Lied, jetzt, wo Nives die Lösung des Rätsels kannte. Obwohl Heilika kein Liebster war und über die Strafe für diesen Zauber nicht nachdenken wollte, lächelte sie.

xxx

Cir hatte irgendwann angefangen, mit den Fingernägeln seine Initialen in das teuer aussehende Holz des Schreibtischs zu ritzen. Der Rabe schmollte immer noch.

Als Cir gerade das S verzieren wollte, schüttelte der Vogel sich, legte den Kopf schräg, als lauschte er nach etwas. Dann erhob er sich, kämpfte sich durch den Vorhang und flog davon.

Kurz darauf klickte das Schloss in der Tür nach draußen, und zwei Leute kamen herein.

Zuerst eine junge Frau in einem weinroten Kleid, deren Brüste – sehr große Brüste, sie waren sicher jede mehr als zwei Handvoll – fast aus ihrem Mieder quollen. Der dunkle Stoff ließ ihre helle Haut glühen und setzte Flammen in ihre gelben Augen. Heiß. Aber Cir starrte, und das war unhöflich.

Er erhob sich und versuchte, sich nicht in dem Schatten zwischen diesen Brüsten zu verlieren. Stattdessen konzentrierte er sich auf ihre Ohren. Die Spitzen sahen aus ihren braunen Locken hervor und waren jede mehrfach durchstochen. Kleine rote und gelbe Steine funkelten.

Der Frau folgte ein einfach gekleideter Mann mit einem Tablett.

Cir wich dessen kühlem Blick aus und machte Platz, damit er das Tablett auf dem Tisch abstellen konnte. Eine Augenbraue zuckte tadelnd, aber der Diener sagte nichts zu den Schnitzkünsten, sondern verneigte sich nur und ging wieder.

Gehörte es sich, eine Frau allein mit einem Mann zu lassen, wenn sie nicht verheiratet oder verwandt waren?

Die Frau musterte ihn eine Weile lang schweigend. „Cirrus Salvan", hauchte sie schließlich. „Ich hätte nie gedacht, dass wir uns einmal begegnen."

Er deutete eine Verbeugung an. „Mit wem habe ich das Vergnügen?"

„Mein Name ist Noctuola."

Er hätte es ahnen sollen. Trotzdem fühlte er sich, als hätte sie ihm mit einem Brett eins übergezogen. Wieso hatte Nives ihn nie gewarnt, dass die Königin so umwerfend gut aussah?

„Setz dich, Edler Cirrus. Da wir beide aus alten Familien stammen, gibt es keinen Grund, vor mir zu buckeln wie ein Sklave."

Dankbar ließ Cir sich auf den Stuhl sinken. Noctuola nahm die Bettkante. Das Bett war nicht besonders hoch, was die Aussicht noch besser machte, als wenn sie stehen geblieben wären.

Verlegenheit brannte seinen Hals hinauf; er konnte nur hoffen, dass sie es nicht bemerkte.

Noctuola lächelte. „Du wirst mir die unhöfliche Behandlung heute Nacht hoffentlich verzeihen. Aber der Bann verrät uns immer, wenn ein Mensch die verschwiegenen Täler betritt."

Cir nickte. Vor den Kopf schlagen konnte er sich später. Offenbar hatte der Bann weit mehr Eigenschaften, als sogar Nives ahnte.

„Unglücklicherweise benötigt man eine königliche Erlaubnis, um Menschen hierher zu bringen." Noctuola drehte eine Haarspitze auf, die ihrer Hochsteckfrisur entkommen war. „Nach dem frühen Tod meines Vaters gab es sonst keinen Erben, also blieb mir nichts übrig, als den Thron zu besteigen. Somit hätte einzig und allein ich Hilka Einlass gewähren dürfen."

Hilka? Heilika musste Noctuola einen falschen Namen angegeben haben. Cir nickte wieder und nahm sich vor, aufzupassen. „Es war meine Idee."

„War es das?" Noch ein Lächeln von Noctuola. „Du bist nicht volljährig. Insofern bleibt leider jeder Vorwurf an Nives hängen."

Was? Aber ... „Bitte, es war meine Idee."

„Hmm. Ich werde sehen, was ich tun kann. Dummerweise ist da noch ein Vorwurf – die Entführung Schutzbefohlener. Gegenwärtig muss ich Nives leider in einer Zelle lassen, bis das Gericht tagt und euch beide anhören kann."

Wie unheilvoll das klang, zumal er dieser Schutzbefohlene war, aber sein Wort kaum zählen würde. Cir faltete die Hände und hielt sie still, um nicht wie eine besorgte Bäuerin zu wirken. „Und wann ist das?"

„Beim nächsten Vollmond. Das ist noch eine Weile hin."

Bis dahin allerdings konnte viel schiefgehen. „Wieso wirft man ihr eine Entführung vor?"

Noctuola schob die Strähne hinter ihr rechtes Ohr. Einer der roten Steine schien auf. Cir wollte daran saugen und hören, welche Geräusche ihr das entlockte.

„Nun. Nives hat dich damals ohne Erlaubnis mit nach draußen genommen."

„Aber", Cir schüttelte den Kopf, „wenn sie es nicht getan hätte, dann wäre ich jetzt tot."

„Ja, natürlich." Noctuola schnippte nach einem unsichtbaren Staub auf der Bettdecke, als sei ihr diese ganze Sache äußerst peinlich. „Bitte, Edler Cirrus, du musst mir glauben, dass ich von den Plänen meines Vaters nichts wusste." Sie sah ihn an, aus diesen großen, gelben Augen. „Ich war damals erst zwanzig, mein Vater und König Ferox verhandelten über eine Hochzeit zwischen mir und deinem Bruder." Sie seufzte. „Mögen die Ahnen sie gut aufgenommen haben."

Obwohl es menschlicher Aberglaube war, stellte Cir sich immer lieber vor, wie seine Familie im Garten der Seligen wandelte. Trotzdem murmelte er die Formel nach.

Als ahnte sie die Zweifel, hob Noctuola die Brauen. „Ich weiß nicht, was genau vorgefallen ist, aber König Ferox hat die Hochzeit abgesagt, und mein Vater ... er war immer sehr schnell beleidigt." Sie strahlte ihn an. „Doch jetzt haben wir unseren rechtmäßigen Thronerben zurück."

Würde sie bemerken, wenn er sein Gewicht verlagerte? Auch wenn es eine unverfängliche Bemerkung gewesen war, stellte das Lächeln dazu seltsame Dinge mit ihm an. Noch nie hatte er jemanden so verzweifelt anfassen wollen wie sie.

„Es sind noch drei Jahre, bis du volljährig wirst, nicht wahr?"

Um sein rotes Gesicht zu verbergen, senkte Cir den Kopf, scharrte mit seinem Fuß über den Teppich. „Zwei Jahre und vier Monate."

Noctuola blinzelte katzenhaft und sah ihn durch einen Vorhang aus langen, schwarzen Wimpern an. „Umso besser. Am Gerichtstag können wir mit dem Rat besprechen, wie wir das alles handhaben wollen." Wieder ging ihr Blick zur Wand. „Dennoch, ich freue mich nicht darauf. Der Rat ist äußerst zerstritten." Sie hob die Mundwinkel. „Vermutlich will ein Drittel dich als König, ein Drittel mich als Königin, und das andere Drittel will jeder selbst König sein." Sie stand auf, ihr Kleid raschelte.

Cir kam auf die Füße.

„Zu deinem eigenen Schutz ist es besser, wenn du vorerst hier in diesen Gemächern bleibst."

Um seine Stimme zu finden, musste Cir erst einmal schlucken. „Natürlich."

Noctuola knickste.

Bloß nicht den Schatten zwischen ihren Brüsten anstarren.

„Falls es dir an irgendetwas fehlt, lass mich rufen, Edler Cirrus."

Er verneigte sich. „Vielen Dank, Edle Noctuola."

„Immer." Damit ging sie und ließ nur eine Wolke Rosenduft zurück.

Wieso war sie nicht geblieben? Cir starrte die Tür an. Bilder schoben sich vor sein inneres Auge, was sie alles mit dieser Zeit hätten anstellen können, bis der Rabe auf der Fensterbank landete und krächzte.

Mit einem Kopfschütteln riss Cir sich aus seinem reichlich unanständigen Tagtraum und schob den Vorhang beiseite. Der Rabe hüpfte auf den Tisch und klaute eine Mandel von dem Tablett.

Cirs Magen knurrte, aber das erschien ihm nicht so wichtig. Noctuola hatte mit ihm geredet, als sei er erwachsen und verständig, außerdem erkannte sie sein Recht auf den Thron an.

Wenn er nur mehr über die einzelnen Parteien im Rat wüsste und welche Ziele sie verfolgten. Offenbar wollte tatsächlich jemand eine Gannes auf dem Thron. Aber die Meinungsverschiedenheit ließe sich einfach beheben, indem Cir Noctuola heiratete.

Er würde herausfinden müssen, warum sie ihm das nicht vorgeschlagen hatte.

7

Das Wächtersiegel heulte, etwas krachte.

Heilika fuhr hoch und blinzelte in gleißendes Licht. Ihr Herz klopfte, ihr Magen war flau, und Nives hatte sich ebenfalls erschreckt, was das Zittern noch verstärkte.

Jemand hatte die Tür mit solcher Wucht geöffnet, dass sie gegen die Wand geschlagen war.

„Habe ich dir erlaubt zu schlafen?", schnarrte die Königin.

Heilika stand auf und verneigte sich. „Bitte verzeih mir, Majestät."

„Vielleicht." Das Licht nahm ab und enthüllte Noctuola, die eine kleine Leuchtkugel trug. „Komm heraus, *serva*."

Also folgte Heilika Noctuola in deren Schlafzimmer.

„Bis entschieden ist, was mit euch allen geschehen soll, wirst du mir als Zofe dienen."

„Wie schön, Majestät."

Unten im Kerker biss sich Nives auf die Unterlippe, denn Heilika war ein Pfand für ihr gutes Benehmen. Jeder öffentliche Fehltritt würde den Ausgang von Nives' Gerichtsverfahren beeinflussen, sofern sie nicht vorher entkamen. Doch was auch immer jetzt geschah, Heilika konnte keine Zuschauer brauchen.

Sie schob Nives aus ihrem Geist und verschloss die Verbindung über das Blutglas.

„Als meine Zofe wirst du mir beim An- und Auskleiden helfen, dafür sorgen, dass diese Räumlichkeiten ordentlich und sauber sind, und mir jeden Abend ein Bad einlassen", sie wies auf eine Tür, „sobald die Sonne durch das linke Fenster scheint."

„Selbstverständlich, Majestät." Das Fenster ging nach Südwesten, es musste also die fünfte oder sechste Stunde nach Mittag bezeichnen, jetzt im Frühling.

„Kannst du Zöpfe flechten?"

„Ja, Majestät." Bis zu ihrer Entsendung zum Sonnenorden war Heilika nicht mit kurzen Haaren durchgekommen.

„Gut. Gelegentlich werde ich dich auch als Anstandsdame brauchen."

Das wurde ja immer besser. Heilika murmelte etwas, das hoffentlich ehrerbietig genug klang.

„Und als solche wirst du angemessen gekleidet sein." Noctuola wies auf einen Stapel Stoffe auf ihrem Bett. „Los."

Wie bitte? Heilika blinzelte. „Ich verstehe den Befehl nicht, Majestät."

„Hm." Die Königin zuckte mit der Nase, schien an der Wahrheit dieser Bemerkung zu zweifeln. „Du gehörst mir, Hilka." Gleichzeitig loderte das violette Band auf.

Heilika senkte den Kopf. „Ja, Majestät."

„Deshalb wirst du dich jetzt umziehen. Ich will sehen, was ich mir da ins Haus geholt habe."

Als hätte sie gegenüber einem Straßenköter Gnade walten lassen. Ha! Wie gut, dass Heilika Nives ausgesperrt hatte. Weil sie sich unmöglich weigern konnte, ohne den Betrug auffliegen zu lassen, schickte sie sich drein und zog sich aus.

„Ihr Menschinnen habt fast so viele Borsten wie eure Männer", bemerkte Noctuola, als Heilika nur noch ihre Unterwäsche trug. „Ich wusste schon immer, dass ihr mit den Wildschweinen verwandt seid."

Heilika sah zu Boden, damit Noctuola glaubte, die Beleidigung habe gewirkt.

„Diesen Wickel da auch. Jetzt."

Die Druden sollten dieses Weib holen. Warum hatte sich Heilika nur darauf eingelassen, längere Zeit mit ihr zu verbringen?

Weil Noctuola gefährlich schmale Augen machte, löste sie die Knoten und wickelte sich aus. Manche hätten das Konstrukt auch für ein Leibchen gehalten, nur eben nicht aus Wolle, sondern aus einem festen Leinengestrick, an dem sie wochenlang mit feinen Nadeln gesessen hatte.

„Warum schnürst du die platt? Sie sind winzig." Noctuola kam sehr nahe heran und betrachtete Heilikas Brüste wie ein Kuriositätensammler einen besonderen Stein.

„Sie stören, Majestät." Sie waren für Heilika völlig nutzlos und erregten nur die falsche Sorte Aufmerksamkeit.

„Hmm." Noctuola schritt um sie herum, so nahe, dass der Stoff der Röcke an Heilikas nackten Beinen entlangstreifte. Sie lächelte, als Heilika den Kopf drehte, um sie im Auge behalten zu können.

„Findest du mich schön, Hilka?"

Hoffte Noctuola, dass Heilika sie anziehend fand? Natürlich unterstellte die Königin Heilika dieselbe Vorliebe für Frauen wie Nives. „Du bist sehr hübsch, Majestät." Wenn nur die Persönlichkeit dazu nicht wäre.

„Gut." Noctuola kam vor Heilika zu stehen und sah sie unverwandt an. „Und im Vergleich zu Nives?"

Wie antworten? „Du bist wie Feuer, Majestät. Nives ist wie Eis."

Anscheinend zufrieden mit Heilikas hilflosem Beinahekompliment nickte Noctuola. „Hol dir in meinem Bad ein Messer und Seife, Hilka. Rasier deine Borsten ab und komm wieder hierher."

Heilika schnitt sich zweimal bei dem Versuch, Haare zu entfernen, über die sie sich noch niemals Gedanken gemacht hatte. Sicher, die unter ihren Armen hielt sie kurz, weil sie dann, zumindest gefühlt, weniger roch, aber wieso, bei allen Druden, sollten die Haare an ihren Beinen sie kümmern? Nicht mal die eitelsten ihrer Zimmergenossinnen damals, die sich die Augenbrauen und die Oberlippen gezupft hatten, hatten sich jemals über die Haare an ihren Beinen ausgelassen.

Sie heilte die Kratzer mit ein bisschen Zauberei und ging hinaus, um sich unter Noctuolas Blicken anzuziehen. Ein Unterkleid aus ungefärbtem Leinen, das nur deswegen nicht über Heilikas Schultern rutschte, weil diese sehr breit waren. Offenbar war es wie Noctuolas Hemd dazu gedacht, von größeren Brüsten als ihren aufgehalten zu werden. Dazu ein dunkelgrüner, knapp knöchellanger Rock und ein farblich passendes Mieder. Die ersten Frauenkleider, seit Heilika vor fast acht Jahren die Kinderstätte von Logeshafen verlassen hatte. Sie würde darauf achten müssen, sich nicht zu ausführlich im Spiegel zu betrachten. In ihrem Magen kochten Wut und Abscheu um die Wette.

Noctuola nickte, ganz zufriedene Künstlerin. „Für deine Haare werden wir wohl ein bisschen Geduld haben müssen. Sieh zu, dass sie nicht in meinem Badewasser landen."

Nachher würde Heilika eine Strichliste anfangen, um Noctuola für jede einzelne derartige Bemerkung büßen zu lassen. „Sehr wohl, Majestät."

„Sobald du diese Räume verlässt, wirst du ein Kleid tragen. Solange wir unter uns sind, habe ich nichts gegen deinen üblichen Aufzug."

Hm. Ergab das Sinn? „Danke, Majestät."

Noctuola drehte sich um und ging zur Tür. Dort hielt sie an und warf Heilika einen scharfen Blick zu.

Was? Ach so. Heilika verbeugte sich und verharrte in dieser Haltung, bis Noctuola das Zimmer verlassen hatte.

xxx

Heilika hatte die Verbindung unterbrochen.

Nives hatte rufen wollen, als sie begriffen hatte, was diese plötzliche Leere bedeutete, und sich dann doch besonnen. Selbst wenn kein Wächter in Hörweite wäre, hieß das nicht, dass sie nicht beobachtet wurde.

Also begnügte sie sich damit, in der Zelle Kreise zu ziehen wie ein eingesperrtes Tier. Eine halbe Ewigkeit verging, bis sich in Nives' Geist eine Tür öffnete und fremde Gefühle über ihre Haut krabbelten. Eins davon war das unbedingte Bedürfnis, sich zu waschen, das andere Wut.

Nives sandte etwas, das hoffentlich beruhigende Schwingungen waren. *Was ist passiert?*

Frauenkleider, zischte Heilika. *Erst hat sie versucht, mich heiß auf sie zu machen, und jetzt muss ich Frauenkleider tragen.*

Oh. Nives lehnte sich gegen die Wand und verzog die Nase. Sie ahnte, was Noctuola bezweckte. *Hör zu, ich weiß nicht, wie es in Friedlant ist, aber Alben halten eine Frau in Hosen für unanständig.*

Eine Schnauben von Heilika. *Ich bin keine Frau.*

Ich weiß. Nives lächelte. *Aber sie weiß das nicht. Kannst du das nicht irgendwie nutzen?*

Ein Stirnrunzeln so tief, dass sie die Spannung um ihre Augen spürte.

Als Hinweise zählte sie allen Unsinn auf, den sie schon zu hören bekommen hatte: *Frauen sind nur an hübschen Dingen und dem Haushalt interessiert, haben keinen Sinn für Politik ...* Derlei Vorurteile hatten auch Solanus Gannes den Kopf gekostet.

Du hast Recht. Man unterschätzt sie gerne. Ein grimmiges Lächeln folgte. *Gilt das auch, wenn sie größer sind als der Hofmagus?*
Ja, das ist ein Hindernis, aber nicht so sehr wie ...
Wie was?
Heilikas plötzliches Misstrauen tat weh wie eine Nadel im Herzen. Nives atmete einmal durch. *Du verhältst dich nicht wie eine Frau. Du gehst falsch, du neigst zu selten den Kopf zur Seite.*
Ich bin keine Frau, wiederholte Heilika. *Und ich bin nicht sehr gut darin, hilflos zu wirken.*
Wenn du dich im Spiegel ansiehst, kann ich dir helfen.
Alles in Heilika schien sich dagegen zu sträuben, aber sie trat trotzdem vor den goldgerahmten Spiegel.
Ein junger Mann in Frauenkleidern funkelte sie an, als Heilika sich endlich überwand, Nives zu zeigen, was sie sah.
Was für Schultern.
Heilika grinste, zufrieden.
Aber nicht geeignet, dich harmlos erscheinen zu lassen, sagte Nives. Sie stieß sich von der Wand ab, stellte sich vor, wie sie vor einen mächtigen Mann treten würde. *Lass die Schultern hängen. Das Kinn nicht so hoch – schau alle von unter deinen Wimpern her an. Mach die Schnüre deiner Amulette kürzer.*
Aber –
Das lässt deinen Busen größer erscheinen. Ich weiß. Nives strich sich eine Strähne aus dem Gesicht.

Außerdem denkt Noctuola dann vielleicht, dass du ihr gefallen willst.

Zum Schluss übten sie noch Knickse und kleine Schritte, bis Heilika aus dem Spiegel eine kurzhaarige Frau entgegenstarrte.

Brr, meinte sie.

Du gefällst mir anders auch besser, gab Nives zu. *Aber Noctuola soll glauben, sie hätte dich erfolgreich umgarnt und zerbrochen, nicht wahr?*

Heilika seufzte. *Leider.* Ein Blick aus dem Fenster. *Es ist kurz vor Mittag. Erklär mir, wie die Bäder hier funktionieren. Danach gehe ich Cir suchen.*

xxx

Kurz nach Mittag kam ein Alb in einfacher Kleidung – Leinenhemd, enge Hosen, eine Weste statt eines echten Wamses – und brachte Heilika ein Tablett mit etwas zu essen. Brot, Käse und ein Apfel. Er stellte sich in eine Ecke und belauerte Heilika die ganze Zeit über.

Als Noctuolas Kammerdiener wird er sich Sorgen um ihre Sicherheit machen, meinte Nives.

Also ließ Heilika sich nicht stören und verputzte lieber ihr Mittagessen. Wer wusste, wann sie das nächste Mal etwas bekommen würde.

Der Mann räumte ab und verschwand wieder.

Zeit, die Umgebung genauer zu untersuchen.

Heilika öffnete die Tür zum Gang, der immer noch abschüssig verlief. *Wenn ich nicht aufgepasst hätte,* würde ich nicht glauben, dass deine Zelle sich höher im Berg befindet als die Gemächer der Königin.

Sie liegt etwas höher, innen, und ist von dir aus direkt zu erreichen. Offensichtlich sitze ich in der Zelle für hochrangige oder wichtige Gefangene.

Hmm. Nur ein paar Schritte weiter rechts endete der Weg in einem massiven Holztor mit Beschlägen aus Bronze.

Der Weg zum Thronsaal, sagte Nives.

Dort würden sich Diener und Höflinge herumtreiben. Es wäre nicht weise, sich alleine unter die Leute zu wagen, selbst wenn sie das Tor öffnen konnte, also wandte sich Heilika nach links.

Leons altes Zimmer, sagte Nives bei der nächsten Tür. Ein Seufzen, das Bild eines jungen Mannes mit Bernsteinaugen und blondem Haar. *Er kam nach seiner Mutter. Spinosa.*

Schlehdorn.

Heilika erhaschte den flüchtigen Eindruck dunkelblauer, fast violetter Augen, die offensichtlich die Namensgebung beeinflusst hatten.

Cir hat sie von ihr.

Noch ein Seufzen, eine plötzliche Schwere. Heilika hatte das Bedürfnis, Nives zu umarmen.

Sie sind alle tot. Nives schniefte. *Leon sollte Noctuola heiraten, sobald sie beide volljährig waren, um Solanus Gannes zu besänftigen, aber Leon wollte plötzlich nicht mehr. Er muss bemerkt haben, was für einen schlechten Charakter sie hat.*

„Hmm."

Ich nehme an, dass Leon sie deswegen beleidigt hat. Solanus Gannes hat getobt, König Ferox – ein Mann mit Bernsteinaugen und wilden Locken, blaugrau wie Eisen – hat sich geweigert, sich zu entschuldigen ...

Und was auch immer diese Beleidigung gewesen war, es hatte als Grund gereicht, eine Familie fast vollständig niederzumetzeln.

Mehr Eindrücke stürzten auf Heilika ein: Cir in ihren Armen, Hundegebell, Schnee in ihren Schuhen, schneidend kalte Winterluft. Ohne Nives hätte auch Cir nicht überlebt.

Schließlich spürte Heilika, wie Nives tief Luft holte. *Aber lassen wir das. Sie sind bei den Ahnen und werden über uns wachen.*

Heilika nickte. So etwas war trotzdem nur ein schwacher Trost.

Aus Leons ehemaligem Zimmer drangen keine Geräusche, aber die Tür war mit einem Siegel versehen, das Heilika nicht begriff. Wie eine fremde Schrift.

Sie streckte die Hand aus.

Nicht!

Aber da war es schon zu spät. Etwas knisterte, schlug nach Heilika wie ein winziger Blitz.

Fies. Heilika nahm die zwei betroffenen Finger in den Mund, um sie zu kühlen. *Wir dürfen davon ausgehen, dass sich hinter dieser Tür etwas Wichtiges befindet.*

Nives schien sich ein Lächeln nicht verkneifen zu können, womit Heilikas trockener Tonfall sein Ziel erreicht hatte.

Kannst du mir mehr darüber sagen?

Zögern. *Ich bin nicht gut mit Siegeln vertraut, aber üblicherweise gehört zu dieser Art Schloss ein Schlüssel.*

Ein zweiteiliges Siegel. Heilika nickte. Ein begnadeter Einfall, auf den offenbar noch kein Mensch gekommen war.

Ihr habt so etwas nicht?

Nicht, dass ich wüsste. Heilika wandte sich von der Tür ab. *Wollen wir wetten, dass Noctuola den Schlüssel hat?*

Ein tadelndes Schnalzen mit der Zunge. *Auf diese Wette lasse ich mich bestimmt nicht ein.*

Schade. Heilika ging weiter. Noch eine Tür nach links.

Cirs altes Zimmer.

Diese Tür öffnete sich ohne Widerstand. Der Raum maß etwa zehn auf fünfzehn Schritte, hatte ein angeschlossenes Badezimmer und war fast leer. Eine schmale Liege an der Südwand, ein weißer Vorhang vor dem Fenster, bestickt mit einem blauen Muster, sonst nichts.

Nives seufzte und beschwor ein Bild, dicke Teppiche auf dem Boden, in denen man mit den Füßen versank, ein Kinderbett aus hellem Holz, ein Wickeltisch, Truhen, Wandbehänge, die Tierbilder und Kalligraphien zeigten. In einer Nische neben der Tür ein Stein mit einem Schalldämpfungssiegel.

Der Bergkristall ist also noch da. Kein Wunder, meinte Nives, schüttelte sich. *Es ist ein richtig schlechtes Siegel.*

Heilika hob die Brauen. Warum hatte dann niemand das Siegel gelöst und den Stein für etwas anderes benutzt?

Hör zu. Wir gehen Menschen aus mehreren Gründen gern aus dem Weg. Die meisten Erwachsenen von euch stinken, für unsere Nasen. Ein Seufzen. *Und genauso eure Siegel, die stinken im übertragenen Sinne. Sicher wollte sich niemand länger als nötig damit befassen.*

Hm. Hatten starke albische Siegel vielleicht eine ähnliche Wirkung auf Menschen? Die Sprechsteine der friedländischen Herzöge, angeblich Albenarbeit, verursachten zahlreichen menschlichen Begabten Kopfschmerzen. Und nicht nur Zauberinnen, wie manche behaupteten.

Vielleicht liegt es daran, meinte Nives.

Aber das Blutglas verträgst du?

Plötzliche Wärme füllte sie. *Wie lieb, dass du fragst, aber selbst wenn nicht: Es war mein Einfall, oder?*

Oh ja. Aber nach den letzten Stunden zweifelte Heilika nicht mehr an ihrem Verstand, weil sie dem Vorschlag nachgegeben hatte.

Um nicht länger als nötig hier ausharren zu müssen, nahm Heilika den Kristall mit dem Schalldämpfungszauber in die Hand. Dieser war wirklich ausnehmend schludrig gearbeitet, völlig zerfasert an den Rändern, sodass die Hälfte aller hineingesteckten Kraft wirkungslos in den Raum strömte. Aber der Kristall selbst war rein und ein guter Anker für Zauber. Den musste sie sich merken.

Vorerst hatte sie jedoch keine Möglichkeit, ihn unauffällig beiseite zu schaffen.

Der weitere Weg zum Kerker führte an dem Durchgang zu der Terrasse vorbei, auf den Nives Heilika schon aufmerksam gemacht hatte, und endete an einer Tür. Hier befand sich ein Siegel, das sich genauso anfühlte wie das an Leons alten Räumen. Vermutlich für denselben Schlüssel.

Da Heilika gegenwärtig nichts für Nives tun konnte, kehrte sie zu dem Durchgang nach draußen zurück und trat ins Freie. Ein Zauber, der wohl Kälte fernhalten sollte, strich ihr über das Gesicht wie Spinnweben.

Der Balkon ging nach Westen, lag jetzt um die Mittagszeit noch im Schatten und überblickte einen Garten, der aus Kiespfaden zwischen Rosenbeeten bestand. Die ersten Blumen blühten schon und verbreiteten ihren Duft.

Auf einem der Wege kniete eine weißhaarige Menschenfrau in einem einfachen Hemdkleid und zupfte Unkraut. Eine blasse Aura umgab sie, wie sie für Volk außerhalb Friedlants üblich war, jedoch gefesselt mit einem, aha, schwarzen Band. Deswegen saßen Noctuola und Lucian inmitten eines Tintennebels. Trotzdem sollte eine bezauberte Person spüren, wenn eine mächtigere Magierin sie beobachtete.

Nives pflichtete Heilika bei.

Sie nahm die Stufen in den Garten und näherte sich der Sklavin. Auf dem Pfad gab Heilika sich alle Mühe, Geräusche beim Laufen zu verursachen; die alte Frau warf ihr einen kurzen Blick zu und widmete sich weiter den Grashalmen.

„Salve", versuchte Heilika erneut, ihre Aufmerksamkeit zu fesseln.

Die andere murmelte eine Begrüßung zurück, tonlos, als spreche sie im Schlaf, und sah Heilika dabei nicht an.

Wie seltsam. Heilika ging vor der Alten in die Hocke. „Io sum Hilka."

„Sum serva", sagte die Frau, wieder so tonlos, als wüsste sie nicht, dass sie sich gerade das Recht auf einen Namen abgesprochen hatte. Dann rupfte sie einen weiteren Löwenzahn und warf ihn in den Eimer, der neben ihr stand.

Es war, als starrte die Frau nicht ihre Hände, das Unkraut oder Heilika an, sondern als versuchte sie etwas zu sehen, das unter dem Berg lag. Ein leerer Blick, der nicht einmal darauf schließen ließ, dass sie von einem angenehmeren Ort träumte.

Es stellte Heilika alle Haare auf, und auch von Nives her krabbelte ihr Unwohlsein über die Haut. So viel Macht über das Denken, die Seele eines Menschen zu haben, das war einfach nicht richtig.

Noctuola muss sie schon vor langer Zeit unter ihren Zauber gezwungen haben, meinte Nives schließlich.

Stirnrunzelnd streckte Heilika einen geistigen Finger nach dem schwarzen Band aus und berührte den Zauber. Er fühlte sich kalt und glitschig an wie Seetang.

Nives schüttelte sich für sie beide.

Hinter Heilika knirschte Kies und unterbrach ihre Gedankengänge. Der Magus Lucian. Wo war der so plötzlich hergekommen? Sie hätte bemerken müssen, wenn er an ihr vorbeigeschlichen wäre.

Die alte Frau warf sich nach vorne, bis ihre Stirn den Boden berührte.

Heilika stand auf und knickste gemäß ihrer Rolle als Zofe. „Edler Magus."

Der Sklavin schenkte Magus Lucian keine Beachtung, sondern starrte Heilika an. „Hat die Königin dir nicht befohlen, in ihren Gemächern zu bleiben?"

„Nein, edler Magus." Sie bemühte sich um große Augen. Sollte er ruhig glauben, dass sie Angst vor ihm hatte oder ein wenig langsam war.

„Hm." Lucian rieb sich das Kinn und musterte sie weiter mit unbewegter Miene. Sie tat ihr Bestes, um höflich verwirrt dreinzuschauen, während Nives sich weit entfernt vor Sorge auf ihre Knöchel biss.

„Zu schade, dass du das neue Spielzeug der Königin bist", sagte er schließlich. Damit tippte er sich mit einem Finger unter das rechte Auge und ging davon. Sein schwarzer Umhang wehte mehr, als ein solcher schwerer Stoff gedurft hätte.

Angeber, dachte Heilika.

Das auch, meinte Nives. Ein kleines flaues Gefühl breitete sich in Heilikas Magen dazu aus. *Er wird dich beobachten. Bitte sei vorsichtig.*

Hm-hm.

Während die alte Frau ihre Tätigkeit wieder aufnahm, betrachtete Heilika die Felswand. Wer war das alte Spielzeug der Königin gewesen, und warum hatte sie es überhaupt mit Spielzeugen?

xxx

Der Nachmittag verging quälend langsam. Heilika hatte offenbar beschlossen, sich von Lucian Orcos Gehabe nicht stören zu lassen. Deshalb hatte sie nach dem Rundgang eine Durchsuchung von Noctuolas Räumen begonnen, unter dem Vorwand, dass sie ja Ordnung halten sollte.

Nives hatte aufstehen und umhergehen müssen, als sie begriff, was Heilika plante. Wenn sie es nicht tat, würde sie sich nur vor Sorge ihre Finger wund beißen. *Sie wird dich erwischen.*

Eine Antwort mit Stacheln wie ein Igel. *Ich habe das gelernt, vielen Dank.*

Selbst wenn du alles lässt, wie du es vorfindest, wird sie es riechen können.

Wollen wir wetten, dass sie es nicht kann? Sie hat eine Vorliebe für Rosenblüten. Heilika behielt einfach die Kleider aus dem Palast dafür an und rieb ihre Hände mit dem Badeöl ein.

Und da hatte Nives Heilika allein in ihrem Kopf zurückgelassen, so wie sie auch nicht zuschauen wollte, wenn jemand an einem Abgrund entlangbalancierte.

Aber hier unten in dieser Zelle, die durch das blaue Licht von dem Gitter noch viel kälter schien, als sie war, verging die Zeit nicht. Unablässig kehrten Nives' Gedanken zu all jenen zurück, die tot waren. Wenn sie sich verbat, den Erinnerungen nachzuhängen, hallte Noctuolas Stimme in ihrem Kopf wider. Oh, wie sehr wollte Nives Vulpin suchen gehen, der zum Zeitpunkt ihrer Flucht schon längst wieder geheiratet hatte, und ihn anspucken.

Noctuola wusste Dinge, die Nives nicht einmal ihren Schwestern erzählt hatte.

Und, die Ahnen mochten davor sein, was, wenn ihr niemand glaubte, dass Heilika nicht ihre Geliebte war? Nives musste jenes Bild von dem faulen Morgen in dem Zimmer mit der grünen Türe als ein Versprechen werten. Irgendwie würde es gut ausgehen. Mochte sein, dass Heilika ihren König nicht ungefragt verlassen konnte, aber vielleicht würde er Heilika als Botschafterin in die verschwiegenen Täler schicken.

Nives rollte sich auf ihrem Haufen Stroh ein, versuchte, sich das Gewicht von Heilikas Arm ins Gedächtnis zu rufen, und wie geborgen sie sich damit gefühlt hatte. Sie würden ein kleines Haus haben oder eine Höhlenburg bekommen. Als Botschafter verdiente man sicher eine. Irgendwo an einem Osthang, wenn Nives die Eingebung richtig deutete.

Cir würde heiraten und Kinder haben, die Nives erziehen konnte.

Sie seufzte und verbat sich weitere Tagträumereien. Darüber musste sie zuallererst mit Heilika sprechen, und die ahnte noch nicht einmal etwas von der Vision mit der grünen Tür.

xxx

Bevor Heilika Noctuolas Bad vorbereiten musste, blieb Zeit genug, die Kleidung zu wechseln und nach ihrem zweiten abgängigen Reisegefährten Ausschau zu halten.

Weder die Soldaten noch die Königin hatten ein Wort über den Raben verloren und ihn vermutlich auch nicht gesucht.

Zwar verhielt sich das Vieh mehr wie ein Hofnarr anstelle eines Haustiers, aber Heilika würde ihn trotzdem vermissen. Wenn sie außerdem sein Verhalten richtig deutete, konnte er ihr durch das Tor helfen, sodass sie nicht auf Cir angewiesen wäre.

Sie schnalzte mit der Zunge. „Rabe?"

Ein paar Herzschläge später flatterte er herbei, als hätte er auf den Ruf gewartet, und ließ sich auf der Fensterbank nieder. Er blinzelte sie von unten an, wie immer, wenn er bettelte.

Sie zeigte ihm ihre leeren Hände. „Die haben mir alle Nüsse weggenommen."

Wahrscheinlich hätte er die Augen verdreht, wenn er es gekonnt hätte. Stattdessen schnappte er halbherzig nach ihren Fingern und verzog sich wieder.

Immerhin. Klug genug zu merken, wann er besser den Schnabel hielt, war er.

Nives wagte sich in die Verbindung, als Heilika das Badewasser einließ.

Hast du etwas gefunden? Sie klang vorsichtig, entschuldigend.

Erstaunlich viele Waffen. Heilika zuckte mit der Nase. *Ein Kitai-Säbel unter ihrer Matratze, eine Bronzeklinge unter dem Kopfkissen. Noch ein paar Messer in ihren Truhen.*

Ein Säbel? Kann sie damit umgehen?, fragte Nives.

Um mit einem Säbel gefährlich zu sein, braucht es wenig Übung. Kitai-Säbel waren kürzer und viel leichter als die Anderthalbhänder, mit denen Heilika das Fechten gelernt hatte. *Er ist einfach in der Anwendung, solange man keinen bewaffneten Gegner hat.*

Heilika spürte Nives' Verwirrung und schickte ihr eine Erklärung für solcherlei Waffen – Leute auf flinken Pferden, die zu Hunderten wie aus dem Nichts auftauchten und gegen die man als Bauer nur eine Verteidigung hatte, nämlich Flucht in die Wälder.

Daraufhin schien Nives sich nicht zwischen Entsetzen und einer gewissen Faszination entscheiden zu können. *Was tut ihr Menschen euch nur gegenseitig an.*

Als wären Alben ein Deut besser. *Man ist sehr verzweifelt, sehr von seiner Sache überzeugt, oder man glaubt, dass die Anderen nur Ungeziefer sind. Oder zwei davon gleichzeitig.*

Dazu nickte Nives. *Striga.* Anders und deswegen nichts wert.

Noctuola riss sie beide aus ihren Betrachtungen, sie stieß die Tür so heftig auf, dass sie gegen die Wand krachte. Tatsächlich war dort, wo die Klinke angestoßen war, schon ein Loch im Putz.

Heilika verbeugte sich.

„Komm und hilf mir."

„Sehr wohl, Majestät. Was soll ich zuerst tun?"

„Du wirst dir die Hände waschen. Dann hilf mir aus dem Kleid."

Heilika murmelte eine Zustimmung, eilte ins Bad, tunkte aus reinem Trotz die Hände ins Badewasser.

Zurück im Schlafzimmer fand sie Noctuola mit verkniffenem Gesicht aus dem Fenster starren.

„Darf ich stören, Majestät?"

Ein ruckartiges Nicken, und Heilika machte sich ans Werk.

Vorsichtig, riet ihr Nives. *Tu so, als würdest du sie gern berühren. Als röche sie gut. Vergiss nicht, du liegst unter ihrem Zauber. Du verzehrst dich nach ihr.*

Also verlangsamte Heilika ihre Bewegungen und vollführte einen größeren Aufstand als nötig, um die Rückenschnürung des Mieders zu lockern. Einmal lehnte sie sich ein bisschen vor und schnupperte, aber die Haare unter dem Netz rochen nur überwältigend nach Rosen, genau wie das Badeöl.

Dabei schien sich Noctuola zusehends zu entspannen, was Nives seltsam fand. *Wenn ich Recht habe, wurdest du nur deswegen nicht gründlicher durchsucht, weil wir so ungern Menschen berühren ...*

Noch ein Rätsel, wunderbar.

Die Königin hob die Arme, sobald das Mieder ihr lose genug schien, und Heilika zog es ihr über den Kopf. Dabei streichelte sie absichtlich an der Innenseite von Noctuolas Armen entlang. Nachher konnte sie sich die Hände waschen.

Gut, sagte Nives. *Sorg dafür, dass sie sich angebetet fühlt.*

Während Heilika das Mieder – rotes Leder – zur Seite räumte, verdrehte sie die Augen. Dann widmete sie sich ohne Aufforderung den Schnüren, die das rote Kleid hielten. Diese Beflissenheit entlockte der Königin ein Lächeln.

„Hast du mich vermisst, Hilka?"

Hatte Magus Lucian Noctuola berichtet?

„Ich konnte nicht stillsitzen, Majestät. Der ganze Nachmittag ohne dich ..."

„Nun. Leider haben Zofen in Ratsversammlungen nichts verloren."

„Selbstverständlich nicht, Majestät."

Frag sie aus, sagte Nives.

Heilika trat zur Seite und entwirrte die Nesteln am rechten Ärmel. *Was dachtest du, was ich vorhatte?*

„Aber, Majestät, du schaust nicht so aus, als wären die Ratsversammlungen ein großes Vergnügen für dich."

Noctuola straffte die Schultern. „Ich bin Königin. Glaubst du, ich höre gern auf die Meinungen anderer?"

Ah. Heilika streifte ihr den Ärmel ab und wandte sich dem zweiten zu. „Nun, Majestät, es scheint mir, als gäbe es einen Unterschied dazwischen, sich Meinungen anzuhören und auf jemanden zu hören."

In ihrem Käfig freute Nives sich über diese Haarspalterei.

„Der Unterschied ist manchmal geringer, als man denkt. Bist du bald fertig?"

„Jetzt, Majestät. Kannst du aus dem Kleid steigen oder soll ich es dir ausziehen?"

„Ausziehen."

Also legte Heilika die Ärmel ab, raffte das Kleid und hob es Noctuola über den Kopf. Zunächst lagerte sie es auf einer der Truhen. Natürlich wusste sie, wo Platz dafür gewesen wäre, aber das wollte sie Noctuola nicht verraten.

Für den plissierten Unterrock reichte es, eine Schleife zu öffnen, doch das Hemd hatte mehr Schnüre, diesmal an den Seiten. Warum betrieb Noctuola so viel Aufwand, damit ihr alle nachher in den Ausschnitt starrten? Benutzte sie ihren beträchtlichen Busen, um den Rat von der Politik abzulenken?

Unten im Kerker grinste Nives, bis sie den Kopf schüttelte. *Mit ein bisschen Pech verwendet sie ihre zwei Wunderwaffen gegen Cir.*

Ja, das klang wie etwas, das Noctuola tun würde. Und in Anbetracht der eindeutig geformten Überzieher aus Blasen, die Heilika in mehreren Größen in dem Kasten auf Noctuolas Nachttisch gefunden hatte, war sie eindeutig keine Kostverächterin, was Männer anbelangte. Für die Tage, an denen sie keinen Herrenbesuch hatte, besaß sie einen ebenfalls eindeutig geformten Stab.

Das wollte ich nicht wissen, meinte Nives. *Und kein Wunder, dass sie nicht verheiratet ist.*

Hm. Heilika runzelte die Stirn, war aber mit den Schnürungen fertig. Ein Zug an der Schleife in Noctuolas Nacken sorgte dafür, dass das Hemd zu Boden wisperte.

Heilika senkte den Blick und versuchte so zu tun, als würde sie verschämt gucken, dabei war es bloß ein beinahe haarloser Frauenkörper mit Brüsten, die ihrer Besitzerin Rückenschmerzen verursachen mussten. An ihren Unterarmen prangten einige blasse Narben wie Brandzeichen an Pferden. Sogar ein Muster war auszumachen.

Eisenbrand, meinte Nives. *Aber das ergibt keinen Sinn. Welche Waffen hinterlassen schon solche Spuren?*

Keine Waffen. Zierbeschläge vielleicht, wie sie an Reithandschuhen, Gürteln oder so etwas angebracht werden. Doch wie kamen Abrücke davon ausgerechnet an Noctuolas Unterarme?

Ihre Tante ist in der Menschenwelt durch eine Falle aus Eisendraht gestorben, und sie hat die Kunde davon gebracht. Gut möglich, dass sie beinahe auch den Tod gefunden hätte. Ob sie euch deswegen so hasst?

Vielleicht. Aber Heilika hatte schon zu lange Noctuolas nackten Rücken betrachtet.

Blieben die Stecker in den Ohren, das Haarnetz, ein Anhänger mit einem gelben Stein, vermutlich Topas, und ein Armreif, aus dem das silbrige Gespinst entsprang. Winden aus fast weißem Metall umrankten einen kleinen, klaren Stein, der fast so hell funkelte wie Lucian Orcos Aura. Ein Diamant?

„Den Schmuck auch, Majestät?"

Noctuola schüttelte den Kopf, stieg aus ihrem Hemd und ging ins Bad, wiegte sich dabei in den Hüften wie ein Jahrmarktkünstler, der Schlangen beschwor. Wollte sie von Heilika angestarrt werden?

Diese tat ihr den Gefallen und widmete sich erst den Kleidern, als Noctuola in der Wanne plätscherte.

Nachdem sie Ordnung geschaffen hatte, stellte sich Heilika in die Tür. Unter dem Vorwand, Noctuolas Gesellschaft zu suchen, sah sie sich um. Die Königin hatte das Haarnetz anbehalten, aber der Schmuck lag auf einem Tisch. Vorsichtig begutachtete Heilika ihn mit ihren magischen Sinnen. Der Topasanhänger musste der zweite Teil des Schlosses an Cirs Tür sein. An dem Armreif blendete nicht nur der Stein. Den

Diamanten hatte jemand mit einem Siegel versehen, so stark, dass es jeden anderen Träger gesprengt hätte.

Vielleicht ein Mittel gegen Eisenbrand?, mutmaßte Nives.

„Räum das rote Kleid in die größte Truhe, dann bring mir das grüne Nachthemd und den braunen Morgenmantel mit der passenden Stickerei", sagte Noctuola, bevor Heilika herausfinden konnte, ob Nives richtig geraten hatte. „Aus der kleineren Truhe mit dem bemalten Deckel."

Heilika blinzelte. „Ja, Majestät." Es war noch hell, zu früh für ein Nachthemd. Aber sie holte die Sachen wie geheißen und versuchte, enttäuscht auszusehen, als Noctuola in diesem halbbekleideten Zustand ihre Zimmertür öffnete.

„Du verlässt mich schon wieder, Majestät?"

War das zu dick aufgetragen?

„Ach, mein armes Hündchen." Noctuola winkte sie zu sich, tätschelte ihr den Kopf. „Sei nicht traurig. Warum wäschst du dich nicht ausgiebig und denkst dabei ein wenig an mich? Danach kannst du schlafen und von mir träumen."

Meint sie das, was ich glaube, das sie meint?, fragte Nives.

Gut, dass Heilika zu überrascht von dem Vorschlag war, um mehr zu tun, als der Königin mit offenem Mund nachzusehen.

Erst nach einiger Zeit, als die Tür zum Gang schon längst wieder geschlossen war und sie Noctuola draußen nicht mehr spürte, schüttelte sie sich. *Bäh.*

Nives pflichtete ihr bei. *Ich begreife sie nicht.*

Nicht ganz. Aber hatte Heilika nicht einmal in einem klugen Buch gelesen, dass du immer das am meisten hassen würdest, was du nicht haben konntest? Denn Hass war wie die Liebe eine anziehende Kraft. Hatte am Ende nicht Nives eine geächtete Vorliebe für Menschen, sondern Noctuola?

Ich will das gar nicht wissen, meinte Nives.

Wenigstens blieb die Kiste mit den Überziehern an ihrem Platz, womit Cir wahrscheinlich für heute sicher war.

xxx

Die Sonne stand hinter einem niedrigen Gipfel im Westen, als der Rabe wieder floh und die Tür zu Cirs Zimmer sich kurz darauf öffnete. Der Diener kam herein, brachte ein neues Tablett mit einem echten Festmahl darauf. Er stellte es auf dem Bett ab und nahm dann das alte Geschirr vom Frühstück mit.

Ihm folgte Noctuola, in – das musste ein Nachthemd sein. Nicht sehr weit ausgeschnitten, aber der lose Fall unter dem offenen Morgenmantel sprach dafür.

Das hieß, sie trug nichts drunter.

Cir verpasste sich eine gedankliche Ohrfeige und murmelte eine Begrüßung.

„Guten Abend. Es tut mir leid, dass ich dich den ganzen Tag über allein lassen musste, Edler Cir."

„Du hattest sicher Wichtigeres zu tun, Edle Noctuola."

„Ich weiß nicht, ob es wichtiger war als du, aber dringend war es. Deine Ankunft hier hat einige Unruhe verursacht. Leistest du mir beim Abendessen Gesellschaft?" Noctuola ließ sich rechts neben dem Tablett auf der Decke nieder und wies auf den Platz ihr gegenüber.

Bei den Ahnen. Er würde mit einer Frau ohne Unterwäsche auf einem Bett sitzen. Hoffentlich sah er nicht zu verzweifelt aus, als er ihrer Aufforderung folgte. Wenigstens war Noctuola damit beschäftigt, Wein einzuschenken.

„Deine Räte sind nicht sehr glücklich über die Entwicklungen?"

Noctuola wiegte den Kopf, nahm eine der dünnen Teigstangen und lutschte gedankenverloren daran, bevor sie davon abbiss.

Cir rutschte hin und her. Bloß nicht rot werden. Niemals durfte sie erfahren, was er sich gerade vorstellte.

„Nun. Offiziell ist noch nichts, aber einer meiner Wächter hier hat wohl mit seiner Familie gesprochen, die haben wiederum mit anderen Leuten gesprochen, und heute Mittag standen drei Boten da, die darauf drängten, den Gerichtstermin vorzuverlegen."

„Ist das nicht besser?" Denken. Er musste mit dem Kopf denken. Obwohl ihm zu heiß war und sein Blut überall wallte, nur nicht in seinem Hirn, wo er es gebraucht hätte. „Auf diese Weise wissen wir schneller, woran wir sind."

„Ich hatte gehofft, vorher herausfinden zu können, wie die Stimmung ist. Besonders, was Nives betrifft."

„Wie geht es ihr? Und der Cavaliera?"

„Beide sind wohlauf. Ich habe die Maga bezaubert, das reicht dem Rat wahrscheinlich. Nives gebührt meines Erachtens das Recht, zu beweisen, dass sie sich bessern kann, aber die Tarandones und Orcos befürworten eine Verbannung."

Cir biss sich auf die Unterlippe. Also war Heilika irgendwo im Palast eingesperrt, genau wie seine Nonna. So oder so konnte die Cavaliera nichts bewirken, und Nives ... er wollte sie auf keinen Fall verlieren. „Kann ich dir helfen, Stimmen zu sammeln?"

Noctuola hob die Brauen. „Du wirst natürlich anwesend sein. Du scheinst mir nicht so ein Hitzkopf wie andere junge Männer, also wirst du einen guten Eindruck machen. Vielleicht kannst du den Rat davon überzeugen, dass die Sache mit der Menschenmaga deine Idee war."

Zur Unterstützung nahm Cir einen Schluck von dem dunklen, süßen Wein. Verstand sie ihn absichtlich falsch? „Das meine ich nicht. Nicht nur."

Sie legte den Kopf schräg. Alles an ihm, sogar das verfluchte Hemd, flüsterte ihm zu, sich vorzubeugen und an ihrem zarten Hals zu schnuppern.

Bevor er sich derart lächerlich aufführte, trank er mehr von dem Wein. „Du hast gesagt, dass jeder von uns mit etwa einem Drittel der Stimmen rechnen kann."

Sie nickte.

„Was ist, wenn ich verspreche, dich zu heiraten?"

Einen Augenblick lang blinzelte sie nur wie die Eule, nach der sie hieß. „Edler Cir ... das ist eine Überraschung." Sie seufzte, lehnte sich zu ihm. „Bist du sicher? Wir kennen uns kaum. Mein Vater ist daran schuld, dass du eine Waise bist."

Cir musste sich räuspern. „Ich weiß. Aber ..."

„Es ist eine gute Idee. Dennoch bist du sehr jung."

Wenn er jetzt schmollte, würde er sie damit in ihrer schlechten Meinung bestätigen.

„Ich will nur nicht, dass du eine so rasche Entscheidung später bereust."

Ach, Unsinn. Er lehnte sich ebenfalls vor, stützte sich mit einer Hand ab, nur eine Haaresbreite von ihrer entfernt. „Also vertagen wir die Entscheidung ein bisschen. Warum kommst du nicht jeden Tag für ein paar Stunden her, dann können wir uns unterhalten und herausfinden, ob wir zusammenpassen."

Noctuola lächelte und hob ihr Weinglas.

„Auf die ungewöhnlichste Brautwerbung der jüngeren Geschichte."

Cir stieß an, sah ihr dabei tief in die Augen. Sie leuchteten wie die Eisenschmelze beim Schmied. Er hätte keine Bedenken gehabt, sich hineinzustürzen und glücklich zu verbrennen.

Daraufhin stellte Noctuola weiter unanständige Dinge mit den Gebäckstangen an, was Cir davon abhielt, das Essen zu genießen. Immerhin schien es keine Schwierigkeiten zu geben, ein Gespräch in Fluss zu halten. Sie fragte ihn nach seiner Meinung zu Menschen und schien ehrlich überrascht, dass er dieses Volk nicht sämtlich für Gewürm hielt.

Um sie davon zu überzeugen, dass es falsch war, Sklaven zu halten, erzählte er vom Leben in Pascanova und von der Cavaliera, ohne allerdings Nives' Gefühle zu verraten.

Als der Wein leer war, verabschiedete Noctuola sich. Sie versprach, dass er bald Bücher bekommen würde und dass sie versuchen wollte, eine Besichtigung des Palastes für ihn zu arrangieren. „Weg von zu vielen neugierigen Augen."

Zuletzt reichte sie ihm die Hand. Er erlaubte sich die Frechheit, diese zu küssen.

Die leichte Röte, die hierauf ihre Wangen zierte, war wirklich bezaubernd und ließ sie viel jünger wirken.

xxx

Heilika war ein Bündel Unruhe, und Nives wusste sich nur dadurch zu helfen, in ihrer Zelle Kreise zu gehen.

Gerade hatte Heilika die Tür zum Gang geöffnet, nur um festzustellen, dass der Diener draußen herumlungerte und sie ihren Plan nicht so umsetzen konnte, wie sie hoffte.

Wenn du dich schon bewegen musst, üb wenigstens das, was ich dir beigebracht habe.

Nives seufzte. *Es gehört sich nicht. Frauen sollten ihre Schwierigkeiten mit Worten, nicht mit Waffen lösen.*

Meistens scheint es dazu zu führen, dass sie andere als ihre Waffen benutzen, sagte Heilika. *Da ist mir die ehrliche Herangehensweise lieber.*

Nives schüttelte den Kopf. *Du kennst unsere Geschichten nicht.*

Nein.

Sie spürte Heilikas Stirnrunzeln.

Lest ihr Regeln für alles aus euren Geschichten?

Diese Geschichten sind unsere Überlieferungen. Nives verschränkte die Arme. *Sie sind Geschichtsschreibung und Gesetz in einem. Was soll daran schlecht sein? Manche unserer Gesetze hatten sich schon bewährt, als die Menschen in Friedlant noch keine Runen besaßen.*

In Noctuolas Gemach zuckte Heilika mit der Nase. *Manchmal ändern sich die Zeiten. Und nicht alle Leute sind in der Lage, es Helden aus alten Geschichten nachzutun.*

Offenbar hielt sie sich für so jemanden, und wer konnte ihr das verübeln? Hier in den verschwiegenen Tälern hätte keiner sie auch nur einen halben Tag lang in Hosen herumlaufen lassen.

Mangels einer Antwort zog Nives sich auf den Strohhaufen zurück und schlang ihre Arme um die Beine.

Irgendwo in den Geschichten steht auch, dass Noctuola keine Überzieher besitzen darf, bot Heilika schließlich an. *Was ist daran so falsch? Und warum sollte sie deswegen nicht verheiratet sein?*

Nives rümpfte die Nase. *Erwartet man in Friedlant nicht auch, dass eine Frau unberührt in die erste Ehe geht?*

Ein Ziehen in Nives' Nacken verriet, dass Heilika mit dem Kopf wackelte. *Es hat etwas mit den Göttern zu tun. Jungfrauen unterstehen dem Schutz der Lichten Herrin, und Ehefrauen dem der Erdmutter. Huren ebenfalls, die bekommen sogar eine besondere Segnung, bevor sie ihren Beruf aufnehmen.*

Wie absonderlich. Nives blinzelte. *Und das heißt?*

Wenn eine freiwillig auf jeden göttlichen Schutz verzichtet, ist es eben so. Und wenn so eine heiratet, kann ein Heiler feststellen, ob das Kind mit dem Mann blutsverwandt ist.

Das vereinfacht manche Dinge sicher.

Ein Zähneblecken auf der anderen Seite. *Einerseits schon. Dafür gibt es in Friedlant keine Ehescheidung. Und Regeln, die uneheliche Kinder von der Erbfolge ausschließen.*

Diese Tatsache schien Heilika überaus zu amüsieren. Eine Erinnerung an eine metallene Dokumentenkiste und einen braunhäutigen jungen Mann – Alea? – dessen großflächige Tätowierung in seinem Gesicht von dem frechen Funkeln in seinen Augen ablenkte, bevor Heilika den Gedanken beiseite wischte. *Wenn ich dich richtig verstehe, würde kein*

Mann, der seinen guten Ruf schätzt, Noctuola heiraten?

Nives nickte. *Nicht eine Frau, die offenbar so viele Männer hatte wie Noctuola. Eine jugendliche Fehlentscheidung sehen manche nach, aber bei ihr könnte sich kein Mann sicher sein, wessen Kind sie austrägt. Mich wundert, dass sie sich noch keinen Erben zugelegt hat.*

Vielleicht wartet sie auf den richtigen Vater, meinte Heilika.

Das Nachthemd. Und ihr unschuldiger kleiner Cir. Nives hielt sich die Hand vor den Mund.

Schhh, machte Heilika. Etwas legte sich wie ein warmer Mantel um Nives' Schultern. *Es wird schon gut gehen.*

xxx

Irgendwann hatte Heilika sich dem ersten Teil des Befehls ergeben und das warme Wasser im königlichen Badezimmer zu einer Wäsche genutzt.

Noctuola kam ein paar Stunden später mit ordentlichen Haaren zurück, ihr Morgenmantel hatte Falten, als sei sie ungeschickt darauf gesessen. Einer ihrer Mundwinkel war von Rotwein gefärbt, aber nichts wies darauf hin, dass ihre Lippen von Küssen wund waren. Offensichtlich hatte sie Cir heute nicht verführt.

Am anderen Ende der Verbindung atmete Nives auf.

Ohne ein Wort der Begrüßung schritt Noctuola in ihr Badezimmer, wo sie ihre Zähne von Essensresten befreite und das Haarnetz entfernte. Heilika hatte erwartet, dass Noctuola ihr Haar kurz trug – wozu sonst das Netz – aber das Gegenteil war der Fall. Die Strähnen entrollten sich, bis sie Noctuolas Hintern berührten.

Seltsam, dachte auch Nives. *Nur manche Magoi machen sich die Mühe, ihre Haare so lang wachsen zu lassen.*

Sagt eine, deren Haare ihr fast bis zur Taille reichen.

Heilika spürte Nives' Lächeln. *Es gibt solche und solche Eitelkeit. Die Magoi tragen üblicherweise Schwarz und kaum Schmuck. Irgendwie müssen sie ja auffallen.*

„Wasch dir die Hände und hilf mir." Noctuola wedelte mit einem grobzinkigen Kamm.

„Danke, Majestät." Also entwirrte Heilika Noctuolas Locken, feiner und dünner als erwartet. Aber erst, als Noctuola ihr befahl, einen Zopf zu flechten, begriff Heilika, woran das lag.

Sie hat Narben auf ihrem Kopf.

Nives' Antwort ließ auf sich warten. *Wo du es sagst. Ich habe sie seit dem Verschwinden ihrer Tante noch nie anders als mit einer Steckfrisur gesehen. Als sie jung war, gab es deswegen Geflüster. Üblicherweise stecken nur arbeitende Alben ihre Haare auf, wegen des Staubs.*

„Bist du bald fertig?"

„Ja, Majestät. Verzeih. Aber in Friedlant gibt es gute Heiler. Die können auch bei alten Brandnarben helfen."

Noctuola schnaubte. „Nicht gegen Eisenbrand."

Heilika senkte den Kopf. „Es war nur ein Vorschlag, Majestät. Dann hast du es schon versuchen lassen?"

„Nimm ein paar Tropfen von dem Haaröl, verreib sie in den Spitzen und bring mir das Seidentuch vom Nachtkästchen."

„Gern, Majestät."

Sie hat die Frage nicht beantwortet, merkte Nives an.

Das Haar in den Schal gewickelt, schlüpfte Noctuola in ihr Bett, mit einem Befehl, dass Heilika sich ebenfalls hinlegen möge. Der Gong für die Diener würde sie rechtzeitig morgen wecken, damit sie neues Wasser einlassen konnte.

Nach einer Verbeugung zog Heilika sich in ihre Kammer zurück.

Eine gefühlte halbe Stunde später schlich sie ins Schlafzimmer. Noctuolas Atem klang ruhig und gleichmäßig. Auf dem Nachttisch lag der Anhänger, aber nicht der Armreif.

Seltsam. Aber der Armreif, und das helle Glänzen am rechten Handgelenk des einen Wächters, und der Kitai-Säbel unter dem Bett. Nives hatte Recht: Das Siegel an dem Diamanten würde dafür sorgen, dass Noctuola nicht mehr von Eisen verbrannt wurde.

Jetzt brauchte Heilika nur noch den Bergkristall aus Cirs altem Zimmer.

Sie tastete sich weiter zur Tür. An der Klinke hing jetzt ein Siegel, und sie bewegte sich kein Haarbreit unter Heilikas Hand, also besah sie sich den Zauber genauer.

Am anderen Ende der Verbindung blinzelte Nives schläfrig. *Vielleicht gegen unerwünschte nächtliche Besucher.* Eine Erinnerung an die Nacht, in der Nives geflohen war, Winterhauch und Angst.

Nun, Heilika musste nach draußen, deshalb machte sie sich daran, das Siegel kurzfristig außer Kraft zu setzen.

Etwas änderte sich, Noctuolas Atem stotterte.

Heilika drehte sich um, gerade als Noctuola die Augen öffnete, ein unirdisches Glitzern in dem spärlichen Mondlicht. Dann tastete sie nach einer Leuchtkugel auf dem Nachttisch, die blau aufglomm.

„Hilka. Ich hatte dir befohlen, zu Bett zu gehen."

Diesmal verneigte Heilika sich sehr tief. „Bitte um Vergebung, Majestät."

Noctuola rümpfte die Nase und sah gar nicht mehr hübsch aus. „Was tust du um diese Zeit in meinem Zimmer?"

Du hast sie vermisst, sagte Nives.

Natürlich. „Du warst den ganzen Abend unterwegs, Majestät. Und den ganzen Tag."

„Hmm." Das Misstrauen wich aus den gelben Augen.

„Und ich ... du wirst mich doch nicht in die Baracken schicken, Majestät? Nicht noch weiter weg?"

Noctuola lächelte schief. „Knie dich dahin." Sie deutete auf den Teppich vor dem Bett.

Als sei sie ein Hund, folgte Heilika dem Befehl und ließ sich von Noctuola den Kopf kraulen.

„Du solltest deine Haare besser pflegen, damit sie immer so weich sind."

„Ja, Majestät."

„Und du musst dir keine Sorgen machen, mein süßes Menschlein. Die Baracken sind nur für einfache Sklaven. Außerdem wäre im Moment sowieso kein Platz."

Interessant. Heilika schloss die Augen, als genösse sie die Berührung, dabei juckte ihre Kopfhaut, als hätte sie vorhin Seife benutzt und sie nicht richtig ausgewaschen. Morgen würde sie sich die Herablassung vom Schädel spülen.

Es dauerte, bis Noctuola genug hatte. „Du darfst auf dem Teppich schlafen."

„Danke, Majestät." Während Heilika sich auf dem Boden einrollte, kuschelte Noctuola sich in ihre Decken.

Der Topasanhänger war in Reichweite, und Heilika hatte nicht vor, länger als nötig den Schoßhund zu geben. Jetzt brauchte sie nur noch den Bergkristall, um das Siegel zu kopieren.

Sie wartete, vor Ungeduld zitternd, bis die Königin wieder eingeschlafen war. Dann versah sie sich mit einem Zauber, damit Noctuola sie nicht wieder hörte, und ging ans Fenster, um sich hinauszulehnen. Wenn sie nicht durch die Tür durfte ...

Zuerst versuchte sie, den Kristall mit ihren magischen Sinnen zu finden und anzuheben, aber es war, als versuchte sie, durch dicken Schlamm zu greifen. Das Ding wackelte nicht einmal. Offenbar wurde Heilika durch die Zauber behindert, die kühle Luft aus den Zimmern fernhielten.

Also anders.

„Rabe." Und dazu schnalzte Heilika mit der Zunge. „Rabe."

Es dauerte eine gefühlte Ewigkeit, bis das Vieh herbeiflatterte.

8

Als ein leiser, aber durchdringender Glockenton Heilika weckte, zwickte ihr Rücken. Die Müdigkeit drückte ihr auf die Lider, als hätte sie kein bisschen geschlafen. Verbotene Zauberei, die Lügen, die unbequeme Stunde auf dem Teppich vor Noctuolas Bett und Nives' Sorge um Cir – der gestrige Tag hatte mehr Ereignisse geboten als das vergangene Jahr.
Wie ungerecht, dass Nives von dem Dienstbotengong verschont blieb. Wenigstens hatte Heilika den Bergkristall als Duplikat des Topasanhängers in einem von Noctuolas Taschentüchern in ihrer Matratze verstaut.

Heilika wühlte sich aus dem Bett und zog sich an. Noctuola schlief immer noch, schien ruhig, friedvoll. Man sollte nicht meinen, dass es sich um dieselbe Person handelte, die im wachen Zustand so überheblich dreinschaute.

Sie schlurfte ins Badezimmer, entfernte einige lose Haare – alle von Noctuola – aus der leeren Wanne, stöpselte den Ablauf mit einem Korken zu und drehte den Hahn auf. Diese Einrichtung war wirklich nicht zu verachten. Am Stein hing ein Siegel, welches das klare Quellwasser aufheizte und genau so warm hielt, wie Noctuola es bevorzugte.

Trotzdem gab es noch einen Heizstein für die Luft. Gegen diesen lehnte sich Heilika, um noch ein wenig zu dösen. Außerdem tat die Wärme den verkrampften Muskeln in ihrem Rücken gut.

Eine geschätzte halbe Stunde später ertönte ein zweiter Glockenton, der Noctuola ein unwilliges Geräusch entlockte.

Heilika drehte das Wasser ab, ging zurück ins Schlafzimmer und verneigte sich.

Noctuola gähnte und räkelte sich, ohne Heilika zu beachten, sodass sie in der unbequemen Haltung verharren musste. Rache für gestern Abend?

„Guten Morgen, Hilka."

Endlich durfte Heilika sich wieder strecken. „Guten Morgen, Majestät. Dein Bad ist bereit."

„Hmm. Du wasch dich und zieh dein Kleid an. Du wirst mich zum Frühstück begleiten."

Nachdem Heilika sich in die grüne Abscheulichkeit verpackt hatte, schnürte sie Noctuola wieder ein. Pflaumenfarbene Seide und ein Stoffmieder diesmal.

Bevor sie das Zimmer verließen, blinzelte Noctuola ihr verschwörerisch zu. Diese Sache mit dem Kleid – offenbar durfte keiner wissen, dass sich Noctuola in ihren Gemächern lieber einen Menschen hielt, der nach einem jungen Mann aussah. Um die Maskerade zu vervollständigen, nahm sich Heilika sämtliche von Nives' Ratschlägen zu Herzen. Mit gemessenen Schritten und gesenktem Haupt folgte sie der Königin aus dem Zimmer nach rechts, den Gang hinunter.

Der Diener hatte wie gestern Abend vor der Türe gewartet und schlich hinter ihnen her.

Heilika spürte seinen misstrauischen Blick im Nacken.

Durch das bronzebeschlagene Tor erreichten sie eine Galerie, die auf einen Saal mit Säulen hinabschaute. Auch diese schienen aus dem Stein gehauen. Die Halle war groß genug, um das Heiligtum der Erdmutter in Königstein darin unterzubringen. Auf halber Höhe strömte kühles Morgenlicht durch zahlreiche schmale Fenster. Im Norden stand ein Podest mit einem Thron darauf – Holz und Silber. Die Wand dahinter schimmerte ebenfalls weißlich, eine ziselierte Platte, nein, ein Gong, der das Licht von draußen spiegelte.

Vermutlich war er bei irgendeiner Zeremonie wichtig.

Eine einzelne Tafel war aufgebaut und wirkte ziemlich verloren, obwohl zwei Dienstbotinnen gerade zahlreiche Leckereien auftrugen. Ein Dutzend vornehm gekleideter Alben, darunter Magus Lucian und der lavendeläugige Hauptmann, lungerten herum und unterhielten sich leise. An der Wand standen einige Wächter stramm, die Hände hinter dem Rücken verborgen, als wollten sie für Mobiliar gehalten werden.

Nach unten gelangten sie durch einen weiteren Gang, der sich wendelte wie eine Treppe in Rundtürmen.

Als Noctuola aus dem Eingang zu der Rampe trat, wandten die versammelten Höflinge sich ihr zu und verneigten sich. Die Dienstbotinnen warteten mit tiefen Knicksen auf. Ein Chor von „Guten Morgen, Majestät" verlief sich fast in der weiten Halle.

Ungefähr jetzt wäre es nett gewesen, wenn Nives aufgewacht wäre, aber Heilika wurde enttäuscht.

Noctuola nahm die Begrüßung mit einer Handbewegung entgegen, die anderen suchten sich Plätze und stellten sich hinter ihre Stühle. Die Königin bekam den an der Kopfseite, ein schweres, mit Schnitzwerk verziertes Ungetüm aus blutrot lackiertem Holz.

Sie und ihr Magus tauschten einige Blicke, dann zog Lucian den Stuhl heraus und rückte ihn für Noctuola zurecht, als diese Platz genommen hatte. Den anderen Damen wurde eine ähnliche Behandlung von ihren Nachbarn zuteil, kein Wunder bei diesen Ungetümen von Unterröcken. Danach setzten sich die Männer.

Nur für Heilika war kein Platz mehr frei.

„Ihr wolltet mein neues Haustier sehen", sagte Noctuola schließlich. „Hilka."

Langsam könnte Nives wirklich aufwachen und kluge Ratschläge erteilen. Um auf der sicheren Seite zu sein, knickste Heilika.

Aber vielleicht wäre es auch ohne diese Erniedrigung gegangen, denn Noctuola sah sie nicht an, sondern deutete mit einem Finger auf den Boden rechts neben sich.

Bitte was? „Ich verstehe nicht, Majestät."

„Auf die Knie."

„Ja, Majestät." Heilika kniete sich hin und fand ihren Kopf getätschelt, während Magus Lucian sie, oder genauer, Noctuolas Hand anstarrte.

„Gefallen dir deine neuen Kleider, Hilka?", fragte er.

Heilika runzelte die Stirn. Das war eine Prüfung, wie im Garten. Vermutlich sollte sie bestätigen, wie hinreißend sie ihren neuen Aufzug fand. Sie öffnete den Mund, besann sich und sah Noctuola an.

„Du darfst ihm antworten", sagte Noctuola.

„Es sind sehr schöne Kleider, edler Magus." Was keine Lüge war. An einer Frau hätten Heilika die Sachen gefallen.

„Hm", machte er und widmete sich seinem Frühstück.

Bei den Göttern, die Düfte – frisches Brot, Käse, Rührei mit Speck, Schalen von Erdbeeren und Rhabarberkompott, gebratenes Fleisch. Heilika spürte ihren Magen, hohl und zu sauer. Sie hatte Hunger, schluckte den Speichel, der ihr im Mund zusammenlief.

„Dein neues Haustier ist immer noch sehr munter, Majestät", sagte der Magus nach einigen Bissen.

Noctuola hielt inne und ließ ihr Messer sinken, bis dessen Spitze auf Lucians Brust zeigte. „Was soll das heißen?"

Der Magus wurde tatsächlich ein bisschen rot. „Verzeih mir, Majestät. Aber dafür, dass das Band so stark aussieht, scheint es recht schwach. Im Vergleich zu dem Welpen vorher."

„Sie gehorcht", sagte Noctuola.

„Sie folgt den Worten eines Befehls, Majestät, aber nicht der Absicht."

Hatte er Heilika durchschaut? Gewiss hatten sich ihre Pupillen geweitet, und ihre Pläne mussten daran abzulesen sein, wenn Noctuola schon den beginnenden Angstschweiß nicht roch.

Überraschenderweise widmete die Königin ihr jedoch keine weitere Aufmerksamkeit, sondern maß sich lieber mit Lucian. „Tatsächlich. Aber der Welpe war auch kein Magus. Genau wie der Rest." Es wirkte wie eine Ausflucht. Hatte Noctuola absichtlich kein starkes Band gewebt?

„Die meisten von ihnen haben ein bisschen Talent, Majestät."

„Genug, um bestenfalls eine Kerze zu entzünden. Diese hier könnte vermutlich Altanida zum Einsturz bringen, wenn sie wollte."

„Könntest du, Hilka?", fragte Lucian.

Diesmal sah Heilika Noctuola gleich an, während sie verzweifelt nach einer Antwort suchte, eine, die sie mächtig, aber nicht zu gefährlich erscheinen ließ.

Noctuola winkte. „Du darfst ihm auf alle Fragen antworten."

„Ich bin nicht so stark, edler Magus", sagte Heilika. „Eine einzelne Wand oder zwei könnte ich sprengen. Aber den Berg kann ich sicher nicht einstürzen lassen." Zumindest nicht, solange sie so übernächtigt und ausgehungert war wie heute.

Als ahnte er die Lüge, zuckte Lucian mit der Nase. Oder vielleicht war der Berg vollkommen durchlöchert wie ein kranker Baum vom Borkenkäfer, dann müsste sie nur die tragenden Säulen zerstören.

„Würdest du eine Wand sprengen, Hilka?"

„Nur, wenn meine verehrte Königin es wünscht, edler Magus."

„Und wenn es dich beruhigt, werde ich sie von nun an in meinen Räumen lassen. Mit einem ausdrücklichen Befehl", ergänzte Noctuola.

Hatten die beiden sich schon gestern über Heilikas Ausflug gestritten?

Lucian brummte und aß weiter.

Irgendwann hielt Noctuola Heilika die Gabel mit einer getrockneten Feige darauf hin, und Heilika begriff, dass sie vom Tisch gefüttert werden würde wie ein verzogener Schoßhund. Obwohl sicher alle bemerkten, wie sehr ihr Gesicht brannte, nahm sie das Essen an.

xxx

Cir hatte lange geschlafen und war erst aufgewacht, als der schweigsame Diener Frühstück brachte.

Kurz darauf schaute Noctuola vorbei.

„Guten Morgen, Edler Cir." Sie zog die Mundwinkel hoch.

Sorgen oder schlechte Laune? „Guten Morgen, Edle Noctuola. Habe ich was ausgefressen?"

Endlich lächelte sie richtig. „Nein, nein. Mein Hofmagus strapaziert meine Geduld gerade über Gebühr. Er mag meine Hilka nicht." Sie senkte den Kopf, schaute ihn durch ihre Wimpern hindurch an. „Wir sehen uns heute zum Mittagessen?"

Ob dieses Versprechens konnte er kaum atmen, ihr Blick sorgte dafür, dass der lose Ausschnitt seines Hemdes ihm die Luft abschnürte. Er nickte und verabschiedete sich mit einem erneuten Handkuss. Ihr Duft nach Rosen machte ihm den Kopf leicht wie der Wein gestern.

Nachdem sie gegangen war, konnte er einfach nicht anders, als zu grinsen, bis seine Wangen schmerzten.

Irgendwann tauchte der Rabe auf und stahl getrocknete Früchte und Nüsse vom halb gegessenen Frühstück, während Cir aus dem Fenster starrte und sich den gestrigen Abend in Erinnerung rief: Noctuolas zarte Hände, das Schaukeln ihrer Brüste unter dem Nachthemd, dieser rosige kleine Mund.

Noch nie war Cir so nahe daran gewesen, seine gute Erziehung zu vergessen. Er wollte Noctuola berühren, das warme, einladende Fleisch unter ihren Kleidern spüren, sich hineinversenken.

Er würde sie gegen die Tür drücken, sie hochheben –

Der Rabe krächzte.

Elendes Mistvieh. Vielleicht sollte Cir sich lieber, zum dritten Mal seit gestern Nachmittag, in seinen Waschraum verziehen und sich den Rest dort vorstellen.

Der Rabe hackte nach seiner linken Hand, heftig genug, dass es wehtat. Cir leckte über die Stelle und blies, um sie zu kühlen. Gleichzeitig funkelte er den Raben an, der jedoch kein bisschen Reue zeigte.

Und da klickte das Türschloss.

Das durfte nicht wahr sein. Wie gut, dass er dem Besuch den Rücken zuwandte. Er zupfte an seinem Wams, um die Beweise zu verstecken und fühlte trotzdem die Scham heiß in seine Ohren steigen. Der Rabe hatte ihn vor einer peinlichen Situation bewahrt. Aber warum floh er dieses Mal nicht?

Cir drehte den Kopf.

In der Tür stand ein junger Mann in einem grünen – Heilika? Bei den Ahnen. Heilika in Rock und Mieder, und es sah so falsch aus.

„Guten Morgen", sagte Heilika.

„Morgen", sagte Cir.

xxx

Cir lebte noch. Sich so etwas aus Hinweisen zusammenzureimen war etwas anderes, als Heilikas leichte Belustigung über Cirs Verlegenheit zu spüren. Deshalb bestand Nives darauf, ihn durch ihre Augen zu betrachten, statt es Heilika zu überlassen, worauf sie achten wollte.

In der Hoffnung, dass Nives sich bald beruhigte, setzte Heilika dem Kleinen zuerst die gegenwärtige Situation auseinander. „Und Nives geht es gut, denke ich. Soweit ich weiß, sitzt sie immer noch in der Zelle ein – Noctuola hätte es mir sicher unter die Nase gerieben, wenn nicht." Wie um diese Lüge zu unterstützen, nickte der Rabe.

„Sie hat versprochen, dass sie Nonna bis zum Gerichtstag gut behandeln wird."

Heilika bedeutete ihm, das zu erläutern, während sie sich um Nives' Stirnrunzeln kümmerte.

Es ist besser, wenn er von dem Blutglas nichts erfährt. Es war ein verbotener Zauber, und wer wusste, welche Geheimnisse Noctuola Cir entlockte, bevor die Flucht gelang. Den Gerichtstag wollten sie gewiss nicht abwarten.

„Also ist Noctuola öfter hier?", fragte Heilika, als Cir geendet hatte.

„Jeden Tag zwei Mal", gab Cir zu, wich dabei ihrem Blick aus.

„Sie ist hübsch, hm."

Und da lächelte er wie einer, der selig betrunken war. Völlig verschossen, wie befürchtet. In ihrer Zelle biss sich Nives schon wieder auf ihre Knöchel.

Um klare Verhältnisse zu schaffen, brauchten sie eine eindeutige Antwort. „Hat sie mit dir geschlafen?"

Er schüttelte den Kopf. Sein Gesicht leuchtete nunmehr mit dem Mohn auf dem Feld um die Wette – offensichtlich wünschte er sich, es wäre anders. Wieso er ob dieses Wunsches sein restliches Denken eingestellt hatte, würde Heilika nie begreifen.

„Gut", sagte sie.

Der Rabe krächzte sein Einverständnis.

Cir runzelte die Stirn. „Ich habe angeboten, sie zu heiraten, weißt du."

Die Nixen sollten Noctuola holen, diese Nachgeburt einer räudigen Hündin, ihr bei lebendigem Leib die Eingeweide aus dem Hintern ziehen und –

Oh Mist. Der von Nives ungewohnte Fluch unterbrach Heilikas Inanspruchnahme von Verwünschungen, die sie von den Seeleuten ihrer Heimatstadt kannte. Auch der Rabe schien die Götter um Geduld anzuflehen. Er flatterte zu Cir aufs Bett und zupfte an dessen Hemdsärmel, bis der Junge ihn mit einem Ellenbogenstoß verjagte.

Erzähl von deinen Fundstücken, meinte Nives schließlich.

Vernünftig. „Findest du es nicht merkwürdig, dass sie noch nicht verheiratet ist?"

Da Cir sie mit offenem Mund betrachtete, hatte er diesen Gedanken wohl bislang vermieden.

„Sie ist was? Knapp vierzig? Und ihr Vater ist seit zehn Jahren tot. Hätte sie da nicht längst heiraten sollen, um die Thronfolge zu sichern?"

Ein Stirnrunzeln, anscheinend begann es in ihm zu arbeiten.

„Ich glaube, ich weiß, warum sich bisher keiner hat einfangen lassen", fuhr Heilika fort. „Die Männer haben offenbar Angst, dass Noctuola sie zum Hahnrei macht." Daraufhin berichtete sie von den Überziehern.

Mir ist es ja gleich, was sie in ihrer Freizeit anstellt, solange ich nicht darin verwickelt bin, meinte Heilika zu Nives. *Aber Cir wäre ein Puppenkönig ohne jedes Ansehen.*

In Heilikas Fingern zuckte es, als Nives sich vorstellte, Noctuolas Hals sei in Reichweite, um sie zu erwürgen.

„Aber der Frieden", widersprach Cir. „Sie und ich, wir könnten gemeinsam ..."

Er verstummte, als er Heilikas gehobene Brauen bemerkte.

„Hast du vergessen, was du und Nives mir über Solanus Gannes' Tod erzählt habt?"

Der Rabe nickte, als hielte er das für ein sinnvolles Argument.

„Aber ..."

„Wie groß ist die Wahrscheinlichkeit, dass sie dich lange genug behält, um einen Erben zu zeugen, und dann?" Heilika machte eine eindeutige Geste. „Wer wollte Noctuola schon deswegen verurteilen? Für einen unbedarften Außenseiter, der seines Vaters Erbe offensichtlich unwürdig ist?"

Cir erblasste. Richtig geraten, dass er doch noch seinen Stolz besaß.

Nives schüttelte den Kopf. *Du bist zu harsch mit ihm.*

Jungs in dem Alter hören nicht auf nette Bitten. Heilika schob Nives Erinnerungen an Kopfnüsse hin, die sie Tankred verpasst hatte. *Ab und an muss man sie mit Gewalt zur Besinnung bringen.*

Als würde es beim Denken helfen, rieb Cir sich die Stirn. „Was schlägst du vor?"

Ah. Da war der zukünftige König. „Wir wüssten alle gern, was sie tatsächlich plant. Versuch, da etwas herauszufinden. Wie viele Sklaven sie hat und wo die sind. Ich habe von Baracken gehört, in denen angeblich kein Platz mehr ist."

Wie zur Bestätigung des Gerüchts krächzte der Rabe, und Cir brummte seine Zustimmung.

„Du wärst ein guter Aufhänger für solche Fragen."

Sofern sich Noctuola tatsächlich zu Heilika hingezogen fühlte, würde sie gewiss gern über sie sprechen. „Aber vorsichtig, hörst du."

Obwohl er die Augen verdrehte, fuhr sie fort: „Erfinde irgendetwas, das diese Maga Vigilea gesagt hat. Nähere dich dem Thema um ein paar Ecken."

Er hob die Hand, um sie zu unterbrechen. „Du bist ja schlimmer als Nives. So viel darfst du mir schon zutrauen."

Als wollte der Rabe dieser Beteuerung spotten, rupfte er schon wieder an Cirs Hemd.

Wie lange hält das vor?, fragte auch Nives. *Er hat das alles schon einmal vergessen, bei Noctuolas Anblick.*

Wahr. Wie weit wollten, konnten sie ihm vertrauen? Würde er sich helfen lassen, und wenn ja, wie?

Natürlich hatte der Rabe Heilikas Gedanken nicht gehört. Dennoch flatterte er auf ihre Schulter und zupfte zielgerichtet an der Schnur mit dem Blutglasamulett.

Ein beinahe undenkbarer Einfall schlich sich an. *Besser für das Huhn als für das Ei gehenkt zu werden*, meinte eine Stimme in ihrem Hinterkopf.

Sie ließ ihren Blick schweifen, auf der Suche nach etwas, woran ein Siegel hängen bleiben würde. „Ich kann dir ein Amulett für einen klaren Kopf herstellen." Hoffte sie.

Es dauerte eine Weile, bis Cir sein Einverständnis gab.

Am Ende pulte sie einen Beschlag vom Nachttisch, Messing. Außerdem kratzte sie die Schnittwunde von gestern wieder auf und verrieb einen Tropfen Blut auf dem Metall, damit ihre Kühle daran hängenblieb. Dann erwärmte sie alles, bis das Messing ihr Blut umschloss und ein dünner Fußreif entstanden war, der auch unter Cirs schmal geschnittenem Beinkleid nicht auffallen würde.

„Wehe, du erzählst das weiter", sagte sie und meinte damit Cir und Nives.

Beide nickten ihre Zustimmung, Nives drückte sie vor lauter Überschwang in Gedanken.

Bevor Cir sich den Reifen anlegte, drehte er ihn in den Händen. „So etwas habe ich noch nie gespürt. Aber es scheint zu helfen. Danke."

Danach war Heilika so erschöpft, dass sie genau das tat, was Noctuola ihr nach dem Frühstück befohlen hatte: Sie zog sich für den Rest des Tages in ihre Kammer zurück. Dort legte sie sich ins Bett.

Weckst du mich in ein paar Stunden?

Statt die Bitte mit Worten zu bestätigen, strich ihr Nives in Gedanken durchs Haar und vertrieb so die Erinnerung an Noctuolas Faszination dafür.

XXX

Nach Heilikas Besuch hatte Cir Mühe, stillzusitzen. Die Erwartung oder sonst etwas ließ ihn nicht zur Ruhe kommen. Sogar seine Kleider schienen vor Heilikas messerscharfem Verstand davonlaufen zu wollen. Auch der Rabe konnte ihn nicht ablenken, obwohl er sogar ein Steinchen zum Spielen anschleppte.

Kurz nach Mittag floh das Tier, und Noctuola betrat das Zimmer in Begleitung ihres Dieners und mit mehr Essen.

Sie war immer noch atemberaubend, aber durch Heilikas Amulett hatte sich Cirs Blick geklärt: Die enge Schnürung ihres Mieders, die schmerzhaft sein musste und ausschließlich dazu diente, Blicke auf ihre Oberweite zu ziehen. Ein Lächeln, das die Augen erreichte und dem doch die Wärme fehlte. Die Lippen, die ein bisschen zu häufig in vorgeblicher Andacht offenstanden.

Es war seltsam, so an Heilikas Denkweise teilzuhaben. Diese ganzen genauen Beobachtungen, die Fragen nach dem Grund und dem Zweck.

Cir lächelte zurück und starrte trotzdem. Es blieb eine schöne Aussicht.

„Ist schon etwas wegen des neuen Gerichtstermins herausgekommen?", fragte er, als sie mit dem Essen fast fertig waren.

Noctuola schüttelte den Kopf und tupfte dabei ihre Finger an einer Serviette ab. „Noch kann ich sie hinhalten."

„Dankeschön."

Sie neigte den Kopf zur Seite und sah ihn dabei von unter ihren Wimpern an.

„Und, ah. Wie geht es Nives?"

Ein Lächeln, entschuldigend. „Gut, aber sie ist noch immer eingesperrt."

„Dann ist die Cavaliera nicht eingesperrt?" Cir machte große Augen. „Ich dachte, du hättest sie bezaubert, damit sie nicht ausbricht?"

„Nun. Ich konnte sie unmöglich bei Nives lassen. Die Menschin kann gewiss nichts dafür, aber dass ausgerechnet diese Kinderfrau sich zu so etwas herabwürdigt ..." Noctuolas rechte Oberlippe zuckte. „Wir werden sie den Heilern vorstellen müssen, sobald das Gericht getagt hat." Sie sah zur Wand. „Vielleicht sollte ich schon vorher jemanden hinzuziehen – am Ende hat ihre unnatürliche Neigung zu Menschen ihr Verbrechen begründet?"

Weil er sich fühlte, als hätte sie ihm einen Schlag mit einem Kantholz verpasst, brachte Cir nur ein Blinzeln zustande. Ein Glück, dass Heilika vorhin erst von seiner Nonna berichtet hatte. Sich auf seinen Auftrag besinnend, hauchte er: „Du hast der Cavaliera doch nichts getan?"

Noctuola tätschelte seine Hand. „Du brauchst dir keine Sorgen zu machen. Ich habe sie bezaubert, um sie zu erziehen. Bezauberte Menschen können sehr nützlich sein."

Cir grub seine freien Finger in die glatten Laken, zwang sich zu einem Nicken. Gut, dass er schon gegessen hatte. Mittlerweile war ihm flau im Magen, und er hätte keinen einzigen Bissen mehr heruntergebracht.

„Ich frage mich, wie Nives es ohne Zauber angestellt hat", sagte Noctuola. „Weißt du vielleicht, was sie meinem neuen Haustier versprochen hat?"

Cir schüttelte den Kopf.

Noctuola lachte. „Vermutlich war es zu schändlich für deine jungen Ohren."

Ihm wurde heiß. Sie hatte ja keine Vorstellung. Oder vielleicht doch? Der Ring um seinen Fuß ließ seine Haut kribbeln und erinnerte ihn daran, dass Noctuola wenige Dinge ohne Berechnung zu tun schien. „Und, und wozu erzieht man einen Menschen? Ich dachte, du hättest die *servi*, damit sie in den Bergwerken arbeiten."

Noch so ein Zucken der Oberlippe. „Nun, das ist nur ein Zweck, den sie erfüllen. Aber Hilka kann ich nicht in den Baracken bei den anderen lassen."

Wie bitte? Also lebten derzeit fast alle Sklaven in speziellen Unterkünften. In der Hoffnung, dass sie ihm die Erleichterung über Heilikas Freiheit nicht ansah, fragte Cir: „Wo sind die Baracken?"

„Unter dem Palast." Noctuola knüllte die Serviette zusammen. „Meine süße Hilka ist zu gefährlich.

Wenn es Streit zwischen ihr und den anderen gäbe, würden gleich so viele totgehen."

Nachher, nachher, versprach sich Cir.

Sobald Noctuola weg war, konnte er sich übergeben.

„Ich fand interessant, was du gestern gesagt hast", meinte Noctuola weiter. „Dass sie manchmal eigene Geschichten erfinden und nicht nur das nachplappern, was sie von uns noch wissen."

„Ich", Cirs Finger beschrieben einen Kringel auf dem Laken. „Bis heute Abend fallen mir sicher ein paar vollständig ein, damit ich sie dir erzählen kann." Und wieder flüchtete er sich hinter die weit aufgerissenen Augen.

Noctuola kicherte. „Ich wünschte, ich könnte heute Nacht bei dir weilen, Edler Cirrus. Aber mein Großonkel hat sich angekündigt, und er vertritt die Gannes im Rat. Morgen früh?"

Mangels anderer Möglichkeiten küsste er ihre Hand. „Morgen früh. Ich werte das als Versprechen. Und viel Glück mit dem Großonkel."

Dann war sie weg. Erstaunlicherweise musste Cir sich doch nicht erbrechen.

Totgehen. Als wären es wirklich Tiere, die sie gefangen hielt. Cir wusste, wie es war, am falschen Ende eines Schimpfwortes zu sitzen. Aber wenigstens hatte niemand Nives eingesperrt oder ihn wie einen überzähligen Kater ertränkt.

Nein. Noctuola konnte er nicht heiraten. Und falls die anderen Alben genauso über Menschen dachten, hatte er viel Arbeit vor sich, wenn er König war.

xxx

Eigentlich hatte Nives Heilika erst zum Wachwechsel wecken wollen, der um die dritte Stunde nach Mittag stattfand. Als jedoch der Wärter mit dem Mittagessen kam, etwas später als erwartet, da stolzierte Noctuola hinter ihm her.

Nives stand auf. *Heilika?* Sie stupste ihre – die Cavaliera mit geistigen Fingern, bis diese aus den Tiefen eines Traums emporkroch.

Glücklicherweise schindete der Wärter weitere Zeit für sie, indem er Nives das Tablett hinschob und sich verbeugte, bevor er wieder verschwand.

Erst dann stellte Noctuola das Leuchten des Gitters mit einer Berührung ab.

„Es sieht schlecht für dich aus, Kinderfrau."

Nives runzelte die Stirn und machte ein paar Schritte nach vorne, gerade so weit, dass Noctuola sie nicht würde berühren können.

Diese ließ einen Finger an einer Gitterstange entlanggleiten, als striche sie über die Brust eines Liebhabers. „Ich wollte Cir dem Rat als meinen Verlobten vorstellen. Auf diese Weise wären die Pol-Salvans, die Salvanels und die Tarandones endlich zufrieden gewesen."

Hatte Audax doch Recht behalten, dass Spinosas Tod nicht vergessen war. Nives erlaubte sich ein Blinzeln. Offensichtlich hatte Noctuola dafür gesorgt, dass Cir die Verlobung für seine eigene Idee hielt.

„Aber dein Junge stellt auf einmal Fragen. Ich weiß nicht, wie du es zuwege gebracht hast, aber er hängt an dieser Hilka mehr als an mir. Als sei sie sein Schoßhund."

Nives kniff die Augen zusammen. War es nicht Noctuola, die Heilika als willenlose Dienerin für sich wollte?

Auf einmal war Heilika richtig munter. *Erzähl ihr von mir, damit sie glaubt, dass ich leicht zu lenken bin.*

„Hilka ist zuverlässiger und treuer als die meisten Menschen." Was keine Lüge war.

„Nun, jedenfalls werde ich sie und dich gut behandeln müssen, damit er mich heiratet." Vor allem, dass sie Nives gut behandeln musste, schien ihr sauer aufzustoßen, so, wie den Mund verzog.

Nives straffte die Schultern. Was hatte sie Noctuola getan? Weiter entfernt setzte Heilika sich in ihrem Bett auf und hob die Brauen.

„Du willst mir ein Geschäft anbieten?"

Noctuola lächelte, doch ihre Hand schloss sich um die Gitterstange wie um eine Waffe. „Du wirst Cir davon überzeugen, mich zu heiraten. Vielleicht fällt dir eine passende Geschichte dazu ein? Du bist ja ein wahrer Hort von Weisheiten. Sobald ein entsprechender Vertrag aufgesetzt ist, kann ich den Rat zu fast allem bringen. Auch dazu, die Anklage gegen dich fallenzulassen."

Obwohl ihr Herz in ihrer Brust klopfte, als gehöre es einem Hasen, der vor einem Raubvogel floh, versuchte Nives bedächtig zu nicken. „Und weiter?"

„Du wirst hier bei Hofe leben und Cirs und meinen Erben erziehen. Unter Lucians Aufsicht, damit du das Kind nicht mit deinen Erzählungen beeinflusst."

Fragt sich, wie lange Cir nach der Geburt überlebt, meinte Heilika. Nives zuckte mit der Nase. Als hegte sie nicht denselben Verdacht.

„Ich würde dir auch Hilka für einen großen Teil des Tages anvertrauen. Und gewiss ...", fuhr Noctuola fort, „gewiss finde ich einen Mann mit widernatürlichen Neigungen, der deine Hilka besteigt, sodass du endlich ein paar Kinder großziehen kannst, die wenigstens andeutungsweise deine sind."

Nives grub ihre Finger in ihre Röcke. Wie hatte Noctuola ihre Gedanken ahnen können? Geheime Wünsche, von denen sie wusste, dass sie nicht umzusetzen waren, denn sie widersprachen den Gesetzen, widersprachen Heilikas Eid.

Nein, das ging nicht.

Das will ich auch hoffen.

Nives' Haut krabbelte wie von Ameisen, sie rieb sich über die Arme. Offensichtlich ekelte Heilika die Vorstellung, Kinder zu haben. Wie traurig.

Immer noch starrte Noctuola und wartete auf eine Antwort.

„Darf ich bis morgen nachdenken?"

Noctuola gab der Bitte mit einer Geste statt, die wohl einer Königin gerecht werden sollte und doch nur eitel wirkte. „Bis morgen. Über wichtige Entscheidungen soll man ja bekanntlich schlafen."

Wieso klang das, als würde Nives ein Zitat unter die Nase gerieben?

„Danke", sagte sie. Es kam eher wie ein Keuchen heraus.

Noch ein verkniffenes Lächeln von Noctuola, dann war Nives allein, mit einer misstrauischen Heilika am anderen Ende ihrer Verbindung. Sie fror, und das blaue Leuchten des Gitters besserte die Lage auch nicht.

Jetzt verrate mir, welche Pläne du ohne mich gemacht hast. Heilikas Stimme schnarrte in Nives' Kopf.

Ich würde gern mit dir zusammenleben, gab Nives zu.

Über meine Zukunft kann ich nicht entscheiden, das weißt du.

Nives verkniff sich ein Nicken. *Du bist deinem König treu. Ich hatte vielleicht gehofft, dass dein König die Notwendigkeit eines Botschafters hier sieht.*

Wenn, dann gewiss nicht ich vorlauter Querkopf. Das Urteil schien endgültig wie das fallende Beil eines Henkers. *Wieso bist du so versessen auf eigene Kinder? Wieso findest du es schade, dass ich keine haben werde?*

Du weißt, dass unsere Ahnen über uns wachen und unser Schicksal mitbestimmen. Nives rang die Hände. *Wer keine Kinder hat, kann kein Ahn sein.*

Hm, machte Heilika. *Meine Götter sind anders. Ich bin auch überhaupt nicht traurig, dass mein Eid mich zur Keuschheit zwingt.*

Ich weiß, sagte Nives. *Aber ... hast du nie darüber nachgedacht?*

Oh. Ein dreckiges Grinsen von Heilika. *Ich habe darüber nachgedacht, und –* Flüchtige Eindrücke prasselten auf Nives herab wie ein Gewitterregen. Getuschel unter kleinen Mädchen. Erläuterungen zum monatlichen Übel von einer Heilerin mit vor Verlegenheit roten Wangen. „Das Kind isst zu wenig." Ein Geheimnis, in ein vertrautes Ohr geflüstert. Durchwachte Nächte, bis, irgendwann, hier, hier und hier, die Hebel gefunden waren. Besorgte Blicke von den Erwachsenen. Zu groß, zu dünn, zu rauflustig. Hundert Liegestützen und fünfzig Klimmzüge jeden Tag.

Fremder Stolz dehnte Nives' Brust.

Ich habe nie in meinem Leben geblutet, verstehst du? Mein Amulett ist nur Tarnung, damit die Heilerinnen nichts merken.

Hasste Heilika ein Dasein als Frau so sehr, dass sie sich verstümmelt hatte?

Wie bitte? Heilika zeigte ihre Stacheln. Es tat weh, als wäre das Blutglas plötzlich aus Eis.

Heilika ...

Versuch nicht, mich zu beschwichtigen. Was bei den Druden hast du gemeint?

Was hatte Nives gemeint? *Glaubst du nicht, dass – ob es nun die Ahnen sind oder deine Götter, die dir deinen Körper gegeben haben – glaubst du nicht, dass sie es aus einem bestimmten Grund getan haben?*

Da es keine Option gibt, weder noch zu sein, bin ich nur dankbar, dass es keiner mit einem Schwanz ist, die Götter seien davor.

Ich – Nives legte die Hände zusammen wie für ein Gebet, hätte aber unmöglich erklären können, wen sie worum anflehte. Außer ihr gab es sicherlich noch tausend andere Frauen, die sich Kinder wünschten und keine haben konnten, und Heilika hatte dieses Geschenk weggeworfen und mit Füßen getreten.

So also. Eine Pause, in der Heilika ihre Wut einsammelte, langsam und sorgfältig, wie Scherben. Wenn Nives nicht aufpasste, würde sie sich völlig zurückziehen. Und dann?

Bitte lass mich nicht hier eingesperrt.

Weil ich auch alleine das Tal verlassen kann. Der Satz schmeckte sauer wie Essig. *Wir erreichen sowieso nichts mehr, wenn wir hier länger aushalten. Ich hole dich und Cir heute Nacht heraus. Du überlegst dir solange, an welches Adelshaus ihr euch wenden wollt.*

Daraufhin herrschte Stille. Nives langte aus, griff ins Leere, wie in einem Versuch, Sonnenstrahlen zu fangen.

Heilika musste das Blutglas abgenommen haben.

Hatte Nives sie wirklich so sehr beleidigt? Dabei war es doch – wer tat so etwas? Wer zwang seinen Körper in eine Form, für die er niemals bestimmt gewesen war? Wer außer Heilika? Wie konnte die nur erwarten, dass Nives eine solche Auflehnung gegen die Schöpfung einfach hinnahm und keine Fragen hatte?

Aber Nives hatte keine Fragen gestellt, sondern gewertet, nicht wahr? Jetzt war es zu spät, um Verzeihung zu bitten. Sie starrte mit trockenen Augen das blau leuchtende Gitter an und versuchte zu verstehen, ob diese Liebe ohne Namen von Anfang an zum Scheitern verurteilt gewesen war.

xxx

Der restliche Tag verging quälend langsam. Gegen Abend ließ Heilika Noctuolas Bad ein, stahl ein Bronzemesser für Cir und legte sich alles zurecht, was sie noch brauchte.

Noctuola kam später als gestern, und wieder half Heilika ihr aus diesen ganzen Kleidern. Sie musste sich Mühe geben, die Täuschung weiterzuführen, langsam zu sein, an Noctuolas Rosenduftwolke zu schnuppern.

Zweifellos hätte Nives Heilika bereitwillig ermahnt, wenn sie das Amulett hervorholte, aber das ging gerade nicht. Warum hatte Nives erst so lange alle Fehler vermieden, um am Schluss doch zu urteilen?

Verstümmelt.

Wie konnte Nives nur? Aber Nives würde es erst verstehen, wenn Heilika es ihr erklärte. Erklärungen waren anstrengend, gingen nicht selten mit mehr Beleidigungen einher – kalt, gefühllos, heischt um Aufmerksamkeit, von den Druden gebissen, führt sie einem Heiler vor! Das Kind ist nicht ganz richtig im Kopf.

Derartiges hatte Heilika schon zu oft gehört und sich von Nives ohnehin Besseres versprochen.

„Du kannst gar nicht erwarten, mich unbekleidet zu sehen, hm?"

Heilika sah von den Schnürungen des Hemdes auf, ihre und Noctuolas Blicke trafen sich in dem großen Spiegel, einer überrascht, der andere mit weiten Pupillen, Angst oder Lust.

Glücklicherweise war Heilika schon heiß vor Wut, und die Andeutung tat das ihre, um sie verlegen wirken zu lassen. „Du bist sehr schön, Majestät."

Noctuola lächelte. „Benimm dich weiter gut, dann gestatte ich dir vielleicht bald mehr, als nur zu schauen."

Bäh. Was hätte Heilika gegeben, um falsch geraten zu haben. „Du bist auch sehr großzügig, Majestät."

Während Noctuola planschte, erlaubte sie sich, sich zu schütteln.

Nach dem Bad hieß die Königin Heilika, ein weißes, fast durchsichtiges Nachthemd herauszusuchen, dazu einen blutroten Mantel. Kurz darauf trat der Diener ein, stellte ein Tablett mit einem Festmahl auf einer der Truhen ab.

Noctuola drückte Heilika zwei Kanten Brot in die Hand und schickte sie in ihre Kammer, mit dem Verbot, herauszukommen, bis am Morgen die Glocke läutete. Offenbar hatte sie viel vor.

Heilika tat wie befohlen. Innen lehnte sie sich an die Tür, legte ein Ohr dagegen und lauschte.

Gleich danach klopfte es, jemand kam ins Schlafzimmer. Eine Männerstimme. „Was kann ich für dich tun, meine Königin?"

Der Magus Lucian. Wieso überraschte sie das nicht?

„Abgesehen vom Üblichen?" Noctuola hatte die Stimme gesenkt, schnurrte fast. „Unser junger Gast stellt mir entschieden zu viele Fragen. Glücklicherweise braucht er sowieso Kleider zum Wechseln." Der Rest des Gesprächs war ein Wispern, unterbrochen von Noctuolas leisem Lachen und einem Stöhnen seitens des Magus.

Es war nicht schwer zu erraten, was drüben vorging, also setzte sich Heilika auf das Bett und zog einen Schallschutzkreis, um ihr Abendessen in Ruhe genießen zu können. Zu Noctuolas Zweideutigkeiten vorhin brauchte sie nicht auch noch eindeutige Geräusche.

Also: Noctuola zweifelte an Cirs fleischeslustbedingter Blindheit. Selbiger hatte sie nachhelfen lassen, wie auch immer Lucian einen Haufen Leinen und Seide mit einem Siegel versehen hatte. Der Magus hingegen misstraute dem Zauber, den Noctuola über Heilika gelegt hatte. Nun. Mit etwas Glück würden die beiden bis morgen warten, um deswegen mehr zu unternehmen.

Irgendwann hob Heilika den Zauber auf; drüben war es still.

Sie zog sich um, holte das zweite Messer wieder aus ihrer Matratze. Der Blutglasanhänger wanderte an ihren Gürtel, genauso das Tuch mit dem Bergkristall. Nur das Amulett gegen Frauenleiden blieb in der Kammer – falls Noctuola in der Nacht aufwachte und Heilika mit dem Albenzauber suchte, würde sie annehmen, dass ihr Hündchen gehorcht hatte.

Dann schlich sie an das nördlichste von Noctuolas Fenstern. Zwischen zerwühlten Laken schlummerten die beiden, wobei der Magus seine Königin umklammerte, als wollte er sie am Weglaufen hindern. Womöglich ahnte er, dass sie ihm nicht alles erzählte.

Heilika schüttelte den Kopf – ob wer was mit wem freiwillig trieb, sollte vollkommen gleichgültig sein, doch stattdessen werteten sie es als Charakterzug wie beispielsweise Ehrlichkeit.

Der Zauber gegen Zugluft strich über ihre Haut wie ein zweiter dünner Vorhang.

Zehn Schritte Platz zwischen den Öffnungen im Felsen. Mindestens vier Stockwerke freier Fall, bis der Hang unten den Ausläufern des Rosengartens wich. Ohne Handschuhe und ohne Talk.

Es würde schon gut gehen. Heilika starrte den Berg an und kletterte, Vorsprung um Vorsprung, mit zusammengebissenen Zähnen. Als sie das letzte Mal eine längere Strecke so zurückgelegt hatte, da hatte das Wissen um den Aufprall nicht so sicher den Tod mit eingeschlossen.

Gerade als sie glaubte, ihre Finger müssten beim nächsten Griff abrutschen, weil sie zu feucht waren, erreichte sie den Sims und wälzte sich in Cirs Zimmer.

Irgendwo in der Dunkelheit flatterte der Rabe auf, der Kleine schlief ruhig und ahnte nichts von allem.

Heilika machte ein Licht, ging zu seinem Bett und rüttelte an seiner Schulter.

Es dauerte eine Weile, bis sie Cir so weit hatte, dass er sich anzog.

Wenigstens schien der Rabe zufrieden, auf Heilikas Schulter zu sitzen und sich Cirs ständigen Fluss an Fragen anzuhören. Wieso heute? Warum hatte sie ihn morgens nicht gewarnt?

Damit er den Mund hielt, funkelte Heilika ihn an. „Wir entkommen durch den Garten und werden bei einem befreundeten Adelshaus Unterschlupf suchen. Die werden sicher an der Wahrheit interessiert sein. Es gibt Beweise für mehr als eine krumme Machenschaft." Eingeschlossen Noctuolas Affäre mit Lucian, die sie offensichtlich geheimhielt.

„Aber ... selbst wenn wir im Rat Verbündete finden", sagte Cir, „kann es sein, dass Noctuola die Sklaven für sich kämpfen lässt."

Heilika kratzte sich den Hinterkopf. „Wir werden sie rechtzeitig aufhalten." Soldaten brauchten Waffen, die man zerstören konnte. Desgleichen ließ sich vielleicht das Amulett gegen Eisenbrand nachbauen, wenn Heilika Hilfe von einem Magus bekam.

Endlich nickte Cir und zog sich ein paar rot-grüne Lederpantoffeln her.

„Wo sind deine Stiefel?"

Er zuckte die Schultern. „Verschwunden, zusammen mit meinem ganzen Gepäck."

„Und wie willst du in diesen Dingern rennen oder klettern?"

Cir widmete den Pantoffeln einen letzten sehnsüchtigen Blick und stand dann barfuß auf. Noctuolas Bronzemesser steckte er offen unter seinen Gürtel.

„Gehen wir Nonna befreien."

Der Wächter vor der Holztür zu Nives' Zelle glotzte sie schlaftrunkenen an. Ehe er noch begriff, was geschah, betäubte Heilika ihn mit einem gezielten Druck an die Halsschlagader. Den Armreif mit dem Diamanten bekam Cir, genauso wie ein Messer in einer richtigen Scheide. Er selbst lieh sich die Stiefel aus.

Mit dem kopierten Siegel im Bergkristall ließ sich auch diese Tür öffnen.

Im Besitz des Wächters fand Heilika außerdem einen Schlüssel, der das Glühen des Gitters zum Verlöschen brachte. Eine Tür darin kam deswegen aber nicht zum Vorschein.

Vermutlich gab es einen Trick dazu, doch Heilika hatte keine Zeit, ihn zu suchen. Stattdessen weichte sie zwei Gitterstäbe auf und bog sie zur Seite, sodass Nives hindurchschlüpfen konnte.

Cir schnappte sie sich und drückte sie. „Nonna."

Kurz wuschelte Nives ihm durch die Haare und sah dabei Heilika an, erwartete wohl noch eine Umarmung.

Nein, Heilika hatte ihr nicht vergeben. Dass sie überhaupt die Nähe zu verstümmelten Teilen suchte, verwunderte. „Gehen wir."

„Ähm", machte Cir, doch Nives schüttelte den Kopf. Gut.

Sie hasteten den Gang zurück. In der letzten Kurve vor dem Durchgang zum Garten beschleunigte Cir, als lockte ihn die frische Luft.

Der Rabe krächzte, das Geräusch hallte durch den leeren Korridor.

Um anzuhalten, fing Cir sich an der Wand ab. Heilika hatte gute Lust, dem Vieh den Hals umzudrehen.

„Er hat Recht", flüsterte Cir schließlich. „Da ist", er tastete in der Luft herum, „etwas wie eine Mauer."

Hm. Mit ihren magischen Sinnen versuchte Heilika zu erspüren, was er meinte, bekam aber nur das verschwommene Bild eines Siegels, das vorhin noch nicht da gewesen war. Eine Meisterarbeit, die kaum ein Mensch in dieser kurzen Zeit hätte leisten können. „Lucian muss aufgewacht sein."

Nives kaute auf ihrer Unterlippe, Cir schien sich um Ruhe zu bemühen.

„Was jetzt?"

Dieses Siegel aufzulösen überstieg Heilikas Fähigkeiten. „Zum Thronsaal."

Sie hielt den anderen beiden je eine Hand hin. Cir griff kräftig zu, Nives unschlüssig, mit schweißfeuchten Händen. Auf diese Berührung hätte Heilika lieber verzichtet, aber sie drückte zurück und webte eine Tarnung, bevor sie weitergingen.

Niemand begegnete ihnen, nur an der offenen Tür zum Thronsaal wartete ein Wächter mit gezücktem Schwert. Zweifellos hatte Lucian ihn gewarnt, und nun schien er sich zwingen zu müssen, seinen Posten nicht zu verlassen.

Heilika schlug ihn mit einem Gedanken nieder.

Während Cir ihm den Armreif gegen Eisenbrand abstreifte und ihn Nives gab, las Heilika das Schwert auf. Danach machte Cir Anstalten, den Wächter nach weiteren Waffen zu durchsuchen.

Der Glockenton, der Heilika schon am Morgen geweckt hatte, ließ ihn innehalten. Aber es war viel zu früh, um irgendwen zu –

Noch ein Schlag, diesmal lauter, noch einer, bis das Metall zu den Waffen schrie.

Der Gong im Thronsaal.

Heilika stürzte durch die Tür auf die Galerie und von da zum Geländer.

Unten war es dunkel, nur Thron und Gong schimmerten wie von innerem Licht erhellt. Albensilber? Davor spürte Heilika Lucians Aura und den tuscheartigen Zauber wie einen Schatten.

Sie warf einen Feuerball nach ihm.

Lucian wirbelte herum, schrumpfte im Angesicht der herannahenden Hitze.

Als die fehlfarbenen Nachbilder vor ihren Augen verschwanden, sah Heilika etwas aus dem Saal huschen. Der Magus hatte sich verwandelt, trotz des Bannes, über den Cir geschimpft hatte.

Mit einem Krächzen warf sich der Rabe in die Luft und sauste nach links. Nun. Sah so aus, als hätte das Tier ein besseres Gedächtnis als angenommen und außerdem eine Ahnung, wohin Lucian wollte.

„Halt ihn auf", sagte Cir von hinten. „Wir finden schon allein raus."

Heilika nickte und spurtete dem Vieh hinterher.

xxx

Cir starrte erst Heilika nach und dann Nives an. „Wieso konnte er sich verwandeln?"

Sie schüttelte den Kopf. Keine Zeit für solche Gedanken. „Wir müssen weiter." Aus dem Saal gab es mehrere Ausgänge, sie wies mit dem Kinn nach rechts.

Etwas Großes flog aus der Tür zu Noctuolas Gemächern, prallte gegen Nives und warf sie zu Boden. Dann kalter Stahl an ihrer Kehle.

9

„Keine Bewegung", zischte Noctuola. Sie trug ein graues Hemd, das sie fast mit den Schatten verschmelzen ließ.

Nives bekam keine Luft mehr. Das war der Säbel – wenn Noctuola ausholte, würde sie ihr mit einem Schlag den Kopf abtrennen. Allein der Armreif verhinderte, dass ihre Haut unter der Berührung Blasen warf.

Auch Cir war eingefroren. Nives rollte mit den Augen, er sollte weg, los, noch waren die Wachen nicht eingetroffen. Ihr Leben war sowieso geliehen seit jener Nacht im Winter. Doch ihr Junge rührte sich nicht von der Stelle.

„Bitte, tu meiner Nonna nichts."

Noctuola schnaubte.

„Ich mach alles, was du willst."

Einen Herzschlag lang schien Noctuola überlegen zu müssen, dann nickte sie. „Los, auf die Füße."

Während sie aufstand, verließ die Klinge keinen Moment lang ihren Platz an Nives' Kehle. Wie das letzte Mal angesichts des nahenden Todes sah sie alles klar vor sich: Wie Noctuola sie als Geisel benutzte, um Cir wieder einzusperren, wie Nives den kurzen Rest ihres Lebens hinter dem blau leuchtenden Gitter verbrachte. Wie Cir gleich nach der Geburt seines Sohnes an Gift starb.

Nein. Nives trat nach Noctuolas Knie.

Die Klinge schabte eine brennende Spur in ihren Hals, sie lehnte sich außer Reichweite, ließ sich fallen.

Cir sprang Noctuola von der Seite an, griff nach dem Heft des Säbels. Sie stach mit den Fingern ihrer freien Hand nach seinen Augen, und er taumelte zurück.

xxx

Der Rabe führte Heilika zu einer winzigen Tür. Irgendwer hatte sie von außen mit Mörtel und flachen Steinplatten beklebt, sodass sie unsichtbar war. Vorbereitungen für eine Flucht oder einen Ausfall?

Über den steilen, steinigen Hang wand sich ein schmaler Pfad nach unten. Heilika folgte ihm, so schnell es eben ging. Bloß nicht daran denken, was geschehen würde, wenn sie ausrutschte.

xxx

Cir hatte sich schnell wieder aufgerappelt, aber seine Augen tränten. Alles drang wie durch einen Schleier zu ihm. Fast schienen Noctuolas Gesicht und ihre Hände körperlos im Zwielicht zu schweben.

Die Königin beobachtete abwechselnd Nives und ihn, als wüsste sie nicht, auf wen sie zuerst losgehen sollte. Wenn sie hier zu irgendetwas kommen wollten, mussten sie Noctuola die Waffe entwinden.

Nives hoffte wohl, er würde fliehen, aber wohin? Er kannte sich nicht aus. Außerdem wollte er seine Nonna nicht Noctuolas Zorn überlassen.

In der Erwartung, dass Nives schnell genug begriff, hob er die Hände und wagte einen Schritt Richtung Noctuola. „Bitte, Nonna, das nützt doch nichts. Es gibt bestimmt für alles eine vernünftige Erklärung?" Er bemühte sein bestes unbedarftes Lächeln.

Leider antwortete Noctuola nicht. Cir hatte Mühe, die Feinheiten ihres Ausdrucks zu erkennen. Dass Nives sich trotz ihrer Wunde hochmühte, erriet er nur, weil ihr Kleid raschelte.

„Wir sind doch nur gekommen, weil uns die Leute in Pascanova nicht mehr haben wollten", fuhr er fort. „Damit wir endlich unter unseresgleichen leben können." Noch ein Schritt, und Noctuola änderte ihren Griff um das Heft des Säbels. Ließ ihn sinken, sodass ein Hieb nicht mehr seine Kehle, sondern seine Rippen treffen würde. „Warum setzen wir nicht einen Vertrag auf, Edle Noctuola? Ich verzichte auf den Thron, und du lässt uns hier in Ruhe wohnen."

Noctuola zuckte mit der Nase. Das musste doch genau das sein, was sie sich die ganze Zeit erträumt hatte.

Noch ein Schritt.

In Noctuolas Rücken bewegte sich Nives und sprang, umklammerte sie, um ihre Oberarme ruhigzustellen.

xxx

Noctuola warf ihren Kopf nach hinten, ihr Schädel prallte gegen Nives' rechten Wangenknochen.

Nives' Griff wollte sich lockern, aber sie gab nicht nach, auch nicht, als die andere sich wand, aufbäumte, nach hinten trat wie ein wütendes Pferd.

Endlich half Cir mit, griff von der Seite nach Noctuolas linkem Handgelenk, nach dem Armreif.

Die Königin fuchtelte mit dem Säbel, erwischte Cir mit der Klinge am Kopf, er keuchte.

Einen Augenblick schien Noctuola von dem Treffer selbst überrascht, hielt inne.

Dann grunzte Cir, ließ sich fallen. Noctuola jaulte auf, schleuderte den Säbel zu Boden wie eine glühende Kohle. Das Metall klapperte auf den Stein. Der Armreif kullerte zur Brüstung der Galerie, fiel durch das Geländer und klirrte auf den Hallenboden.

Nives betrachtete den dunklen Fleck, der sich um Cirs Kopf auf dem Boden ausbreitete. Er presste sich die Hände vor das Gesicht. Blut quoll zwischen seinen Fingern hervor. Und er war so still.

Diese ehrgeizige kleine Ratte, sie hatte ihren Jungen getötet.

Nives stieß Noctuola davon und bückte sich nach dem Säbel.

Keine zehn Schritte entfernt kam Noctuola auf die Füße, fletschte die Zähne wie ein wütender Hund. „Wieso machst du immer alles kaputt?"

Dieser Vorwurf ergab keinen Sinn.

Eine Hand wanderte an Noctuolas Hüfte. Sie zog ein Bronzemesser, ein fußlanges Ding. Hätte Nives doch bei Heilikas Lektionen besser aufgepasst.

Noctuola knurrte und griff an.

xxx

Heilika erreichte die Westseite des Berges und folgte dem Raben zu einem torgroßen Höhleneingang.

In dem vom Mond beschienenen Hang gähnte die Öffnung wie ein Schlund. Allerdings roch es weniger nach einem Schlund als nach Urin und Schweiß, nach Abtritt und Moder. Tankred damals in seiner Zelle war ein Witz dagegen gewesen.

Das Vieh landete auf Heilikas Schulter.

Sie atmete einmal tief durch. Wenn sie sich anstrengte, konnte sie drinnen Zauber ausmachen, als steckte sie ihre Hand in eine Grube von Nacktschnecken.

Da drin mussten die Sklaven sein, und offensichtlich hoffte Lucian, sich hinter ihnen zu verstecken.

Vorsichtig näherte Heilika sich dem Eingang, an die Felsen gepresst.

Drinnen war es so dunkel, dass sie keine fünf Fuß weit hineinspähen konnte. Auch Lucians Aura verlor sich fast im dichten Tuschenebel des Albenzaubers. Wenn sie sich mit dem Magus schlagen wollte, musste sie mit ihrer verbliebenen Kraft haushalten und konnte nicht alles ausleuchten.

Sie machte ein winziges Licht und schob sich in die Höhle.

„Meine Königin bittet zu selten um Vorhersagen", drang Lucians Stimme aus der Dunkelheit hinter Heilikas Lichtkegel.

Jemand schnippte mit den Fingern. Dutzende von Leuchtkugeln flammten gleichzeitig auf. In dem ganzen grellen Licht stand der Magus. Mit einem Arm umklammerte er einen etwa dreizehnjährigen, dunkelhaarigen Jungen, mit der anderen Hand hielt er ein Messer an die Kehle des Kindes. Der Junge schaute wie eine verschlafene Kuh und schien nichts zu ahnen von der Gefahr, in der er schwebte.

Heilika blinzelte. Der Gang war etwa zwei Manneslängen hoch, mit Gittern rechts und links. Gestalten in farbloser Kleidung drängten sich in den Käfigen, manche schliefen, einige starrten stumpf zu ihnen heraus, als begriffen auch sie nicht, was sie geweckt hatte, und dass der Magus ihr Feind war.

Lucian zog die Brauen zusammen, wandte seinen Blick von Heilikas Augen nur ein bisschen nach links. „Was tust du hier? Wo ist der Rest?"

Redete er mit dem Vogel? Wieso erkannte Lucian das Vieh, obwohl es sich durch keine Feder von einem gewöhnlichen Raben unterschied?

Der Rabe verlagerte sein Gewicht, flatterte auf die nächste Querstange im Gitter und tat auf einmal sehr unterwürfig.

„Hast du sie mir gebracht?"

Das Vieh krächzte eine Bestätigung.

Heilika zog die Brauen zusammen. Erinnerte sich der Rabe an Lucian, obwohl er sich sogar von Alea hatte füttern lassen?

„Du siehst, Hilka, dass du verlieren wirst?"

Was jetzt? Solange Lucian das Kind als Geisel benutzte, konnte sie nicht losschlagen, Rabe hin oder her. Um Zeit zu gewinnen, nickte sie.

Der Rabe krächzte noch einmal, wie um ihr die schlechten Aussichten zu beweisen.

„Du solltest aufgeben, kleine Ritterin. Warum legst du nicht das Schwert ab und trittst es weg? Dann verschränkst die Arme hinter dem Kopf, wo ich sie sehen kann, und kniest du dich hin."

Wollte er sie mit dieser Geste demütigen, oder setzten die Alben wirklich so einen ihrer Magoi fest? Heilika brachte das Schwert außer Reichweite und vollführte die geforderte Verrenkung.

Lucian schob das Kind vor sich her, um sich ihr zu nähern. Der Rabe flatterte ihm weiter entgegen, umkreiste den Magus einmal und hackte nach seinem Messerarm.

„Verräter!" Mit beiden Händen versuchte Lucian, den Raben zu vertreiben.

Das Kind jedoch rührte sich nicht von der Stelle. Nicht einmal die geduldigste Kuh hätte sich so einen Aufruhr bieten lassen. Heilika warf ihre Macht nach dem Jungen aus und zog ihn weg. Jetzt konnte sie ihn hinter sich schieben, wo er stand und weiter unverständig dreinblickte.

Auf einmal hielt Lucian einen walnussgroßen Stein, der gelb glomm. So schnell sollte nicht mal dieser Magus Bomben bauen können.

Er zielte nach dem Raben. Doch das Vieh wich geschickt aus, sodass der Stein an die Gitterstäbe prallte. Er sprengte ein Loch in den Käfig.

Die Sklaven darin wurden zurückgeschleudert, einige krümmten sich um Schnittwunden.

„Du bist zu mitleidig." Lucian holte eine neue Bombe hervor und ließ seinen Blick schweifen. „Was geschieht, wenn das hier in einem der Zwinger landet?"

Er warf.

Mit ihren Kräften zerrte Heilika an dem Ding, es fiel auf den Boden. Sie duckte sich, errichtete einen Schild. Die Druckwelle überrollte sie dennoch beinahe. Der Junge hatte sich endlich zusammengekauert, blutete aus Kratzern an seinen Unterarmen. Im Boden klaffte ein knöcheltiefes Loch.

Heilika warf einen Feuerball. Dieser verpuffte an Lucians schwarzer Robe, nicht einmal ein einziger Rauchkringel stieg auf. Sie legte mit einem Blitz nach, aber der erlosch auf halber Strecke. Die kurzen Nächte, der Hunger und die viele Zauberei rächten sich.

Lucian grinste. „Überanstrengt?" Wieder grub er ein Geschoss hervor und warf.

Heilika ließ sich fallen.

Drei weitere Bomben folgten, die sie jedes Mal von ihrer Bahn ablenken musste. Steinsplitter und Staub wirbelten, verschlechterten die Sicht. Trotz ihrer

Bemühungen lagen in mehreren Käfigen Menschen und stöhnten vor Schmerzen.

Irgendwann musste dieser blonde Arschkriecher doch seinen Vorrat aufgebraucht haben.

Unter der nächsten Explosion brach ihr Schildzauber endgültig zusammen.

Lucian lachte leise und förderte ein sehr viel größeres Paket zutage. Woher zum Henker hatte er den Platz dafür?

Während es durch die Luft segelte, wühlte Heilika nach den letzten Resten Kraft. Wie ein hungriger Hund, der in einem Mauseloch grub, fand sie ihre Beute, lenkte das Geschoss von seiner Bahn ab.

Es prallte gegen die Decke.

xxx

Irgendwann hatten Nives und Noctuola Zuschauer bekommen, die Leuchtkugeln trugen. Der Kammerdiener und der Wächter, den Heilika vorhin niedergeschlagen hatte, sahen aber beide nur zu.

Entweder hatten sie mehr Angst vor dem Säbel aus Eisen als Treue zu ihrer Königin, oder der Hass in Noctuolas Augen hielt sie davon ab, ihr die Rache streitig zu machen. Passenderweise rief Noctuola auch nicht um Hilfe.

Und so hackte sie weiter auf Nives ein, sowohl mit dem Bronzemesser als auch mit Worten. „Ist Hilka dein erster Mensch? Wie vielen hast du dich hingegeben, um Essen für dich und den Bengel zu erbetteln?"

Einige detailfreudige Beschreibungen folgten, was Nives vielleicht mit sich hatte anstellen lassen, unterbrochen nur von dem Klirren, wenn die Klingen sich trafen, voneinander abprallten. „Ich hätte wissen müssen, dass du mich betrügen wirst. Leon hat immer so hoch von dir gesprochen, dabei hast du ihn vor mir gewarnt. Obwohl du selbst den gleichen Fehler hast. Und dann entführst du diesen hier nach draußen und hältst den Widerstand am Leben."

Nives hatte Leon vor Noctuola gewarnt? Hm? Oh, er hatte nach irgendeiner Schauermär gefragt, die er über den Eisenbrand gehört hatte. Irgendein Unfug, dass solcherart gezeichnete Alben auf ewig ihren Peinigern treu wären. Und Noctuola – hatte sie ihm ihre Narben gezeigt? Hatte er ihren rücksichtslosen Ehrgeiz erkannt und diese Geschichte als Vorwand für die gelöste Verlobung genommen? Oder hatte er, wie sie mit Heilika, zu schnell geurteilt ... hatte also nicht darüber geschlafen?

Nives wehrte einen weiteren Hieb ab.

Der Berg bebte.

Noctuola stolperte, der Dolch blitzte, schnellte auf sie zu. Eine Handbreit hinter das Herz zielen. Nives riss den Säbel hoch.

Der Einschlag drängte sie zwei Schritte zurück. Für einen langen Augenblick herrschte Stille.

Nives blinzelte, und, ja. Doch. Sie hatte Noctuola durchbohrt. Sie ließ die Waffe los, wich noch weiter zurück.

Stirnrunzelnd sank Noctuola in die Knie. Sie hustete, hellrotes Blut lief ihr aus dem Mund. Ihre Hände tasteten nach dem Säbel, der ihr aus der Brust ragte.

Etwas zischte leise wie verdampfendes Wasser – der Eisenbrand tat sein Werk.

Irgendwer schrie.

„Herrin!", und dann war der Diener an Noctuolas Seite. Rupfte ungeachtet des stählernen Hefts den Säbel aus ihrer Brust, sodass das Blut auch ihr Hemd durchtränkte. „Einen Heiler! Jetzt!"

Einer der Wächter rannte in Richtung Rampe und rief gleichzeitig irgendwelche Namen.

Auf einmal fand Nives sich wieder in der Lage, sich zu bewegen. Sie schüttelte den Kopf. Irgendwann würde sie einen Schrein aufsuchen und hoffen, dass die Ahnen ihr halfen, dem allen einen Sinn abzugewinnen. Später, nicht heute. Das Kind lag noch immer auf dem Boden, an der Balustrade. Cir rührte sich nicht, aber er atmete noch.

Zeit, seine Wunden zu versorgen.

xxx

Als sich die Staubwolken legten, mühte Heilika sich auf ihre Füße, obwohl ihre Ohren immer noch klingelten. Die Ärmel ihres Hemdes hingen in Fetzen, sie blutete aus einigen Schnitten, etwas lief ihr warm über die Kopfhaut.

Die Geisel schien unversehrt, verhielt sich vernünftig und blieb, wo sie war.

Magus Lucian stand noch, hatte sich aber weiter nach hinten neben einen der Käfige zurückgezogen. Offenbar hatte er noch mehr Bomben, denn er ballte eine Faust um etwas.

Einer der Sklaven nieste.

Lucian holte aus.

Eine Hand schnellte aus dem Käfig neben ihm, riss ihn am Kragen und zog ihn gegen das Gitter, sodass sein Kopf gegen die Stäbe prallte.

Er schüttelte sich. „Lass mich los, du Wurm."

Die Hand entfernte sich, dafür griff jemand anderes nach Lucian.

Aus einem anderen Käfig murmelte eine Frau, dass man den lieben Magus doch besser behandeln möge.

Oben musste etwas geschehen sein, sodass der Zauber nicht mehr richtig wirkte.

Ein weiteres Paar Hände versuchte, dem Magus die Waffe zu entwinden. Lucians Augen weiteten sich. Anscheinend begriff er besser als Heilika, was der plötzliche Widerstand bedeutete. Die Bombe fiel ihm aus der Hand.

Irgendwer schrie: „Deckung!"

Heilika warf sich erneut zu Boden.

Als es wieder still war, hatte das glitschige Gefühl in der Luft sich völlig verzogen. Lucian war geflohen und hatte seinen Teil des Tuschenebels aufgegeben.

„He", rief jemand neben Heilika auf Centerrisch. „Ihr seid doch ein Cavaliere aus Friedlant, oder? Lasst Ihr uns nun raus, oder was?"

Es waren knapp tausend, und die meisten von ihnen waren wütend. Der erste Sprecher, ein Schmied namens Ettore, schlug vor, in den Palast einzudringen und alle Alben niederzumetzeln.

Heilika stellte sich vorsorglich in den Eingang, während die anderen entweder dafür oder dagegen brüllten. Nur der Junge blieb still und wich ihr nicht von der Seite.

Eine Entscheidung per Abstimmung würde eindeutig zu lange dauern; abgesehen davon halfen Massenmorde nie weiter.

Sie band den Blutglasanhänger von ihrem Gürtel los und hängte ihn sich um. Nives reagierte nicht – Cir war verletzt, das lenkte sie ab. Aber sie würde genug erfahren, um zu wissen, warum Heilika tat, was sie tat.

„Ruhe!", rief Heilika schließlich.

Die Streitereien wichen einer widerwilligen Stille.

„Ihr kommt ohne die Hilfe mindestens eines Alben nicht aus diesem Tal hinaus", sagte sie. „Außerdem sind im Palast Kämpfe ausgebrochen. Es ist sehr wahrscheinlich, dass Noctuola – die Königin – zumindest gefangengenommen wurde. Wenn ihr noch ein paar Tage Geduld habt, wird der neue König euch sicher bei der Heimreise unterstützen."

Kopfschütteln.

Ja, Heilika verstand, dass diese Leute der albischen Gastfreundlichkeit nicht trauten.

„Könnt Ihr uns nicht helfen?", fragte eine Frau.

Vielleicht?

Als hätte er den Gedanken gehört, krächzte der Rabe.

Heilika sah sich nach ihm um, wie er da im Höhleneingang herumflatterte. Schließlich setzte er sich auf die Querstange in einem der Gitter und ruckte mit dem Kopf, als wollte er Heilika irgendetwas mitteilen.

Ah, ja. Demnach war ihre Vermutung von vor drei Tagen richtig. „Du kannst uns sicher hier rausholen?"

Der Rabe duckte sich in einem übertriebenen Nicken.

„Wir können losgehen, sobald wir gepackt haben", sagte Heilika. „Nehmt alle nützlichen Dinge mit. Vor allem Nahrungsmittel und Decken."

xxx

Als der Heiler eintraf, war Noctuola längst nicht mehr zu helfen. Selbst ohne Eisenklinge wäre die Verletzung tödlich gewesen. Der Kammerdiener kauerte neben dem Leichnam, hielt eine blutverschmierte Hand und schien ehrlich zu trauern.

Cir saß an der Wand, war wach und biss die Zähne zusammen, wollte sich offensichtlich die Schmerzen nicht anmerken lassen. Noctuolas Zufallstreffer hatte ihn ein Stück linkes Ohr gekostet und einen langen Schnitt an seinem Kopf bis zur Braue gezogen.

Der Heiler, ein flatteriger Kerl namens Milvus, den Nives noch nie hatte ausstehen können, überschlug sich fast, als er begriff, wen er da vor sich hatte. Vor lauter „Majestät" kam er kaum dazu, Nives' notdürftige Verbände zu erneuern. Seine überschwängliche Art verhinderte beinahe, dass sie bemerkte, wie ihr Blutglas sich aufwärmte – Heilika war erschöpft, aber lebendig.

In angemessenem Abstand sammelten sich die Wächter, die Angestellten, eine Handvoll Magoi und ein paar nicht erbberechtigte Gannes. Um die Sachlage zu verdeutlichen und diese Hofschranzen von ihrem Cir fernzuhalten, hatte Nives sich Noctuolas Bronzedolch gegriffen.

Lichter wurden entzündet, bis der Thronsaal leuchtete wie sonst nur an Feiertagen.

Schließlich hatte der Heiler Cir versorgt. Einige Herzschläge lang, die sich in dieser angespannten Situation ins Unendliche zu dehnen schienen, saß ihr Junge trotzdem nur da wie benommen. Dann rieb er sich den Knöchel – dort, wo Heilikas Fußreif war – und ließ sich auf die Beine helfen.

Er war blass, wirkte aber gefasst. Das erste, was er tat, war, neben Noctuolas Leichnam zu treten. „Mögen die Ahnen sie gnädig aufnehmen."

Alle murmelten mit.

Und trotzdem war Nives noch nie so froh gewesen, dass irgendwer kinderlos geblieben war.

Wieder senkte sich eine ratlose Stille herab.

„Falls es jemandem entgangen sein sollte", sagte Nives, „dies ist Cirrus Salvan, Sohn von Ferox Salvan, unserem alten König."

Bei diesen Worten endlich straffte sich Cir und schien sich an die großen Töne zu erinnern, die er in

Maga Vigileas Höhle gespuckt hatte. „Damit bin ich der einzige mögliche Thronfolger, denke ich."

„Du bist nicht volljährig, Edler Cirrus", sagte der lavendeläugige Hauptmann.

Cir rieb am Verband über seiner Stirn. „Leider, Edler ...?"

„Rivus Eguane. Hauptmann der Palastwache."

„Du siehst mir aus wie ein zuverlässiger Mann, Edler Rivus."

„Dankeschön, Edler Cirrus."

Wenn es Cir bemerkte, dass dieser hier ihm weiterhin keinen besonderen Titel zukommen ließ, schien er sich nicht daran zu stören. „Was sind deine Anweisungen für einen Fall wie diesen?"

„Der Hofmagus übernimmt die Verwaltung, bis die Erbangelegenheiten geklärt sind."

„Also müsstest du den Hofmagus suchen?"

„Genau, Edler Cirrus."

Aber Heilika war Lucian gefolgt, und die Erschütterung vorhin hatte gewiss einer von den beiden verursacht.

Nives runzelte die Stirn, griff Cir am Arm. Eine Mitteilung, die sie nie deutlich machen konnte. „Was ist, wenn Heilika das Duell gewonnen hat?"

„Ah. Die menschliche Maga, die mich hierher begleitet hat, ist Lucian gefolgt, um ihn zu stellen. Ich nehme an, das ist ihr gelungen. Wir verdächtigen ihn, mit Solanus Gannes den Tod meiner Eltern geplant zu haben."

Rivus nickte, als sei er nicht besonders überrascht, aber unsicher, was die unterbrochene Befehlskette anging. „Also …?"

„Wahrscheinlich ist es das Beste, wenn du die menschliche Maga und Lucian herholst."

Was? „Nein."

Alle Blicke wandten sich Nives zu – sie hatte gerade dem zukünftigen König widersprochen, bei den Ahnen. Sie faltete die Hände. „Verzeih. Heilika wird die anderen Menschen in Sicherheit bringen wollen. Oder sie hindert die tausend Leute unten im Berg daran, über uns herzufallen." Oder beides. Die Verbindung war nicht besonders deutlich.

Doch Cir schien fast dankbar, dass er sich nicht um diese Sache kümmern musste. „Na, dann. Wenn sie nicht auf Vorräte warten wollen, lasst sie ziehen."

Diesmal riss Rivus Eguane die Augen auf, als wollte er widersprechen, verbeugte sich aber nur ruckartig. Anscheinend war er nicht der Meinung, dass Noctuolas Gefangenen Proviant für ihre Heimreise zustand.

Jetzt wandte Cir sich an Nives, als wüsste er nicht mehr weiter.

„Eine würdige Aufbahrung für die verstorbene Königin?", schlug Nives vor.

Das Blut auf dem Boden, sie hatte es vergossen. Sie hatte jemanden getötet.

Hatte Noctuola dieses Ende verdient?

Wo hörte die Wut auf, die Nives auch in Heilika gespürt hatte, und wo begannen ganz alltägliche Machtgier und Niedertracht?

„Heiler …?" Cir rettete sie vor zu vielen Gedanken.

Milvus stellte sich seinem neuen König mit einem Kratzfuß vor und versprach, alles Nötige in die Wege zu leiten.

Cir nickte. „Wer ist der ranghöchste Magus nach Lucian? Und gibt es einen Schreiber?" Mit einer Handbewegung scheuchte er alle zu ihren jeweiligen Aufgaben.

Nives musste sich ein Grinsen verkneifen. Das war ihr Cir, der hier alles in Bewegung setzte.

xxx

Ganz wie Nonna vermutet hatte, waren die Menschen weg und auch Heilika nirgends zu finden. Lucians Stellvertreterin, nunmehr Hofmaga, bestätigte, dass alle den Bann durchschritten hatten, wie auch immer ihnen das ohne albische Hilfe gelungen war. Cir verbot Rivus, ihnen nachzujagen, schon allein, weil die Soldaten nicht von dieser Mission zurückkehren würden. Ein paar Dutzend Alben gegen tausend wütende Menschen, eine davon Heilika? Keine guten Aussichten.

Was den Grund für Heilikas grußloses Verschwinden anging, gab Nives sich zugeknöpft, also konnte Cir nur vermuten, dass die beiden sich über irgendetwas gestritten hatten.

Immerhin erging seine Nonna sich wortreich in Vermutungen über Noctuolas Motive.

Für ihn klang es ein wenig so, als schiebe sie alles auf Noctuolas sogenannte widernatürliche Veranlagung – dabei konnte es genauso gut sein, dass Noctuola eben einen Hang zu ungesunden Machtspielen hatte und dazu einfach eine schlechte Nase, sodass sie nicht merkte, wie sehr Menschen stanken. Jedenfalls hatte das eine mit dem anderen sicher nichts zu tun, und er würde sich hüten, abfällige Kommentare dieser Art über irgendjemanden zu machen.

Welche Rolle Lucian bei dem allem gespielt hatte, blieb unklar. Allerdings schienen alle der Meinung, dass die Königin ihn mit ihren Reizen völlig in ihren Bann gezogen hatte.

Und das war etwas, das er ihr kaum verzeihen konnte: Sie hatte Cir umworben, obwohl sie schon einen Liebhaber hatte. Welche Versprechen sie wem gegenüber einzuhalten gedacht hatte, wussten nur die Ahnen.

Unter einem Haufen Trümmer fand man Lucians Robe, vom Magus allerdings fehlte jede Spur. Die neue Hofmaga redete etwas von Hinweisen auf ein Portal. Darüber wusste Cir nicht viel, außer, dass solche Magie selten war und tagelange Vorbereitung brauchte. Vielleicht hatte sich Lucian stattdessen verwandelt? Anscheinend hatten die anwesenden Magoi entweder keine Ahnung, dass er den Bann ausgehebelt hatte, oder taten so, als wüssten sie von nichts. Es würde dauern, bis Cir sich ihrer Treue sicher sein konnte.

Durch hartnäckiges Fragen wurde er schließlich in Noctuolas Arbeitszimmer geführt, bekam erklärt, wer zum Rat gehörte und wie eine außerordentliche Einberufung zu erfolgen hatte. Er setzte einen Termin für den übernächsten Tag fest, nach Noctuolas Beisetzung in einer der Grabkammern im Herzen des Berges.

Und dann, als die Sonne schon längst am Himmel stand, ging er schlafen.

Die Beisetzung war eine ernste und recht stumme Sache. Die Gäste erschienen alle in reinem Weiß, versicherten den Angehörigen ihr Beileid. Als da waren Fiammetta, eine Tante mit ihrem bürgerlichen Mann und Kindern, die schon selbst Kinder hatten, außerdem Mordax Gannes, ältester lebender Vertreter seiner Familie, ein Großonkel. Außer jenen und einigen weiter entfernten Gannes legte noch der Kammerdiener mit den verbrannten Händen in der Grabnische Blumen ab, bevor zwei von Noctuolas Cousins die Öffnung mit einer Steinplatte verschlossen. Dass der Bildhauer sich mit der Inschrift beeilt hatte, war seinem Werk nicht anzusehen.

An einem Schrein wurden stille Räucheropfer dargebracht. Wie gut, denn Cir hätte sowieso nicht gewusst, was er sagen sollte.

Einerseits vermisste Cir die Gelage, die in Pascanova zu solchen Gelegenheiten immer stattgefunden hatten. Schließlich, so sagten die Leute, sollte Signora Umbra wissen, dass der Schiffer einen guten

Menschen zu ihr brachte, und dazu mussten sie ordentlich lärmen.

Andererseits hätte Cir sich nicht wohlgefühlt, seiner Erleichterung über Noctuolas Dahinscheiden so Ausdruck zu verleihen.

Dennoch gab es hinterher einen merkwürdig anmutenden Empfang im Stehen mit Wein und Gebäck, wo immer noch leise, aber weniger traurige Gespräche geführt wurden.

In Abständen näherten sich ihm einige junge Frauen, die allesamt das gleiche Kunststück mit den Teigstangen versuchten, das Noctuola beherrscht hatte. Wenn er von ihnen wegrückte, kamen sie hinterher, sodass er sich am Schluss lieber einigen greisen Adligen zuwandte, für die man eigens Stühle herausgeholt hatte. Von deren Lästereien über Noctuolas längst verstorbenen Großvater war er jedenfalls besser unterhalten als von den Schlafzimmerblicken heiratswilliger Schatzjägerinnen. Und ach, wenn Fiammetta darunter gewesen wäre, wäre er ihr gewiss nicht ausgewichen, doch die wurde von ihrem Gannes-Großonkel in Beschlag genommen.

Der Rat tagte sofort hinterher.

Neben Audax, der ihm wohlwollend entgegenlächelte, sah er in die Gesichter von fünf Männern und zwei Frauen, die alle mindestens fünfmal so alt waren wie er. Dass sie um höchstens vier Ecken mit ihm verwandt waren, wie es sich bei einem so winzigen Adel eben ergab, hielt drei der Ratsmitglieder nicht davon ab, ihn anzufunkeln. Einzig Mordax Gannes zeigte, einem geübten Kartenspieler gleich, überhaupt keine Regung.

Wenig überraschend ergriff dieser das Wort, bevor Cir zu seiner vorbereiteten Rede ansetzen konnte.

„Mir kam zu Ohren, dass du gerne König sein möchtest."

Hatten sich sein Vater oder Noctuola einem Tribunal dieser Art stellen müssen?

„Ich sehe es als meine Pflicht an", meinte Cir.

Das ließ einige Brauen nach oben schnellen. Gut.

Jetzt konnte er reden. Darüber, wie Nives ihn erzogen hatte, wie er über die verrohten Sitten hier im Valtacité erschrocken war, und was er zu erreichen hoffte: Eine friedliche Vergrößerung des Gebiets, Gerechtigkeit –

„Gerechtigkeit? Die Mörderin meiner Nichte läuft frei herum."

Hm. Cir rieb an dem Verband um seine Stirn. Die Wunde darunter schloss sich nur langsam, da sie von einer Eisenklinge stammte. „Notwehr. Die Königin, die Ahnen mögen ihre Seele gnädig aufnehmen, hat Nives und mich mit einer Waffe aus Eisen angegriffen. Obwohl es keinen Gerichtsbeschluss gab –"

„Ihr seid vor der Gerichtsbarkeit geflohen."

„Wir wurden ohne Gerichtsbeschluss festgehalten. Wusste der Rat, dass ich im Palast eingesperrt war? Wieso hat sie mich euch nicht vorgeführt?"

„Sie wird ihre Gründe gehabt haben", sagte Mordax.

„Du weißt genau, dass unserer beider Nichte einige Fehler hatte", wandte sich die Älteste des Hauses Eguane an Mordax. Sie war ein recht verschrumpeltes Weiblein, hatte aber einen wachen Blick. „Mangelnder Durchsetzungswille gehörte sicher nicht dazu. Man könnte geradezu meinen, sie sei deine Tochter gewesen. Also sag, was du willst, du alter Intrigant."

„Höflich wie immer." Er neigte den Kopf in Richtung der alten Dame. „Meine Familie fordert Wergeld – mag Nives auch in Notwehr gehandelt haben, sie hat mich doch um meine liebste Nichte gebracht."

Die andere alte Dame, aus dem Haus Pol-Gannes, schnaubte, als wüsste sie, dass das eine Lüge war.

„Wir fordern also eine Entschädigung. Und damit wir wissen, dass die Familien Gannes und Salvan in Zukunft miteinander gut gestellt sind, sollten wir den Frieden mit einem Ehebund besiegeln. So, wie es geplant war, bis Leon Salvan seine Pflicht gegenüber seinen Eltern und meiner Nichte vergessen hat."

Eine Ehe. Eine Ehe!

Genauso gut hätte Mordax Cir ein Brett über den Schädel ziehen können. Er war erst achtzehn und sollte heiraten und Kinder machen? Dabei war er bis vor Kurzem davon ausgegangen, dass er als einsamer Waldschrat enden würde.

Und sie alle sahen ihn an. Acht Paar Augen. Was immer er jetzt sagte, es würde über Krieg und Frieden in diesem seinem winzigen Land entscheiden.

So hatte er sich das mit dem Königsein nicht vorgestellt.

Er räusperte sich. „An wen hast du als Braut gedacht? Ich gehe davon aus, dass sich nicht noch irgendwo ein anderer Salvan im heiratsfähigen Alter verbirgt?"

„Und sicher nicht gleich", setzte Audax nach. „Der Junge ist achtzehn und eben noch nicht heiratsfähig."

„Dann sollten wir wohl zuerst darüber abstimmen, ob wir ihn vorzeitig für mündig erklären", meinte die Älteste des Hauses Eguane. „Danach können wir uns um den Thronanspruch kümmern."

„Und glaub bloß nicht, dass du ihm mehr als eine Mine abluchsen kannst, ohne dass ich mich wehre, Schwager", sagte die andere alte Dame.

Wenn es nicht um Cirs Zukunft gegangen wäre, der Kronrat hätte mit besserer Unterhaltung aufgewartet als die Fahrenden mit ihren Komödien.

Nach zwei Stunden Verhandlungen einigte man sich darauf, dass Cir mündig war und sich König nennen durfte. Als Entschädigung für den Verlust Noctuolas musste er den Gannes eine der Salvan-Stahlsilberminen überlassen.

Der Versuch, ihnen eine zweite Mine anzubieten und dafür eine Ehe mit einer Gannes wenigstens hinauszuzögern, scheiterte. Der Rat – außer Audax – hielt es offenbar für eine gute Idee, Cir jetzt gleich eine Gemahlin aufzuzwingen.

„Scheidung frühestens nach dem ersten Kind", ergänzte die alte Eguane. „Und schau nicht so entsetzt, Edler Cirrus. Was glaubst du, wie viele von uns hier verschachert wurden? Manche auch zweimal."

Passenderweise hatte Mordax Gannes eine Liste geeigneter Kandidatinnen mitgebracht. Immerhin durfte Cir sich davon eine aussuchen – Mordax hatte Anstalten gemacht, Cir sofort eine Entscheidung abzuringen, aber das wussten Audax, er und seine Tarandone-Verwandtschaft doch zu verhindern. Zwei Tage Bedenkzeit waren trotzdem nicht viel.

Außerdem bekam Cir einen Vortrag, welchen Stammbaum die fünf Frauen auf der Liste hatten. Wenigstens die alte Pol-Gannes hatte ein Glimmen in den Augen, das besagte, dass sie ihre Großnichte beim Festmahl heute Abend noch einmal auf ihn loslassen würde.

Nach der Sitzung brauchte Cir daher zuerst frische Luft und dann Hilfe.

10

Nives packte gerade ihre Handvoll Besitztümer, als jemand anklopfte.

„Herein."

Cir steckte seinen Kopf ins Zimmer. „Du reist ab?"

„Meine jüngste Schwester hat mich eingeladen, bei ihr zu wohnen." Blanca hatte mittlerweile vier Kinder, selbstverständlich wünschte sie sich die bestmögliche Erziehung für die jüngsten.

„Nonna." Cir, immer noch in Weiß von der Beisetzung, kam herein und lehnte sich gegen die Tür. „Du weißt, dass du hier leben kannst, wenn du möchtest."

In einem Gästezimmer, in dem sie jetzt zweimal schlecht geschlafen hatte? Nives lächelte, um die Ablehnung erträglicher zu machen. „Was soll ich denn hier? Auf dem Balkon sitzen und spinnen?"

Dadurch hätte sie zu viel Zeit zum Nachdenken. Heilika war verschwunden und hatte damit das Valtacité vor einem Gemetzel bewahrt. Aber Nives mochte sich vorstellen, dass ihre Cavaliera es mit ihrer Flucht nicht gar so eilig gehabt hätte, wenn ihr letztes Gespräch anders verlaufen wäre.

Gegenwärtig herrschte auf der anderen Seite geschäftiges Schweigen. Heilika hatte die Tür zugeschlagen, aber wenigstens trug sie das Amulett, wenn auch nur, um am metaphorischen Schlüsselloch zu lauschen.

„Kannst du noch ein bisschen bleiben?" Cir wedelte mit einem Stück Papier. „Ich komme gerade von der Unterredung mit dem Kronrat. Der alte Mordax Gannes erwartet, dass ich eine seiner Verwandten zu meiner Königin mache."

Wie vorherzusehen. Nives wies auf ihr abgezogenes Bett. „Setz dich und zeig mir die Liste."

Cir ließ sich nicht zweimal bitten. Als sie neben ihm Platz nahm, lehnte er sich an sie. Er war doch erst achtzehn. Sie wuschelte ihm durch die Locken, und er seufzte. Wie konnte Mordax von einem halben Kind erwarten, eine solche Wahl zu treffen?

Wenigstens gab es hier, im Gegensatz zu Friedlant, Ehescheidungen.

„Fünf mögliche Bräute im passenden Alter? Die Gannes waren immer sehr kinderreich."

Mordax Gannes hatte seine zwei älteren Brüder überlebt. Mit drei eigenen Kindern hatte er die anderen beiden nicht eingeholt, er zählte vier Neffen und fünf Nichten. Nur, dass die Ahnen auf den Zweig des Erstgeborenen – Solanus Gannes' Zweig – niemals herabgelächelt hatten. Eine seiner Schwestern und Fiammettas Vater waren draußen gestorben, ihn selbst hatte die eigene Tochter zu den Ahnen geschickt. Fiammetta war Solanus' einzige Erbin von Adel.

Die anderen Frauen, die Mordax vorgeschlagen hatte, waren alle Nachkömmlinge und Mitte bis Ende zwanzig. Nives hatte sie als Kinder getroffen, kannte die zugehörigen Eltern und setzte Cir jetzt die Verhältnisse auseinander.

„Ich wusste gleich, dass du für Fiammetta bist", stellte Cir fest, als sie geendet hatte. „Die anderen vier ..." Er schüttelte sich. „Ich hatte keine Ahnung, was Mordax vorhatte, aber jetzt weiß ich, warum ich beim Empfang vor ihnen fliehen musste."

Nives stupste ihn mit der zusammengerollten Liste. „Wieso kommst du zu mir, wenn du doch schon genau weißt, was du willst?"

Er bohrte seine Nase in ihre Schulter, als sei er zehn Jahre jünger. „Brauche ich eine Entschuldigung, um meine Nonna zu sehen?"

In Nives zerbrach etwas. „Ich bin nur eine Kinderfrau. Deine eine Großmutter hieß Maiva Salvanel, und die andere -"

Cir schnaubte. „Ich weiß, wie meine Großmütter heißen, das hast du mir oft genug erklärt. Aber sie sind nicht meine Nonnai. Sie sind nicht hier. Sie waren nie da."

Nives schluckte gegen einen Kloß in ihrem Hals. „Nur aus Mangel an Gelegenheit." Eine war im Kindbett geblieben. Die andere war mit hundertzwanzig wie Noctuolas Salvan-Großmutter so früh verstorben, dass sie den Staatsstreich nicht mehr erlebt hatte.

„Und? Sie haben mich trotzdem nicht vor Solanus Gannes gerettet." Er drückte ihr einen Kuss auf die Wange, was er schon seit Jahren nicht mehr getan hatte. „So leicht wirst du mich nicht los, Nonna."

„Ach, Kind." Ein Brennen in ihren Augen verriet, dass sie gleich anfangen würde zu weinen.

„Ist schon gut. Sag mal, du hast doch mindestens drei Anträge bekommen und bei einem sogar Ja gesagt. Kannst du mir ein paar Hinweise geben?"

Endlich etwas zu tun. Nives zog die Nase hoch und straffte die Schultern. „Zuerst musst du Audax fragen."

„Hab ich schon." Cir grinste.

Diesmal verpasste sie ihm einen Schlag auf den Hinterkopf. Aber sie konnte nicht aufhören zu lächeln. War Cir wirklich nur hergekommen, um sich an sie zu lehnen?

xxx

Fiammetta empfing Cir in dem Esszimmer mit der guten Aussicht. Sie stand am Fenster, blickte ins Tal hinunter und machte sich nicht die Mühe, ihn anzuschauen.

„Großvater hat mir gesagt, dass du kommen würdest."

Schon auf dem ganzen Weg hierher hatte Cir Bauchschmerzen gehabt. Jetzt musste er sich beherrschen, nicht die Arme zu verschränken und sich um seinen flauen Magen zu krümmen.

Schon seltsam, mit welcher Zuversicht er erst vor ein paar Tagen Noctuola die Ehe angetragen hatte.

Seine neue Hofmaga meinte, Lucian hätte die Kleider verzaubert, was ihn etwas erleichtert hatte, ging es doch um den Rest seines Lebens, um die zukünftige Mutter seiner Kinder. Wie hatte er nur glauben können, dass Noctuola dafür geeignet war?

„Hat Audax auch erklärt, warum?"

Fiammetta nickte.

Cir rollte mit den Schultern und bemühte sich um eine entspannte Haltung. Fiammetta war keine, die von einem Ring mit einem dicken Edelstein, der Aussicht auf ein Dasein als Königin und einem Antrag auf Knien beeindruckt sein würde. „Ich wollte dich nicht zu einer Spielfigur machen."

Endlich drehte sie sich zu ihm um. „Du kannst am wenigsten dafür. Ich sollte mein Missfallen wohl eher meinem geschätzten Großonkel kundtun."

Einmal tief durchatmen. „Es tut mir leid. Ich werde nicht behaupten, dass ich sowieso gefragt hätte, also zumindest nicht in näherer Zukunft. Aber die anderen, die sind solche Mädchen", so dressiert, sich um die Meinung anderer Leute zu kümmern, „und machtgierig noch dazu."

Fiammetta hob die Brauen. „Ich bin auch eine Frau."

„Eben", sagte er. „Du bist jünger, aber trotzdem nicht mal halb so kindisch."

Dafür belohnte sie ihn mit einem Lächeln. „Es gibt nicht viele, die an Frauen ihre Vernunft zu schätzen wissen."

Cir zog den Kopf ein. „Wenn ich schon selber unvernünftig bin ..."

Noch ein Lächeln. „Oh, ich weiß nicht. Ich hatte einmal Pläne, von hier wegzugehen und mit Alea ins Heldengeschäft einzusteigen."

Bei ihrem letzten Gespräch hatte sie nicht erwähnt, dass sie das Valtacité verlassen hatte wollen. Abgesehen davon ... „Gibt es ein Heldengeschäft?"

„Nein. Die Anzahl zu rettender Königskinder ist vermutlich recht gering."

„Und du willst mir erzählen, dass du unvernünftig bist?"

Ein Blitzen in ihren Augen verriet sie. „Nun. Da ich nicht mit Sicherheit sagen kann, ob ich mich nicht doch noch zur Heldin berufen fühlen werde, wünsche ich einen üblichen Ehevertrag."

Einer, der eine Scheidung zuließ. Cir nahm sich vor, Fiammetta keinen Anlass zu geben, von der entsprechenden Klausel Gebrauch zu machen, Heldengeschäft hin oder her.

Mit einer übertriebenen Bewegung wischte er sich den Schweiß aus der Stirn. „Selbstverständlich. Danke. Ich, äh, hätte noch einen Ring anzubieten?"

Fiammetta machte einen Schritt auf ihn zu und hielt sich auf einmal wie eine Königin.

Eindeutig war jetzt der richtige Moment, um auf die Knie zu sinken.

xxx

Heilika und die anderen erreichten den Wall am vierten Tag. Der Junge hatte am zweiten Tag eine Frau aus seinem Dorf entdeckt und sich der angeschlossen. Mit ihrer freundlichen Art war die sowieso besser geeignet, sich um verlorene Kinder zu kümmern. Eine ganze Nacht hatte der Junge Heilikas Hand nicht loslassen wollen und nicht gesprochen, und sie hatte sich beherrschen müssen, ihn nicht anzuschnauzen. Anscheinend hatte Noctuola ihn vor ihr als Spielzeug missbraucht. Daher hatte er mehr Nachsicht verdient, als Heilika derzeit aufwenden konnte.

In einem weiteren Anfall von Menschenfreundlichkeit hatte der Rabe ihnen den Weg um die Fallen herum gewiesen. Und heute Morgen hatte sie ihm ein Stück Rinde mit einer Botschaft überreicht, die er tatsächlich nach Wolkenburg getragen hatte.

Deswegen warteten an der Albenklamm zwei Bewaffnete mit vielen Seilen und einem großen Sack Talkpuder.

Es dauerte trotzdem Stunden, bis Heilika ihren Schützlingen nach unten geholfen hatte. Währenddessen traf ein gutes Dutzend Reiter ein: Alle Ritter, die gerade nicht auf Patrouille waren, die Spürhunde, dazu mehr Soldaten und Heilerin Wiltrud. Als Heilika schließlich selbst hinunterkletterte, hatte sich ein guter Teil der Centerrer bereits auf den Weg nach Süden begeben. Die Trampelpfade waren gut zu erkennen, aber niemand sah die Notwendigkeit, den ehemaligen Sklaven zu folgen. Jetzt im Frühling würden sie weder erfrieren noch verhungern.

Nur etwa dreihundert, vor allem die Älteren, ließen sich von Wiltrud untersuchen und folgten den

Grenzern nach Wolkenburg. Wiltrud bestand außerdem darauf, gleich nach Heilika zu schauen. Gut, dass sie das Blutglas in einem Beutel versteckt hatte.

Berengar bot ihr sein Pferd an. Während die anderen sich verteilten, um mit den Centerrern Gespräche anzufangen, ging er neben ihr her.

„Ich habe nicht geglaubt, dass ich Euch noch mal lebend zu sehen bekomme", sagte er irgendwann.

Heilika zuckte mit der Nase. Sie wollte etwas essen, ein heißes Bad nehmen und danach in ihr Bett kriechen, um drei Tage zu schlafen. „Ich fühle mich nicht besonders lebendig."

„Ja, das sieht man."

„Liebenswürdig wie immer, Ritter."

Er schnaubte. „Ihr erkennt Liebenswürdigkeit doch nicht einmal dann, wenn sie Euch in den Hintern beißt."

Das mochte sein. „Gegenwärtig würde es sich sowieso nicht lohnen, in meinen Hintern zu beißen." Heilikas Sachen schlotterten an ihr wie schon länger nicht mehr, außerdem war sie dreckig.

Berengar lachte. „Ihr dürft beruhigt sein, dass ich das ohnehin nicht vorhatte." Er sah zu ihr hoch, und sein Blick wurde ernst. „Bevor Ihr abreist, müssen wir unbedingt einen Krug Wein zusammen leeren."

Bitte was? Heilika hob die Brauen.

Es stellte sich heraus, dass Lutwine per Eilbote über Heilikas Erkundungsreise berichtet hatte und Seine Königliche Hoheit sie, für den Fall ihrer Rückkehr, in der Hauptstadt zu sehen wünschte.

So viel also zu fünf Jahren Verbannung an die Grenze. Ausgerechnet jetzt, wo Heilika anfing, sich mit den Waldschraten hier anzufreunden.

Und wo sie spüren konnte, dass Nives nachdachte.

xxx

Cir und Fiammetta heirateten auf einer Wiese unterhalb der Festung am Mittsommertag, ganz in Grün, wie es sich gehörte, unter den Augen des gesamten Adels. Der alte Mordax hatte es sich nicht nehmen lassen, die Zeremonie selbst zu leiten.

Nives hatte sich zu den Dienstboten gesellt, doch Ursina Pol-Salvan griff sie am Arm und führte sie neben sich in die erste Reihe.

Natürlich begann sie zu weinen, schon als Cir neben Mordax trat und mit weiten Augen darauf wartete, dass Fiammetta ihren Einzug hielt.

Sie versuchte sich aufzuheitern, indem sie an die Kinder dachte, welche die beiden haben würden, aber es war nicht das Gleiche. Ihr Junge war nun unwiderruflich erwachsen, und sie weinte allem hinterher, den Gute-Nacht-Geschichten, den Liedern, die sie ihm noch nicht beigebracht hatte, seinem hoffnungsvollen Ausdruck, wenn er nicht mehr gewusst hatte, wie es weitergehen sollte, und glaubte, dass sie alles richten konnte.

In ihren Nacken stachen Blicke, die ihr die Rührung übel nahmen. Fast konnte sie die Gedanken dazu lesen. Nives war doch bloß die Kinderfrau.

Irgendwann drückte Ursina ihre Hand, und Nives stellte fest, dass sie ebenfalls mit den Tränen kämpfte.

„Er ist dein Sohn, hörst du?", flüsterte Ursina. „Du hast ihn großgezogen und erzogen. Du hast mehr Recht auf ihn als alle Salvans zusammen. Und Fia ist meine Tochter, egal ob ich sie geboren habe oder nicht."

Nives schniefte und wandte sich ab, nur um Maga Vigilea in die Augen zu sehen.

Die Alte stand, selbst zu diesem Anlass zerzaust, neben einigen anderen Magoi. Vorhin hatte Nives sie nicht bemerkt, vielleicht hatte sie sich versteckt.

Vigilea nickte einen Gruß und zuckte mit den Brauen, als wollte sie an ihre Weissagung erinnern.

Eindeutig hatte Nives in ihrer Sehnsucht nach eigenen Kindern zu spät begriffen, dass sie schon einen Sohn hatte, und nebenher Heilika in die Flucht geschlagen. Die Cavaliera hatte einen Tag nach der Beisetzung das Amulett abgenommen, und seither verriet nichts mehr, ob sie noch lebte.

So vieles, das es zu bereuen galt.

Nives straffte die Schultern und bemühte sich um einen ruhigen Blick zurück. Mochte sein, dass sie manche Dinge spät erkannt hatte. Aber jetzt, wo Cir verheiratet war und weniger Hilfe brauchte, jetzt hatte sie Gelegenheit, zu handeln.

xxx

Der König und die Ehrwürdige Rätin erfanden eine Verletzung für Heilika als Vorwand, dass sie von nun an in der Bücherei des Sonnenordens Dienst tun würde.

Dort verbrachte sie die nächsten Wochen damit, ihren Bericht zu verfassen. Es wurden die versprochenen hundert Seiten. Nur, dass Lutwine wahrscheinlich nie davon erfahren würde.

Obwohl Heilika alles ausführlich dargelegt hatte, rief der König sie zu mehreren Besprechungen, um nach Einzelheiten zu bohren.

Konnte man mit den Alben verhandeln? Was brauchten sie, das sie nicht selbst herstellen konnten? Wie nahm man Kontakt zu ihnen auf?

Heilika hätte gern mehr geholfen, aber in diesen paar Tagen hatte sie sich mit Nives hauptsächlich über Geschichte und Geschichten unterhalten. Und sie dachte nicht gern darüber nach, denn es versetzte ihr jedes Mal einen Stich. Sie vermisste Berengars gutmütige Sticheleien, Cirs jugendliche Begeisterung, Nives' Vertrauen.

Alle hier beobachteten sie. Die Ehrwürdige Rätin selbst schaute fast täglich unter fadenscheinigen Begründungen in der Bücherei vorbei. Jarl Gervas, der sich sonst in seinem Arbeitszimmer verkroch, hielt sich auffallend oft im Lesesaal auf. Wegen der erfundenen Verletzung musste Heilika außerdem morgens und abends eine Heilerin aufsuchen. Um noch eine Beleidigung draufzusetzen, hing am Scharnier ihrer Zimmertür ein Beobachtungszauber.

Deswegen blieb das Blutglasamulett in seinem Beutel, obwohl Heilika darauf brannte, zu erfahren, was geschehen war.

Kurz nach Mittsommer sah der König schließlich ein, dass aus Heilika nicht mehr herauszuholen war, und überließ sie ganz den Büchern.

Früher hätte sie es genossen, in der Nähe von so viel Wissen zu sein. Doch jetzt hatte Heilika im Kloster keine Freunde mehr, denn die waren alle an der Grenze und hätten sie sowieso gemieden. Nie hätte sie geglaubt, dass sie sich nach dem elenden Schichtbetrieb sehnen könnte.

Die einzige Flucht vor ihrem grauen Leben blieb das geschriebene Wort, also vergrub sie sich für zehn oder mehr Stunden am Tag in der Schreibstube, wo sie alte Bände kopierte oder gebrochene Buchrücken flickte.

xxx

Nach der Hochzeit geduldete sich Nives einen halben Mond lang, bis sie ein Gespräch mit Cir erbat, obwohl sie es kaum aushielt.

Nicht, dass Blancas jüngste Töchter, süße Zwillingsmädchen, schlechte Schülerinnen gewesen wären, oder Blanca selbst eine nachlässige Gastgeberin. Aber am Ende war Nives nur Gast, wie im Palast auch.

Cirs Antwortbrief, in krakeliger Albenschrift, verriet Begeisterung.

Selbstverständlich würde er sie empfangen. Sie sollte einfach vorbeikommen, sobald es ihr passte.

Also ging sie am nächsten Morgen los. Die Wächter am Tor wussten, dass sie erwartet wurde, einer führte sie in jenes Arbeitszimmer, das schon Ferox benutzt hatte.

Cir sah gut aus, wie er da hinter seines Vaters Schreibtisch saß, immer noch ohne Ärmel am Wams. Waffenrock, so hatte Heilika es genannt. Mittlerweile ahmten es sogar einige junge Leute nach, und es sah danach aus, als hätte Cir eine neue Mode begründet.

Er stand auf, um sie zu drücken. „Nonna", sagte er und behielt sie eine Weile in den Armen. Seit der Beisetzung war er ein Stück gewachsen, was sie beinahe schon wieder in Tränen ausbrechen ließ.

Schließlich machte er sich los. „Was führt dich her?"

„Ich hatte eine Bitte. Aber erzähl mir zuerst, wie es dir geht."

Er erzählte, bis es Mittag wurde. Wie er mit den Magoi zurechtkam, dass er in der Wache einige Änderungen vorgenommen hatte. Dass die Rückverteilung der von Noctuola in Beschlag genommenen Besitztümer ein Nachtmahr sei.

„Ich habe auch eine ganze Menge Listen studiert in letzter Zeit. Im Schnitt hat jede Frau hier drei und ein Viertel Kinder." Er lächelte schief. „Wir kommen nicht um eine Vergrößerung des Gebiets herum, wenn wir alle ernähren wollen."

Nives nickte. „Und was sagt der Rat?"

„Noch nicht viel. Sie kauen noch daran, obwohl es keine andere Möglichkeit gibt." Er seufzte. „Geht das immer so langsam?"

„Oft." Nives spielte mit dem Saum an ihrem linken Ärmel. „Vielleicht kann ich dir weiterhelfen."

Cir lehnte sich vor.

„Ich wollte um Erlaubnis bitten, nach Wolkenburg zu reisen und mich über Heilikas Verbleib zu erkundigen."

Er schlug mit der flachen Hand auf den Tisch. „Na endlich! Dazu brauchst du keine Erlaubnis."

Nives stieg Hitze ins Gesicht. „Ich weiß. Einen Geleitbrief bekomme ich allerdings nur auf Nachfrage."

„Ein Brief für König Reinmar?" Cir grinste seine Anerkennung. „Gib mir ein paar Tage Zeit, das dem Rat schmackhaft zu machen."

„Vergiss nicht, dass weder Friedlant noch irgendwer sonst Anspruch auf das Gebiet innerhalb des Walls erhebt."

„Mir brauchst du das nicht erklären." In Cirs Augen blitzte der Schalk. „Eigentlich müssen wir ihm nur mitteilen, dass wir demnächst einziehen. Wie sich das für gute Nachbarn gehört." Er klopfte mit den Fingern auf den Tisch und starrte die Wand hinter Nives an. „Ich werde ein Treffen vorschlagen, damit die Magoi seinen Grenzern den Bann erklären können und andersherum. Auf diese Weise lassen sich mögliche böse Überraschungen vermeiden. Mit ein bisschen Glück können wir Handelsbeziehungen anknüpfen.

Wir haben Silberstahl und Seide, sie haben Gold und Glas."

„Du hast dir bereits Gedanken gemacht. Sehr gut." Nives widerstand dem Drang, sich über den Tisch zu lehnen und ihm das Haar zu zerzausen. Stattdessen faltete sie die Hände. „Sie werden darauf eingehen."

„Natürlich werden sie darauf eingehen." Noch ein Grinsen. „Aber versprich mir, dass du zuerst die Angelegenheit mit Heilika in Ordnung bringst. Was auch immer du angestellt hast."

Dieser Junge, so ein hoffnungsloser Romantiker. Nives kratzte sich am Hals. Es war nicht Cirs Sache, sich damit zu belasten. „Das hatte ich vor. Und wo wir dabei sind. Du hast Fiammetta noch gar nicht erwähnt."

Wenigstens jetzt senkte er den Kopf und errötete.

Erst zum nächsten Vollmond hatte Cir den Rat überzeugt, sodass Nives abreisen konnte.

Weder Blanca noch Nives' restliche Familie hatten Verständnis, dass es sie wieder nach draußen zog. Sie, die Älteste, sollte doch die Vernünftigste sein.

An dem Tag, an dem sie sich auf den Weg machte, schien die Sonne von einem wolkenlosen Himmel. Die warmen Aufwinde trugen Nives innerhalb kürzester Zeit nach Wolkenburg, wo sie sich am Tor vorstellte. Der Wächter – jener, der schon im Frühjahr so unhöflich gewesen war – glotzte zu ihr herunter.

Nives straffte die Schultern. Sie konnte ihn bezaubern, wenn sie wollte.

Immerhin ließ er die Befehlshaberin rufen.

Heute bat Cavaliera Lutwine Nives nicht einmal nach drinnen, sondern blieb mit ihr auf dem Hof. Dienstboten und ein paar Ritter starrten vom Platz vor dem Stall zu ihnen herüber, wo sie sich um ein Pferd geschart hatten.

Nives kam allerdings nicht viel weiter, als Lutwine zu begrüßen und nach Heilika zu fragen.

„Ritter Heilika ist nicht mehr hier."

Was? Ein Schlag in die Magengrube hätte nicht schmerzhafter sein können, trotzdem bewahrte sie Haltung.

„Sagt mir bitte, wo ich sie finde, edle Cavaliera. Ich habe einen Brief von meinem König für sie."

„Du kannst ihn hierlassen, wir schicken ihn ihr."

Nives griff nach Halt in ihren Röcken. „Ich glaube nicht, dass sie möchte, dass irgendwer mitliest, edle Cavaliera."

Lutwine stemmte die Arme in die Seiten und kniff die Augen zusammen. „Dann musst du den Brief wohl behalten."

Die Cavaliera ging ohne Abschiedsgruß.

Was jetzt?

Einer der Ritter – der mit den langen dunklen Haaren – kam herübergetrabt, sobald Lutwine im Haus verschwunden war.

„Fata Nives. Was führt dich her?"

„Ich bin auf der Suche nach Heilika, edler Cavaliere."

Wenigstens er hob die Mundwinkel zu einem entschuldigenden Lächeln. „Ich sehe, dass Cavaliere Lutwine keine Auskunft geben wollte."

„Leider."

„Wahrscheinlich darf sie es nicht. Unsere Oberen in der Hauptstadt waren sehr aufgeregt, als sie vernahmen, dass wir ein Albenkönigreich in der Nähe haben." Dabei wackelte er mit den Brauen, dass es aussah, als hätte er Raupen auf der Stirn.

„Wie schade." Sie knickste. „Lebt wohl, edler Cavaliere." Diesen Wunsch meinte sie mit allem, was sie hatte. Dem Wächter am Tor schenkte sie ein knappes Nicken.

Die Oberen hatten Heilika sprechen wollen. Damit kannte Nives ihr nächstes Ziel: Königstein, die Hauptstadt von Friedlant.

In Friedlant lebten mehr Menschen als im Fürstentum Laudico. Auf ihrem Weg nach Norden überquerte Nives zunächst die Ausläufer der Himinsulen, dann ein niedrigeres Gebirge voller enger, steiler Täler und dunkler Wälder. Aber selbst dort reihte sich ein Weiler an den anderen. Am vierten Tag folgte sie einem breiten Fluss nach Nordwesten, wo die Berge flacher wurden, als habe der Regen die Spitzen davongewaschen. Auf dem Fluss fuhren Schiffe, alle halbe Wegstunde überflog sie Dörfer, umgeben von wogenden Kornfeldern und Weiden.

Königstein selbst lag am Zusammenfluss zweier Ströme. Von einem Berg im Norden aus belauerte eine Burg die Häuser im Tal. Hunderte, nein, tausende Gebäude, Fachwerk und rote Ziegeldächer, dazwischen große Steinbauten mit Türmen oder vergoldeten Kuppeln.

Nives suchte sich ein ruhiges Fleckchen auf dem Berg südlich der Stadtmauern, verwandelte sich in ihre zweibeinige Form, richtete ihre Haare und schulterte ihr Gepäck. Zeit zu sehen, wo Heilika lebte.

xxx

Jemand klopfte an die Tür der Schreibstube. „Ritter Heilika?" Ein Knappe, dessen Name ihr entfallen war.

Sie drehte sich um und versuchte, sich das Ziehen in ihrem Nacken nicht anmerken zu lassen. Zu viel Arbeit am Schreibtisch und kein Tankred, der ihr die Schmerzen wegmassierte. Das Licht fiel schräg durch die Fenster. Hatte sie schon wieder das Abendessen verpasst? Längst hatte der Rabe es aufgegeben, sie daran zu erinnern.

„Bitte?"

„Da ist eine Frau aus Centerre am Tor, die wünscht Euch zu sprechen. Sie wollte nicht sagen, wie sie heißt, aber sie fühlt sich seltsam an. Ihre Aura, meine ich."

Um den Funken Hoffnung zu verscheuchen, schüttelte Heilika den Kopf. „Ich komme."

Sie folgte dem Jungen zum Nordtor. Auf dem Hof war nichts los, demnach befanden sich alle vernünftigen Leute im Speisesaal. Diejenigen Knappen, die um diese Tageszeit Dienst am Tor schoben, hatten zumeist etwas ausgefressen.

Tatsächlich beaufsichtigten die beiden wachhabenden Ritter eine zierliche Gestalt in einem rauchblauen Kleid. Das weiße Haar in seinem bauschigen Knoten leuchtete von einem verirrten Sonnenstrahl. Ein großes Bündel ruhte zu Nives' Füßen.

Unmöglich hatten die Götter Heilikas Wünsche erhört. Und dennoch, als sie nach der Aura ihres Besuchs tastete, erwartete sie ein wohlbekanntes Glänzen, als scheine Mondlicht durch Eis.

Nives wandte sich ihr zu und knickste. „Cavaliera."

„Nives." Ihre Stimme klang zu gepresst, sie räusperte sich. „Was führt dich her?"

Ein schneller Blick zu den Rittern. „Zwei Dinge. Können wir uns irgendwo ungestört unterhalten?"

„Selbstverständlich." Besucher, die nicht unter Eid standen, brauchten eigentlich eine offizielle Erlaubnis. Andererseits hätte Nives sich auch ohne Ankündigung einschleichen können. „Dort drüben ist eine Bank. Komm herein."

Die beiden Ritter hoben die Brauen, machten aber keine Anstalten, Heilika zu widersprechen. Offenbar gab es doch ein paar Gerüchte über ihren Aufenthalt hier. Und dass Nives kein Mensch war, das erschloss sich für starke Zauberer beinahe von selbst, auch wenn sie ihre Ohren versteckte.

Jedenfalls betrat Nives ungehindert den Hof und folgte Heilika zum Siechenhaus.

„Ich wollte um Entschuldigung bitten", murmelte sie allerdings schon nach dem ersten Dutzend Schritte.

Heilika blieb stehen und wandte sich ihr zu.

Nives hob das Kinn, um ihr in die Augen zu sehen. „Ich habe mir so oft anhören müssen, dass ich keine richtige Frau bin, dass ich vergessen habe, dass andere Leute darauf weniger Wert legen." Ihre Hände krallten sich in ihr Bündel. „Wirst du mir verzeihen?"

Aber. Wieso wollte Nives keine Erklärungen? Wieso hielt sie keinen Vortrag? Für alles Mögliche hatte Heilika sich gewappnet, aber nicht dafür, dass Nives einsah, was sie falsch gemacht hatte.

Nives zog den Kopf ein.

Ah. Heilika schuldete ihr eine Antwort. Sie schluckte, um endlich den Kloß in ihrem Hals loszuwerden. „Denk in Zukunft ein bisschen mehr nach, bevor du dazu etwas sagst, hm?"

Erst schien Nives nicht zu begreifen, aber dann strahlte sie mit der Abendsonne um die Wette. „Ich werde mir Mühe geben, meine Cavaliera."

Beinahe hätte Heilika sie umarmt. Aber nicht hier, mitten auf dem Hof, und so wusste sie nicht, wohin mit ihren Händen.

Als spürte sie die Ratlosigkeit, lächelte Nives. „Nun, Cavaliere Heilika. Üblicherweise bietet ein Ritter seiner Dame seinen Arm an?"

Heilika schnaubte, verbeugte sich aber trotzdem übertrieben und ließ Nives sich bei ihr unterhaken.

Einen atemlosen Augenblick lang schmiegte diese sich an sie.

„Ich habe dich vermisst", flüsterte Nives.

„Hm-hmm." Bei der Erzdrude, ja. Ein Grinsen zerrte an Heilikas Mundwinkeln, und sie fühlte sich unbesiegbar.

„Und wo wir dabei sind. Ich habe einen Brief von meinem König für deinen König."

„Cir?"

Ein Seufzen. „Cir. Natürlich."

„Wir werden zuerst mit der Ehrwürdigen Rätin sprechen. Ich habe nicht die Befugnis, einen Boten ins Schloss zu schicken." Aber die Rätin war beim Essen. „Wir können ihr hier draußen auflauern, und du erzählst mir so lange, was geschehen ist." Heilika setzte sich in Bewegung.

Die Bank lag bereits im Schatten, doch der Stein war noch warm. Nives saß auf der dem Tor abgewandten Seite, sodass die Ritter nicht sehen konnten, wie Heilika einen Arm um sie schlang.

Die halbe Stunde, bis die Ehrwürdige Rätin erschien, verging fast zu schnell, denn sie hatten bei Weitem nicht alle Neuigkeiten ausgetauscht. Heilika zog Nives auf die Füße, nahm ihr Gepäck, und gemeinsam schlenderten sie über den Hof, um die Rätin auf ihrem Weg in den Turmbau abzupassen.

Da Nives mit ihrem blauen Kleid auffiel, schielten zahlreiche Knappen und Ritter nach ihr, die ebenfalls vom Essen kamen. Die Rätin selbst blieb stehen, um zu schauen, und bewies somit, dass sie die seltsame Aura der Fremden bemerkt hatte.

Erstaunlich, dass Nives angesichts der zusammengepressten Lippen der Rätin nicht schrumpfte. Diese beiden Frauen, die beide weiße Haare in einem Knoten trugen, konnten unterschiedlicher nicht sein.

„Ehrwürdige Rätin. Consiliatrix reverenda," machte Heilika den Wechsel ins Centerrische und verneigte sich. „Darf ich Euch Fata Nives vorstellen? Sie kommt als Botschafterin ihres Königs. Nives, dies ist die Kronrätin unseres Ordens."

Nives sank in einen tiefen Knicks. „Seid gegrüßt, Ehrwürdige Rätin."

Die Angesprochene nickte, musterte sie aber beide, bis sogar Heilika ihr Gewicht verlagern wollte wie ein Kind, das mit der Hand im Sahnetopf ertappt worden war.

„Ich bin mir im Klaren, dass mein Vorgehen nicht den üblichen Wegen entspricht", sagte Nives schließlich. „Allerdings hatte ich nicht den Luxus, mich auf übliche Wege zu verlassen."

Ein Kopfschütteln von der Rätin. „Willkommen", sagte sie. „Ihr werdet verzeihen, dass wir auf Euren Besuch nicht vorbereitet sind." Sie winkte einen Knappen herüber, er solle zur Küche, nach Erfrischungen in ihr Arbeitszimmer schicken, und die Hausmutter sollte ein Gästezimmer –

„Das wird nicht nötig sein", unterbrach Heilika den Redefluss. „Nives ist mein Gast."

Im nächsten Augenblick wollte sie im Boden versinken – sie hatte sonst etwas bessere Manieren –, doch Nives strahlte sie für die Einladung an. Jetzt wusste sie, warum sie so übermütig war.

Der Knappe öffnete den Mund wie ein gestrandeter Fisch, und die Rätin regte sich einen Augenblick lang gar nicht.

„Das ist nicht gestattet."

Heilika wusste genau, was nicht gestattet war. Das Gerücht ging, dass sie die Regeln auswendig kannte, und es war, ausnahmsweise, nicht erfunden. Trotzdem gab sie der geballten Missbilligung ihrer Oberen fast nach, bevor sie die Schultern straffte. „Es ist nicht erwünscht, dass ein Ordensmitglied mit einem anderen Menschen das Bett teilt", zitierte sie. Aber Nives war Albin. Kein Mensch.

„Ich habe eine Bettrolle mitgebracht", ergänzte Nives.

Die Rätin spitzte die Lippen ob dieser Haarspaltereien. „Erfrischungen in mein Arbeitszimmer. Nach dem Rest sehen wir später." Mit einer Handbewegung schickte sie den Knappen davon. „Der Rat der Jarle wird das letzte Wort haben", fügte sie für Heilika hinzu.

Aber nicht vor morgen Vormittag.

„Selbstverständlich, Ehrwürdige Rätin."

xxx

Nives erwachte früh, das Sonnenlicht strömte fast waagrecht ins Zimmer. Sie lag auf dem Bauch, die Arme um ein Kissen geschlungen, blickte nach rechts auf grauen Schieferboden und eine geweißte Wand mit einem gut gefüllten Bücherregal.

Keine Frage. Dies hier war das Zimmer aus ihrer Vision, oder besser, es würde das Zimmer sein, irgendwann. Offensichtlich würde sie sich an die Gerüche gewöhnen, welche die vielen hundert Menschen in diesem Gebäude ausströmten, so wie sie sich damals auch an Pascanova gewöhnt hatte.

Eine Hand lag auf ihrem Rücken, unter der Berührung war Nives' Hemd nassgeschwitzt. Gestern Nacht hatte es kaum abgekühlt. Natürlich machte die Hitze einen erholsamen Schlaf fast unmöglich, wenn man keine entsprechenden Siegel an den Fenstern hatte. Heilika lag fast an der Wand, ließ viel Platz zwischen ihnen, aber bei dieser Wärme war Nives dankbar dafür.

Gestern, nachdem die Rätin ihnen erlaubt hatte, sich zurückzuziehen, hatte Heilika Sorge geäußert, dass man ihnen verbieten könnte, ein Zimmer zu teilen. Doch Nives beunruhigte das überhaupt nicht. Wenn sie und Heilika eines bewiesen hatten, dann eine gewisse Zähigkeit.

Aber noch war es früh, noch hatte die Rätin keinen Boten zum König geschickt. Es lohnte sich nicht, zu grübeln. Nives zupfte am Laken, um ein wenig Luft an ihre Haut zu lassen, und schloss die Augen.

Später

Am Ende musste Nives die grüne Farbe selbst kaufen, nachdem sie die Erlaubnis bekommen hatte, ihre Türe zu streichen. Nur von innen, und auch darüber waren die Oberen des Sonnenordens nicht begeistert, aber es gab keine Regeln gegen das Bemalen der Türen von innen. Immerhin handelte es sich bei einer Schicht Farbe nicht um eine Schmiererei.

Es war der letzte von zahlreichen Kämpfen, die sie und Heilika ausgefochten hatten.

Für die meisten hier war sie Ritter Heilikas sonderbare Freundin, die der Hausmutter half, um sich ihren Unterhalt zu verdienen. Seit Nives besser Friedländisch sprach, hatten die Knappen Zutrauen zu ihr gefasst. Im Herbst hatten sie angefangen, sie ihre Tante, „Zia", zu nennen, was sich trotz zahlreicher Ermahnungen nicht unterbinden ließ. Und so betreute sie, neben ihren anderen Pflichten, einige hundert zauberbegabte Halbwüchsige. Jugendliche zwischen zwölf und achtzehn, die sich nicht an ihre richtigen Eltern erinnerten, weil man sie als Kleinkinder von zuhause weggeholt hatte.

Selbstverständlich hatte sich herumgesprochen, dass sie keine Menschin war. Aber im Gegensatz zu den Leuten in Pascanova schienen die Kinder hier eher geschmeichelt von ihrer Anwesenheit und behandelten sie als ein Geheimnis, das sie teilten.

„Kann ich dir tragen helfen, Zia Nives?", fragte jemand, als sie den Korb mit Farbpulver, Ölflaschen, Pinseln und allem auf dem ersten Treppenabsatz abstellte, um Atem zu schöpfen. Die Sachen waren jede für sich nicht schwer, aber sie hatte sie in der Stadt gekauft und den ganzen Berg durch eisglatte Straßen zum Kloster hinauftragen müssen, und jetzt auch noch in den vierten Stock.

Nives sah den Knappen an, einen Jungen, der den Lehrern gerade Sorgen bereitete, weil er sich völlig in ein Schneckenhaus zurückgezogen hatte. Eine Eingebung flackerte vor ihrem inneren Auge: Zu lange Blicke in Richtung junger Männer und böse Sprüche, weil er zu lose aus der Hüfte ging. Ah. Ja, das war wohl ein Grund dafür, mit niemandem mehr zu reden, und Nives und Heilika galten den meisten hier als invers. Eigentlich erstaunlich, dass nicht öfter jemand ihre Gesellschaft deswegen suchte.

„Du kannst mir auch helfen, die Türe zu streichen", sagte sie.

In der Bücherei hob Heilika die Brauen. *Ich dachte, ich soll dir helfen.*

Der Junge braucht jemanden, der ihm zuhört und ihn nicht verurteilt. Du kannst nachher dazustoßen. Spätestens, wenn ich Tankred erwähne, wird er dich ausfragen wollen. Nives hob den Korb und drückte ihn dem Knappen in die Hand. „Gehen wir."

-Finis-

Über die Aussprache des Südalbischen

Da ich mit schnöder Regelmäßigkeit an den Sprachen und Absichten anderer Autor*innen verzweifle, hier also für neugierige Menschen einige Hinweise, was ich mit all meinen Andeutungen eigentlich meine.

Nasaliert werden Endsilben auf -an, -en, -in, -on und -un.

Betont wird die vorletzte Silbe, wenn das Wort seine von der Grammatik geforderte Endung noch hat, also auf -a, -o, -u, -um, -us, -ai, -oi etc. endet.

Sofern das Wort keine Endung hat, wird die letzte Silbe betont.

S am Wortanfang ist immer stimmhaft.

C wird zu einem stimmlosen S, wenn es vor i oder e steht.

Aus einem G wird ein stimmhaftes „sch", wenn es vor e oder i steht.

Dank und Bemerkungen

Ohne meine zahlreichen Unterstützer*innen wäre dieser Roman nur halb so gut.

Irene von Daylin Art hat aus meinem Bildvorschlag ein hübsches Cover gezaubert.

Die Textwerstatt hat Einzelteile des Rohlings zerlegt und gab wertvolle Rückmeldungen. Meine getreue Iris war wie immer die Alphaleserin, und Carmen hat als Beta weitere Logiklöcher gefunden. Als Grammatik- und Kommapolizei war meine Frau Mama unterwegs, und Irina hat sich neben Rechtschreibung und Stil meinen Sprachen angenommen.

Alle verbliebenen Fehler sind somit allein von mir verschuldet.

Wer den Wunsch verspürt, mehr über A_sexualität zu erfahren, findet bei aven-info.de/asexualität und bei aktivista.net/links erste Anhaltspunkt auf Deutsch.

Bezüglich genderqueeren, transgender und neutrois Menschen empfiehlt di*er Andrzej unter anderem geschlechtsneutral.wordpress.com

Grundsätzlich gilt, dass es genauso viele Wege gibt, A_sexualität oder ein nicht-binäres Gender zu leben, wie es Wege gibt, jegliche andere sexuelle Orientierung oder die binären Geschlechter bzw. Gender „männlich" oder „weiblich" zu leben.

Schlussendlich noch eine Bitte:

Als Selfpublisherin habe ich keinen Verlag im Hintergrund, der mich mit Werbung unterstützt. Meine begrenzten Möglichkeiten sind hauptsächlich elektronischer Natur: Empfehlungen auf Facebook, lovelybooks und anderen Foren, via Blog, tumblog, Rezension beim Händler Eurer Wahl oder auch ganz altmodisch von Mund zu Mund.

Wenn Euch der „Albenzauber" also gefallen hat, würde ich mich freuen, wenn Ihr das kundtut.

Abgesehen davon bin ich immer für Rückmeldungen dankbar. Als Schriftstellerin spreche ich ja zunächst einmal in den leeren Raum und kann nicht wie im Theater sehen, was der Text mit dem Publikum anstellt. Das ist einerseits schön (zum Beispiel kann das werte Publikum mit Bonbonpapier rascheln oder husten, ohne schräge Blicke zu ernten), lässt mich andererseits auch manchmal ratlos zurück.

Auf meinem Blog carmilladewinter.com nehme ich gerne Anregungen, Kritik und Fragen entgegen, und natürlich finden sich Leseproben, Neuigkeiten, Termine und zahlreiche Einträge, in denen ich über Weltenbau, das Schreiben und allerlei mehr philosophiere.

Leseprobe: Albenbrut

(für solche, die wissen wollen, warum genau Heilika an der Grenze stationiert ist)

Unter der großen Kiefer im Bürgergarten roch es bei gutem Wetter nach zu Hause.

Das war Unsinn, natürlich, denn Alea hatte keine einzige Erinnerung an das namenlose Dorf im Süden, in dem er geboren war. Meister Orso hatte ihn von seinen armen Eltern gekauft, als er gerade entwöhnt war.

Zumindest behauptete der Meister das.

Alea setzte sich verbotenerweise auf den von Nadeln bedeckten Boden und ließ die Sonne auf seine schwarze Kapuze brennen. Später würde der Meister die Trödelei bestrafen, aber die Ruhe hier war eine Ohrfeige wert.

Trippelnde Schritte kamen über den Kiesweg näher und hielten in geringer Entfernung an.

Alea öffnete die Augen. Ein kleiner Junge, dessen blonde Locken in alle Richtungen abstanden, starrte ihn an.

„Bist du krank?", fragte der Junge.

„Nein", sagte Alea.

„Was ist das dann für ein Mal in deinem Gesicht?"

„Das ist eine Tätowierung." Ein Zeichen, das Alea einmal nachts im Traum gesehen hatte; eine senkrecht verlaufende Zickzacklinie, vielleicht auch eine Schlange, wie das Tier des centerrischen Heilergottes.

„Was ist eine Tätt-oh-wie-rum?"

Wie erklärte man eine freiwillige Verunstaltung einem Kind? Alea runzelte die Stirn. Und sollte er das überhaupt, denn die Frage nach dem Warum würde nicht ausbleiben.

„Friedrich!" Der Kleine zuckte zusammen. „Hier!"

Keuchend fegte eine Frau mit rotem Kopf und gerafften Röcken um eine Hecke. „Da bist du, du Lausbub. Du sollst nicht einfach davonlaufen, hörst du?"

Ob ihrer strengen Blicke fühlte Alea die Anspannung in seine Schultern zurückkehren, doch der Junge setzte nur einen Hundeblick auf und nickte.

„Gut. Wenn du noch mal ausreißt, muss ich es deinen Eltern sagen." Sie streckte ihre Hand aus.

Der Junge rannte zu ihr, nahm die Hand und grinste zu ihr hoch, offensichtlich ohne Furcht vor einer Backpfeife.

„Na also. Ich hoffe, er hat Euch nicht gestört", wandte sie sich an Alea.

„Nicht im Geringsten", log er.

Sie lächelte dünn, bestimmt war er ihr unheimlich, und zog den kleinen Jungen davon. Das Kind schien nicht eingeschüchtert und begann zu erzählen, von Tätt-oh-wierummen und allerlei mehr.

Alea starrte den beiden hinterher. So viel wie dieses Kind hatte er noch nie am Stück gesprochen, ohne dazu aufgefordert worden zu sein. Das erste, was er überhaupt je gelernt hatte, war, den Mund zu halten.

Es hatte einige Zeit gebraucht, aber irgendwann im letzten Jahr hatte Alea begriffen, dass er nicht nur ein Rad ab, sondern einen vollständigen Achsbruch hatte.

Meister Orso hatte jedoch heute offenbar anderes zu tun, als sich um Aleas Pünktlichkeit zu kümmern; er war aus, also nahm Alea ein Schwert und übte im Hof, bis er Hunger bekam.

Erst kurz vor Sonnenuntergang fiel die Tür ins Schloss, und Meister Orso polterte die Treppe hinauf, als seien die Bretter Feinde, die es zu zerquetschen galt.

Schlechte Laune heute.

Ach was. Schlechtere Laune.

„Alea!" Alea rannte die Treppen hoch ins Studierzimmer.

„Meister." Er verneigte sich tief.

„Wir haben Schwierigkeiten."

„Meister?"

Meister Orso ging auf und ab, die Hände hinter seinem Rücken verschränkt, sein grauer Mantel schleifte über die glatten Holzbohlen, und Alea widerstand der Versuchung, laut zu zählen. Es brauchte immer fünf Runden, bis der Meister sich beruhigt hatte.

„Unsere Verbindung ins Schloss hat ihr Gewissen wiederentdeckt." Der Meister hielt inne, um die kleine Eisentruhe auf seinem Schreibtisch anzustarren, in der sich angeblich die Beweise für seinen Thronanspruch befanden. „Du wirst Brünn daran erinnern, dass sie an eine Familie zu denken hat. Ich habe herumgehört, heute Abend wird sie in der Stadt ihre Schwester besuchen. Auf dem Rückweg wirst du sie abpassen und ihr ein paar Drohungen ins Ohr flüstern. Und keine Zaubereien. Sie darf nicht wissen, wie viele es von uns gibt."

Eine echte Aufgabe, nicht die ewigen Botengänge und Spitzeleien. Etwas, das Aleas Kenntnissen würdig war. „Es wird mir eine Ehre sein, Meister."

„Sieh besser zu, dass du mir Ehre machst. Keine Magie, auch wenn sie sich wehrt. Und sei vorsichtig mit dem, was du sagst. Nichts, das sie meinem Bruder zutragen könnte, hörst du?"

Alea wollte mit den Augen rollen. Wie alt war er denn? „Ja, Meister."

Der Meister scheuchte ihn mit einer Handbewegung hinaus; die Audienz war beendet.

Selbstverständlich hätte Alea Brünn auch irgendwo in der Stadt abfangen können – sie nahm immer den gleichen Weg – aber das war langweilig.

Die Strecke aus der Stadt zum Schloss stellte bei Dunkelheit jedoch eine gewisse Herausforderung dar, weil dann die Tore geschlossen waren. So musste Alea zunächst über die Stadtmauer klettern, dann den steilen Fußpfad zur Festung hinauf und dort wieder zwei Mauern überwinden, bis er den Rosengarten erreichte. Der Weg zum Dienstboteneingang führte dort hindurch, und Brünn nahm immer die Hintertür, obwohl sie gewiss keine Dienstbotin war.

Um diese Zeit war nicht mehr viel los im Schloss. Durch die hohen Fenster zur Terrasse hin drang noch Licht, doch nur ein Pärchen stand draußen und genoss einen der letzten lauen Sommerabende. Den Garten selbst erhellten nur einige Leuchtkugeln an den wichtigen Pfaden.

Alea gab sich trotzdem Mühe, leise zu sein; er würde ohnehin schon lange genug warten müssen. Im Rosengarten stellte er sich in einen der dunklen Seitengänge und richtete sich auf eine Stunde gepflegten Stumpfsinns ein.

Eine Ewigkeit verging, in der er von einem Fuß auf den anderen trat.

Jedes Mal, wenn Schritte sich näherten, war er bereit, zuzuschlagen, aber er musste einige kichernde Dienstmädchen, zwei betrunkene Küchenhilfen und noch ein paar mehr abwarten, bis Brünn auftauchte. Ihre Heilerinnen-Aura näherte sich gemächlich, und Alea hatte gute Lust, sie zu schieben.

Als sie endlich an seinem Versteck vorbeikam, trat er nach draußen, wand einen Arm von hinten um ihre Schultern und schlug ihr die andere Hand vor den Mund.

Sie keuchte, ein feuchtwarmer Lufthauch traf seine Haut.

„Heilerin Brünn ... vielleicht wisst Ihr, weshalb ich hier bin?", flüsterte er.

Sie schüttelte den Kopf, wand sich mit unerwarteter Kraft, und verhinderte so, dass Alea einfach Meister Orsos Botschaft ausrichten konnte.

Alea verstärkte seinen Griff auf sie. Dumm, dass er ihr den Mund zuhalten musste, statt einfach einen Kreis ziehen zu können.

Eine schattenhafte Bewegung vor seinem inneren Auge ließ ihn tief einatmen. Gleich würde es wehtun.

Zum Weiterlesen:

Albenbrut – Ein bindender Eid

Albenbrut 2 – Gebrannte Kinder

Albenerbe – Das Blut von Königen

Alle erschienen bei dead soft, als Softcover und für alle gängigen Reader

Albensilber
kostenlos über Bookrix